Diogenes Taschenbuch 22886

Patrick Quentin

Das Mädchenopfer

Roman

Aus dem Amerikanischen von Peter Naujack

Diogenes

Titel der 1948 bei
Victor Gollancz, London, erschienenen Originalausgabe:
›Run to Death‹

Die deutsche Erstausgabe erschien
1954 bei Müller, Rüschlikon, unter dem Titel
›Wettlauf mit dem Tod‹
Umschlagzeichnung von
Tomi Ungerer

Neuübersetzung

80/96/43/1
ISBN 3 257 22886 4

Yucatán

1

Als erstes sah ich ihre Hand. Sie legte sich dicht neben meiner Schulter auf den Fensterrahmen meines Wagens. Sie war schmal, ziemlich hübsch und unerwartet weiß in diesem Land dunkler Hautfarbe und tropischer Sonne. Und es war eine entschlossene Hand. Sie hielt den Wagen fest, als erfüllten er und ich irgendein dringendes Bedürfnis und sollten keinesfalls entwischen dürfen.

»Entschuldigen Sie«, sagte sie.

Ich beugte den Kopf vor, damit ich sie sehen konnte. Sie stand im grellen Sonnenlicht auf dem Bürgersteig. Hinter ihr gewährte der offene Eingang zum Hotel Yucatán einen Blick auf die blauweißen, zum Patio führenden Fliesen und auf ein paar herumstehende Kellner. Sie war eine jener Blondinen, wie sie in Hollywood am Fließband produziert werden, hier in Mexiko aber einen Aufruhr auslösen können. Zumindest war dies mein erster Eindruck. Sie trug ihr silbergraues Kostüm mit der unpersönlichen Perfektion eines Mannequins. In der freien Hand hielt sie eine große rote Handtasche.

»Ich hörte, wie Sie zum Hotelboy sagten, Sie wollten zu den Ruinen von Chichén-Itzá hinausfahren«, fuhr sie fort.

»Stimmt.«

Ihre Hand lag immer noch fest auf dem Fensterrahmen. »Ich habe den Ausflugsbus für die Touristen verpaßt. Es gibt zwar noch einen normalen Bus dorthin, aber der ist vollgepackt mit Truthähnen und Ferkeln.«

»Hüpfen Sie rein.«

»Wenn's Ihnen nichts ausmacht?«

»Aber nein.«

Sie ging um das Auto herum, warf ihren Koffer auf die Rückbank neben meine Gabardinetasche und setzte sich neben mich. Sie schlug die Beine übereinander. Es waren die Beine eines Mannequins. Ihre silberblonden Haare, sauber, gut gebürstet und bis auf die Schultern hängend, waren ebenfalls Mannequinhaare. All diese Requisiten entsprachen so sehr der Norm, daß ich einen Moment brauchte, um die Individualität ihres Profils zu erkennen. Es war ziemlich ungewöhnlich: eckig, mit betonten Backenknochen und gerader Nase. Sie besaß jene polyglotte Schönheit, wie nur Amerika sie hervorbringt – etwas von dieser und etwas von jener Rasse. Die Wirkung war beunruhigend. Sie konnte nicht viel älter als zwanzig sein. Etwas zu jung, um sich allein im wilden Yucatán herumzutreiben – falls sie allein war.

»Interessiert an den Ruinen der Maya?« fragte ich.

Sie zuckte mit den Schultern. »Man kann sie sich ja ansehen.« Sie wandte mir ihr Gesicht zu. Ihre Augen waren ebenfalls silbergrau. »Wie wär's, wenn Sie losfahren würden, falls Sie uns nicht bei lebendigem Leibe rösten wollen?«

Merida kann selbst am späten Nachmittag noch kochend heiß sein. Mir gefiel die gebieterische Art des Mädchens ganz und gar nicht, aber ich ließ den Wagen behutsam auf die Straße rollen und fuhr los, vorbei an den weiß, rosa und blau getünchten Häusern, deren geschlossene Holztüren die geflieste Privatsphäre der Innenhöfe hüteten.

Sie ließ sich in die heißen Polster zurückfallen und starrte desinteressiert auf ein klapperiges Pferdefuhrwerk, das vor uns herzockelte. Dann kramte sie in ihrer roten Handtasche nach einer Zigarette und zündete sie mit einem silbernen Feuerzeug an. Sie behandelte mich wie einen Chauffeur. Ich konnte nicht sicher sein, ob dies einer Art Glamourgirl-Überheblichkeit zuzurechnen war oder dem Wunsch eines noch sehr jungen Menschen, selbstsicher zu erscheinen.

Mir war es ziemlich egal. Ich befand mich nicht in einer Phase, in der mich ein unbekanntes junges Mädchen beeindrucken konnte.

Ich hatte sechs der schwierigsten Monate meines Lebens hinter mir und gerade eine Ehekrise überstanden. In Mexiko hatten meine Frau wie auch ich geglaubt, daß jeder von uns beiden sich in jemand anders verliebt hätte. Unsere Versöhnung war noch jung und empfindlich wie neue Haut über einer frisch verheilten Wunde. Die wenigen Wochen, die wir inzwischen wieder zusammen verbracht hatten, waren kompliziert und peinlich gewesen. Als Iris ein Filmangebot bekam, hielten wir es für besser, noch eine Weile getrennt zu leben, und sie fuhr allein nach Hollywood.

Das Experiment schien zu klappen. Allein zurückgeblieben in Mexico City, hatte ich ein Theaterstück geschrieben. Ich bin eigentlich mehr Regisseur als Stückeschreiber, aber ich war ganz zufrieden mit dem Ergebnis.

Iris war von dem Manuskript begeistert und wollte es im Winter am Broadway aufführen. Wir hatten aufgeregt über Pläne dazu hin- und hergeschrieben, und über das Stück hatten wir wieder natürlich miteinander zu verkehren begonnen. Ihre Filmarbeit war jetzt fast beendet, und wir wollten uns in zehn Tagen in New York treffen.

Der Gedanke, sie wiederzusehen, war so aufregend und unkompliziert, wie ich das von alten Zeiten her kannte.

Ich war vor einer Woche nach Yucatán geflogen, weil es dumm gewesen wäre, eine der großartigsten Ruinen der Welt zu verpassen. In Merida hatte ich einen Wagen gemietet, das wenige erkundet, was in diesem Staat über Straßen erreichbar war, und mir ganz nebenbei einen schmerzhaften Sonnenbrand am tropischen Strand des Hafenstädtchens Progreso zugezogen. Mit der Zeit hatte ich mich an die Gesellschaft der freundlichen, dunkelhäutigen kleinen Indios Yucatáns gewöhnt. Für die vornehme Reserviertheit dieses Mädchens an meiner Seite war ich nicht in der richtigen Stimmung.

Ich wünschte nur, sie wäre mir nicht über den Weg gelaufen.

Sie hatte ihre Zigarette weggeworfen und betrachtete die vorbeiziehenden Sisalfelder mit den in geometrischen Linien dazwischen gesetzten Henequenagaven, die wie gigantische Artischocken auf der roten Erde hockten.

Plötzlich sagte sie: »Ich bin Deborah Brand.«

»Und ich heiße Peter Duluth.«

Erleichtert bemerkte ich, daß sie nicht auf meinen Namen reagierte. Das bedeutete, daß sie nicht eine dieser Möchtegern-Schauspielerinnen war, die die Telefonnummern aller Schauspielagenturen besser kennen als die Grundelemente ihres Faches.

»Auf Urlaub aus den Staaten?« fragte ich.

»Ich bin gerade von Balboa hergeflogen und habe meinen Anschluß nach Mexico City verpaßt. Deshalb möchte ich jetzt zu den Ruinen. Etwas muß man ja mit seiner Zeit anfangen.«

Sie war viel zu jung, um schon so blasiert über die Zeit zu reden. Ich betrachtete sie neugierig.

»Amerikanerin?«

»Sozusagen. Und Sie?«

»Zweifellos.«

»Oh!«

Sie kramte in ihrer roten Handtasche nach der nächsten Zigarette. Ihr völliges Desinteresse an mir begann mich zu wurmen. »Ich bin im Theatergeschäft«, sagte ich. »Ich produziere Stücke.«

Sie blickte auf und ließ die unangezündete Zigarette sinken.

»Oh«, tönte sie erneut.

Sie zündete die Zigarette an. Ein schwarzer mexikanischer Geier flatterte widerwillig von dem Kadaver eines Hundes hoch, der vor uns auf der Straße lag.

»Leben Sie in Mittelamerika?« fragte ich.

»Nein. Peru. Zur Zeit. Wir ziehen dauernd um. Vater buddelt irgendwelche Sachen aus.«

»Ein Archäologe?«

»So nennen diese Leute sich wenigstens. Er hat eine Menge Ausgrabungen hier in der Gegend gemacht.«

»Bei Chichén?«

»Ja.«

»Dann kennen Sie also den Ort?«

»Zu der Zeit war ich bei Mutter in Kansas City und lutschte an einem Gummischnuller.«

»Für einen so jungen Menschen sind Sie ganz schön herumgekommen, nicht wahr?«

»So jung bin ich gar nicht.«

»Wie alt sind Sie denn?«

»Zwanzig.«

Ich lachte.

»Finden Sie das komisch?«

»Nicht besonders, glaube ich. Es läßt mich nur mit sechsunddreißig ziemlich alt aussehen. Das ist alles.«

»So alt sind Sie?« Sie musterte mich mit humorlos abschätzendem Blick. »Sie haben sich gut gehalten.«

Diese Kombination von Naivität und Pose wirkte sehr echt. Ich begann Deborah Brand neu und erfrischend zu sehen. Ich hätte sie gern gefragt, warum ein junges Ding von zwanzig allein von Balboa nach Mexico City fliegen mußte, doch das schien mir zu sehr nach Suggestivfrage zu klingen.

Statt dessen fragte ich sie: »Sind Sie in den Staaten geboren?«

»Ja. Meine Mutter war Amerikanerin. Sie ist gestorben.«

»Und Ihr Vater?«

»Ein Finne. Eine merkwürdige Nationalität, die ich dadurch habe, aber dafür kann ich nichts.«

»Sprechen Sie Finnisch?«

»Selbstverständlich.«

»Und Spanisch?«

»Das spreche ich jetzt meistens.«

»Sie sind sehr sprachbegabt, was?«

Sie schnippte Zigarettenasche auf den Wagenboden. »Und Sie sind sehr neugierig, stimmt's?«

»Das tut mir leid. Es war nur höfliches Interesse.«

Sie beobachtete eine Wolke gelber Schmetterlinge, die vor uns über der Straße tanzten. »Oh«, sagte sie.

Sie ignorierte mich eine Zeitlang und warf dann einen Seitenblick auf meinen offenen Hemdkragen. »Einen schönen Sonnenbrand haben Sie sich geholt.«

»Ja.«

»Sie sollten etwas drauftun.«

»Ich habe vergessen, etwas zu kaufen.«

»Ich habe etwas«, erklärte sie unerwartet mütterlich. »Ich werde es Ihnen geben, wenn wir angekommen sind.«

Sie fiel wieder in Schweigen.

Wir befanden uns jetzt im freien Land. Es gibt keine Flüsse in Yucatán. Das Wasser fließt tief unter dem Erdboden und zeigt sich gelegentlich in eigenartigen, kraterähnlichen Teichen, wo der Kalkstein darüber eingebrochen ist. Die Landschaft ist mit Windmühlen gesprenkelt. Ihre kreisenden, radumschlossenen Flügel um uns herum reflektierten das Abendlicht. Ein kleiner Junge trottete die leere Straße entlang, auf dem Rücken eine Holzladung, die zweimal so groß war wie er. Eine Autohupe ertönte hinter uns. Mit einer Geschwindigkeit, die mich überraschte, fuhr Deborah Brand herum, schaute durch die Heckscheibe und ließ sich dann wieder in ihren Sitz sinken. Einen Augenblick später brauste ein vor Passagieren platzender Bus rücksichtslos vorbei.

»Der Bus«, sagte ich. »Froh, daß Sie nicht drinsitzen?«

»Ja.« Und dann in verbindlichem Ton: »Vielen Dank.«

Nach einer Weile näherten wir uns einem Dorf. Hübsche Mayahütten, die aussahen wie längliche Schuhkartons mit Dächern wie Teewärmer, dösten in ihren stillen Gärten, wo tropische Schattenbäume gelbe und malvenfarbige Blüten zwischen futterpickende Hühner und Puten fallen ließen. Nahe der Dorfmitte sah ich eine Tankstelle vor einem Laden.

»Ich sollte eigentlich tanken. Bin schon fast auf Reserve.«

Ich hielt an und stieg aus, sie ebenfalls. Vor der Schule auf der gegenüberliegenden Straßenseite spielten Indiojungen, deren nackte Oberkörper golden wie brauner Zucker schimmerten, wohlerzogen Basketball. Für mich war dieser Anblick unerwartet wie der einer Horde von amerikanischen High-School-Kindern im Kampf mit einem Stier.

Ich machte eine Kopfbewegung zum Laden hinüber. »Sicher gibt es dort eisgekühlte Cola oder was Ähnliches. Möchten Sie etwas trinken?«

Sie schüttelte den Kopf. Sie ignorierte ihre Umgebung, als wäre ein Mayadorf nicht der Anstrengung wert, die Augen darauf zu richten.

In meinem armseligen Spanisch erklärte ich dem Ladenbesitzer, was ich brauchte. Während er sich an der Benzinpumpe zu schaffen machte, kam es mir so vor, als ob sich ein Auto von Merida her näherte. Ich blickte auf. Der Wagen hatte auf der anderen Straßenseite angehalten. Am Steuer saß ein großer, gutaussehender Mexikaner in

Hemdsärmeln, vermutlich ein Mietchauffeur. Aus dem Rücksitz tauchte eine Frau mit einer Filmkamera auf.

Sie war offensichtlich Amerikanerin, klein, um die Fünfzig und von einer gewissen nicht unterzukriegenden Art, wie sie da mit beiden Beinen fest auf dem Boden stand. Ihr giftgrünes Reisekostüm war im Rücken zerknittert, und die unpassend verschwenderische Kaskade purpurroter Orchideen an ihrem Jackenaufschlag sah schon etwas welk aus. Ihr Anblick ließ mich an Bridgepartien in New Jersey denken, an Essen bei Schrafft's und an Pakete von B. Altman's, die einem in überfüllten Bussen gegen die Knie stoßen.

»Eine Landsmännin.« Ich drehte mich nach Deborah Brand um, aber sie war verschwunden. Wahrscheinlich hatte sie ihre Meinung über eine Cola geändert.

Es war klar zu erkennen, daß die kleine Frau wußte, was sie vom Leben wollte. Im Augenblick wollte sie das Basketballspiel. Sie richtete ihre Kamera auf die jetzt befangen wirkenden Mannschaften und ließ den Film surren. Dann klemmte sie die Kamera unter den Arm und ging zurück zu ihrem Wagen. Der Fahrer deutete auf eine gewaltige, trostlose Kirche.

»Ich hab' schon genug Kirchen gefilmt, um eine Ziege damit zum Heulen zu bringen.« Der näselnde New Yorker Akzent der Frau weckte ein warmes Heimweh in mir.

Während sie sprach, sah sie mich und marschierte zu mir herüber. Sie reichte mir kaum bis an die Schulter. Zwischen den Orchideen steckten traurige kleine Büschel von Schleierkraut.

»Hallo«, sagte sie. »Wollen Sie auch nach Chichén?«

Ich bejahte. Sie schwitzte ein wenig. Die runden schwarzen Augen in ihrem Chihuahua-Gesicht waren wie die Augen eines kleinen Jungen, voll gespannter Neugier, damit ihnen ja nichts entginge. Ich fand sie ganz sympathisch, so wie man die unmöglichsten Leute zu den unmöglichsten Zeiten sympathisch finden kann.

»Wohnen Sie dort im Hotel?« fragte sie.

»Ich habe die Absicht.«

»Wieviel knöpfen sie Ihnen denn ab? Mich lassen sie fünfundsiebzig Pesos blechen für eine Nacht! Mir geht's nicht ums Geld, ich hasse es nur, übers Ohr gehauen zu werden.«

Sie betrachtete mich argwöhnisch, als wäre ich an einem guten Geschäft beteiligt, das ihr entgangen war.

»Es tut mir leid, aber ich weiß nichts über Preise«, entgegnete ich. »Ich verdiene jedenfalls nichts daran.«

»Oh.« Sie warf einen Blick auf meinen Wagen. »Reisen Sie allein?«

Ich hielt es nicht für nötig, Deborahs Anwesenheit zu erklären. »Sozusagen.«

»Fahren Sie selbst?«

»Ja. Ich hab' ihn gemietet.«

Sie seufzte. »Sie sind gescheit. Dieses große, gutaussehende Mannsbild« – sie deutete auf ihren Fahrer – »nochmal fünfzig Pesos. Alle neppen sie einen.« Ein ansteckendes Grinsen leuchtete auf. »Aber man kann's ihnen nicht vorwerfen. Für sie sind wir alle nur ein Haufen Schwachsinniger.«

»Klar.«

Sie streckte die Hand aus. »Freut mich, Sie kennengelernt zu haben. Ich heiße Lena Snood. Aus Newark. Blöder Name, aber vor der Heirat hieß ich Hagenhofer, also kann ich mich wohl nicht beklagen. Wir seh'n uns dann im Hotel.«

»Ich lade Sie dort zu einem Drink ein.«

»Ich werde Sie einladen. Sie müssen Ihr Geld nicht für ein altes Weib wie mich ausgeben.«

Ein kleines Mädchen in einem weißen Fetzen von Kleid hatte sich stumm zu uns gesellt und sah uns mit verlangenden Augen über einen fest umklammerten Strauß Feldblumen hinweg an. Mrs. Snood bemerkte sie.

»No«, schnauzte sie. *»No flores.* Hab' schon *flores.* Orchideen!« Doch dann öffnete sie mit resignierendem Murren ihre Handtasche und drückte dem Mädchen einen Pesoschein in die Hand. »Da. Nun lauf schon und geh spielen oder eine Kuh melken oder mach, was ihr kleinen mexikanischen Mädchen sonst noch macht.« Sie sah mich an und zuckte mit den Schultern. »Verstehen Sie, was ich meine? Nehmt die Amerikaner aus!«

Sie stapfte zurück zu ihrem Wagen. Beim Losfahren winkte sie. Ich erwischte einen Blick auf die roten Orchideen, die sich ruckweise an ihrer Schulter auf und ab bewegten.

Der Mann hatte inzwischen meinen Tank aufgefüllt. Ich bezahlte und ging in den Laden, um Deborah zu holen. Sie stand im tiefsten Schatten im Hintergrund des dunklen kleinen Raumes. Die rote Handtasche hatte sie unter den Arm geklemmt. In der Hand hielt sie eine Flasche Coca-Cola, unternahm aber nichts damit. Angst ist von allen menschlichen Gefühlen am leichtesten zu erkennen. Obgleich sie äußerlich immer noch gelassen wirkte, wußte ich sofort, als ich sie sah, daß sie Angst hatte.

Diese Erkenntnis war für mich eine Überraschung. Der kleine Laden, der nach harmlosen Landeserzeugnissen duftete, nach Ziegenkäse, Bananen und Bier, war ein Hort der Ruhe. Es kam mir unwahrscheinlich vor, daß es in diesem unbedeutenden Dorf in Yucatán etwas geben könnte, das ihr Angst machte. Dann fiel mir wieder ein, wie sie auf das Hupen des Busses reagiert und zurückgeblickt hatte, und wie sie beim Erscheinen von Mrs. Snoods Auto verschwunden war.

Sie hatte Angst vor jemandem, der sie möglicherweise verfolgte. Das war es. Mrs. Snood? Konnte man sich an Mrs. Snood mit ihrem unmöglich gefärbten Kleid und ihrem welken Ansteckbukett etwas Angsteinjagendes vorstellen?

Mein bereits gewecktes Interesse an Deborah wurde tiefer und vielschichtiger. Ich ging auf sie zu. Während ich näher kam, spürte ich, wie die Angst von ihr wich. Sie kämpfte sie nieder, damit ich nichts merken sollte. Entschlossen hob sie ihr Kinn unter dem silberblonden Haar. Ich hatte nicht die geringste Vorstellung, in welchen Schwierigkeiten sie sich befand, aber es berührte mich, daß ein so junger Mensch Angst hatte und sich so sehr bemühte, es nicht zu zeigen.

Ich hätte sie gern gefragt, was mit ihr los war. Ein Streit mit ihrem Vater? Oder ein zu hartnäckiger Liebhaber? Doch sie gehörte nicht zu der Art Mädchen, denen man intime Fragen stellte.

»Können wir weiterfahren?« fragte ich.

»Ja.« Mit einer lustlosen Handbewegung stellte sie die ungeöffnete Coca-Cola-Flasche auf den Ladentisch. Unter halbgeschlossenen Augenlidern beobachtete sie mich mit dem Standardgehabe von Filmsirenen, weltüberdrüssig und leicht verführerisch. »Habe ich Sie nicht dort draußen mit einer Frau sprechen gehört?«

»Ja. Eine Touristin, die auch unterwegs zu den Ruinen ist.«

»Allein?«

»Ja. Mit einem Chauffeur. Sie ist schon weg.«

Sie hatte mit größter Gleichgültigkeit gesprochen, konnte mich aber nicht täuschen. Während sie einen schlafenden Hund umrundete und zur Tür ging, fragte sie über die Schulter: »Was für eine Art Frau war das?«

»Nur eine komische kleine Frau mit Orchideen.«

Deborah befand sich jetzt im vollen Sonnenlicht. Ihr Gesicht war ausdruckslos, fast stumpfsinnig. Es erinnerte mich an Gesichter, wie ich sie im Krieg gesehen hatte, Gesichter von Gefangenen, die wußten, daß ihr Leben vielleicht von ihrem Gesichtsausdruck abhing, und die sich hinter ihre letzte Verteidigungslinie zurückgezogen hatten.

Sie stieg lässig in den Wagen. Als ich mich neben sie setzte, bemerkte ich, daß sie einen Blick hinter sich auf ihren silberfarbenen Flugkoffer warf.

Es ist ganz normal, daß jemand nach seinem Gepäck schaut. Aber Deborah Brands Blick nach hinten war eine Spur zu besorgt gewesen.

Sie hatte Angst, verfolgt zu werden. Sie hatte Angst, daß ihr Koffer gestohlen werden könnte. Wofür mußte man sie da halten?

Bestimmt nicht nur für eine Touristin auf einer Vergnügungsreise zu den Ruinen.

2

Wir fuhren weiter, während das Tageslicht langsam verblaßte. Die Dörfer wurden spärlicher und die Straßen immer schlechter, während wir tiefer in den konturlosen Dschungel eindrangen. Meine Stimmung hatte sich völlig geändert, zweifellos beeinflußt von der unbekannten Angst des Mädchens neben mir. Für jemanden, der zwischen Straßenlaternen und mit Drugstores an jeder Ecke aufgewachsen ist, zeigt sich Yucatán bei Nacht von einer furchterregenden Seite. Niemandem gehört etwas. Bäume wachsen, Lianen umklammern sie, große Blüten schimmern schwach, und es gibt keine Nebenwege. Ein gelegentlicher Buckel, der aus der Fläche herausragt, ist nicht einfach ein Erdhügel: es ist ein versunkener, lang vergessener Tempel, der in einem Land, das zu arm ist, um sich jemals den Luxus leisten zu können, all seine antiken Geheimnisse zu ergründen, wahrscheinlich nie ausgegraben werden wird.

Dunkelheit brach herein. Deborah sprach kaum, aber ich spürte ihre Gegenwart. Beunruhigend. Ich überlegte mir Gründe, warum sie Angst haben könnte, und während ich weit hergeholte Muster der Gefahr um sie wob, wurde sie für mich durch einen Zauber verklärt, den ich in einer weniger exotischen Umgebung nie empfunden hätte. Ihr helles Haar schimmerte wie die großen, blassen Blumen draußen im Nichts. Ihr Parfüm, das in einem New Yorker

Nachtclub oder im Hotel Reforma in Mexico City nur modisch gewirkt hätte, paßte zur Szenerie. Es hätte genausogut durch das offene Wagenfenster hereingeweht sein können. Ich hörte auf zu spekulieren, warum sie Angst haben könnte, und begann mich zu fragen, was es wohl für ein Gefühl sein würde, sie zu küssen. Das war ganz und gar nicht das richtige für einen Mann in den Wehen der Aussöhnung mit seiner Ehefrau, weshalb ich es von mir wies.

Vor uns auf der staubigen Straße fingen ein Paar kleine rote Augen das Scheinwerferlicht ein und funkelten unheilvoll. Ein unbestimmbarer Vogel, der dort gesessen hatte, schlug mit den Flügeln und flog durch die Dunkelheit davon.

»Diese Vögel auf der Straße«, sagte Deborah unvermittelt. »Vater hat mir davon erzählt. Die Indios halten sie für die Seele einer Mayaprinzessin. Man hatte ihr erzählt, ihr Liebster sei tot. Sie glaubte es aber nicht. Seitdem sitzt sie dort und wartet.«

»Warum hat man ihr gesagt, er sei tot?«

»Alles hier war damals Tod. Den Tieren wurden die Köpfe abgeschnitten. Den Menschen die Herzen bei lebendigem Leibe herausgerissen. Überall Blut. Es geschah, sagt Vater, weil es kein Wasser gab. Man bot den Göttern Blut im Austausch für Regen.«

Mit einem hell aufflackernden Streichholz zündete sie sich eine Zigarette an. Ihr Profil leuchtete einen Moment lang schwach auf. Sie beobachtete mich mit seltsam abwägendem Interesse.

»Möchten Sie eine?«

»Danke, gern.«

Sie beugte sich zu mir herüber und steckte die Zigarette zwischen meine Lippen. Ihr Finger berührte sanft die Haut meiner Wange. Sie glitt auf ihren Platz zurück und zündete sich eine neue Zigarette an. Zwei weitere Vögel, die auf ihre Liebhaber warteten, funkelten mit roten Augen und hoben sich auf grauen Schwingen davon.

Ein Mond, dünn wie ein abgeschnittenes Stück Fingernagel, hing am blauschwarzen Himmel. Unvermittelt ragte eine mächtige, stumpfe Pyramide aus dem Dschungel zu unserer Linken empor, schwarz und drohend. Sie löste in mir ein eigenartiges Frösteln aus. Der Mond hing dahinter wie ein Emblem. Ich konnte wuchtige, herausgehauene Stufen erkennen und dachte an Blut, das über sie herunterströmte.

Dann tauchte vor uns ein elektrisches Licht auf. Ein Drahtzaun begann zu unserer Rechten. Wir waren aus dem Niemandsland auf Privatbesitz gelangt. Unter der Lampe befand sich ein bizarr geschnitztes Holztor mit einem Strohdach darüber. Wir hatten das Hotel erreicht.

Man mußte unser Kommen gehört haben, denn ein Kellner in weißem Jackett erschien am Tor und nahm unser Gepäck. Er erklärte mir, daß ich den Wagen unbesorgt auf der Straße stehenlassen könnte. Wir folgten ihm einen Weg hinauf durch einen tropischen Garten, wo der Dschungel zu einem prächtigen Muster aus Palmen, blühenden Schlingpflanzen und Zitrusfrüchten gezähmt war. Wir kamen zu einer breiten Terrasse. Dies war offenkundig ein Luxushotel. Mrs. Snood mußte nicht befürchten, daß sie für ihr Geld nicht auf ihre Kosten kommen würde.

Doch ich war nicht sicher, ob es mir gefiel. Es paßte nicht zusammen, so viel Eleganz und Komfort und sanitäre Einrichtungen so nahe bei diesem bedrohlichen Fabelwesen von Pyramide.

Wir schrieben uns an der Rezeption ein, wo es Ansichtskarten und amerikanische Zeitschriften gab. Die Unterbringung schien zumeist in einzelnen Bungalows zu erfolgen, die in die Gartenanlage eingepaßt waren. Man hielt uns für Reisegefährten und gab uns Zimmer im selben Bungalow. Der Kellner brachte uns über einen anderen Weg zu unserem Häuschen, einer hübschen Adaption der klassischen Mayahütte.

Als wir uns an unseren separaten Türen trennten, fragte ich Deborah: »Sie werden doch mit mir zu Abend essen, nicht wahr? Und einen Schluck trinken?«

»Danke. Ich ziehe mich nur um. Es dauert nicht lange.«

Mein Zimmer hatte ein hohes, strohgedecktes Dach, zwei Betten, über denen Ballons aus Moskitonetzen hingen, und schön bemalte Möbel. Ich hatte mein Hemd ausgezogen und wusch mir meine schmerzhaft verbrannten Arme und Brust in einem gekachelten Badezimmer, als es an der Tür klopfte. Ich ging hin und öffnete. Deborah stand vor mir. Sie hatte eine Dose Sonnenbrandcreme in der Hand.

»Hier«, sagte sie. »Ich hab' dran gedacht.«

Mit grauen, unergründlichen Augen musterte sie meinen Oberkörper. Sie faßte mich leicht an den Armen und drehte mich herum, um sich meinen Rücken anzusehen. Sie war völlig unbefangen angesichts eines halbnackten, relativ unbekannten Mannes.

»Ganz schöner Sonnenbrand«, meinte sie. »Lassen Sie mich das lieber machen.« Sie schloß die Tür. »Kommen Sie rüber zum Fenster.«

Wir gingen durch das Zimmer. Ich hörte, wie sie den Deckel der Sonnenbrandcreme abschraubte. Dann begannen ihre Hände sanft und rhythmisch über meinen Rücken zu streichen. Ihre Haare, weich und kühl, berührten gelegentlich leicht meine Schulter. Es war ein eigenartiges Gefühl, intim und gleichzeitig unpersönlich.

Ihre Stimme ertönte hinter mir: »Verheiratet?«

»Ja«, antwortete ich.

»Ist Ihre Frau nicht an Ruinen interessiert? Oder nicht an Ihnen?«

»Sie arbeitet. In Hollywood. Als Schauspielerin.«

Ihr charakteristisches, desinteressiertes »Oh« erklang.

Ihre Hände beschäftigten sich weiter mit meinem Rücken.

»Drehen Sie sich um.«

Ich drehte mich um. Ihr junges Gesicht war ausdruckslos wie immer. Ihre Zungenspitze war zwischen ihren Zähnen zu sehen und verlieh ihr einen Ausdruck ernsthafter Konzentration. Sie begann meine Brust einzucremen. Danach nahm sie sich einen Arm, dann den anderen vor, wobei sie mit den Händen von der Schulter zum Handgelenk hinunterstrich. Als sie fertig war, verhielt sie mit beiden Händen auf meinem linken Handgelenk. Sie blickte zu mir hoch, unverwandt und herausfordernd.

Zu meiner völligen Überraschung fragte sie: »Sind Theaterregisseure anfällig für romantische Episoden im finstersten Yucatán?«

Ein prickelndes Interesse überrumpelte mich. »Könnte sein«, erklärte ich. »Wenn man mich genügend reizt.«

Sie faßte mein anderes Handgelenk. Dann beugte sie sich vor und küßte mich auf den Mund. Es war ein langer Kuß, der sich leidenschaftlich gab, aber nicht überzeugend genug. Er erinnerte mich an Küsse, die Filmstars an die Gewinner von Wohltätigkeitsverlosungen verteilen.

Sie zog sich zurück. »Genügt dieser Anreiz?«

»Er reicht.«

Mein Arm legte sich um ihre Taille. Sie entwand sich mir. »Nicht mit der Sonnenbrandcreme«, meinte sie.

Sie ging zum Bett hinüber, schraubte den Deckel auf die Dose und stellte sie auf den Nachttisch.

»Die werden Sie morgen noch einmal brauchen. Wir sehen uns in ein paar Minuten wieder. Auf der Terrasse.«

Verblüfft, fasziniert und auch ein wenig argwöhnisch zog ich ein frisches Hemd an, band einen Schlips um, schlüpfte in mein Jackett und ging durch den Garten zum Hauptgebäude zurück. Die Creme hatte die Entzündung gelindert. Meine glühende Haut und der Gedanke an Deborah verbanden sich zu einer angenehmen Empfindung. Außer einem Haufen Kellner an einem Ende war die lange Terrasse leer. Ich nahm an, daß wir uns außerhalb der Touristensaison befanden.

Ich bestellte einen Rum Collins, und während ich dasaß, trank und die großen Nachtfalter durch den dunklen Garten flattern sah, wunderte ich mich über ein Mädchen, das in einem Moment angsterfüllt sein und im nächsten verliebt tun konnte. Ich hatte keine Sorge, mich womöglich ernstlich in sie zu verlieben. Sie war viel zu jung.

Das Klappern von Schritten hinter mir ließ mich den Kopf wenden. Mrs. Snood, in einem formellen magentaroten Abendkleid, schritt zielbewußt auf mich zu. Ihr Make-up war wiederhergestellt, aber trotz all dieser Pracht blieb der Eindruck atemloser Unordentlichkeit. Ihre schwarzen, neugierigen Augen blickten erfreut, mich zu sehen.

Sie ließ sich auf einen Stuhl neben mir fallen und sagte anklagend: »Sie haben gemogelt. Ich wollte Ihnen doch den Drink bezahlen.« Und rasch weiter: »Wieviel wollen sie Ihnen abknöpfen?«

»Sie haben noch nichts gesagt.« Ich dachte daran, wie Deborah sich in dem Dorfladen versteckt hatte. Wenn es Mrs. Snood war, vor der sie Angst hatte, würde ich es bald erfahren.

Der Kellner kam. Mrs. Snood bestellte einen Scotch mit Soda und erklärte ihm in groteskem Spanisch, daß sie auch für meinen Drink bezahlen würde. Als der Kellner ging, sah sie mich mit ungewissen Augen an.

»Was halten Sie von meinem Kleid? In den Staaten sagte man mir, für Mexiko sei es gerade richtig. Bougainvilleafarbe, wissen Sie. Neunundsiebzig fünfzig. Meinen Sie, man hat mich übers Ohr gehauen? Ach, das spielt nun auch keine Rolle.«

Der Kellner brachte ihren Drink. Sie schwatzte ununterbrochen, erzählte mir, wie teuer alles in Guatemala gewesen sei, von wo sie gerade gekommen war, und spekulierte, was wohl ein Hotelzimmer in Acapulco kosten würde, das sie auf ihrem Rückweg nach Newark noch ›mitzunehmen‹ gedachte. Ich fragte mich, wie jemand sich nur so typisch touristenhaft benehmen konnte. Sie machte einen fast unwirklichen Eindruck. Sie war wie eine großartige ausländische Schauspielerin, die nach sorgfältigem Studium der einschlägigen Karikaturen eine Amerikanerin mimt.

Deborah kam nicht. Von der dunklen Straße hinter uns hörte ich das Geräusch eines Wagens. Die Kellner hörten es ebenfalls. Einer eilte davon, um die Neuankömmlinge zu begrüßen. Bald darauf kamen sie den Weg zu uns hoch. Es waren drei Gäste: ein einzelner Amerikaner und ein Paar. Der Mann von dem Paar war vermutlich ebenfalls Amerikaner, ein Riesenkerl in den Vierzigern mit rosiger, gesunder Gesichtsfarbe, karottenrotem Haar und schweren Händen, die er beim Gehen unbeholfen baumeln ließ. Das Mädchen an seiner Seite bildete einen verblüffenden Gegensatz. Sie war offensichtlich Lateinamerikanerin, klein und hübsch und von indianischem Aussehen, mit schönen großen Augen und ziemlich dicken Beinen.

Bei ihnen befand sich ein Mann, den ich sofort als den Chauffeur des täglichen Touristenbusses vom Hotel Yucatán erkannte. Als die Gäste sich an der Rezeption sammelten, um sich einzutragen, erinnerte ich mich daran, wie Deborah mir erzählt hatte, sie habe den Touristenbus verpaßt. Das war ihre Ausrede gewesen, sich eine Mitfahrt zu schnorren.

Die Erkenntnis, daß sie gelogen hatte – an und für sich eine triviale Sache –, brachte mir plötzlich die ganze Atmosphäre dieser Szene auf der Terrasse zum Bewußtsein. Ich erlebte einen jener Momente, in denen nichts zu sein scheint, was es vorgibt zu sein. Die Stimmen der Leute an der Rezeption klangen bedeutungslos. Mrs. Snoods Plappern hätte genausogut das Geschnatter eines Tieres sein können. Sogar der Garten sah aus wie ein Ausschneidebild aus Karton – etwas Künstliches, das eine bedrohliche Realität verbergen sollte.

Eine amerikanische Stimme riß mich aus dieser Stimmung: »Haben Sie etwas dagegen, daß ein Landsmann sich an Ihren Tisch setzt?«

Ich blickte hoch. Das tat auch Mrs. Snood mitten in ihrem Singsang. Der gerade angekommene Amerikaner stand neben uns. Er war nachlässig gekleidet in Sportsakko, ausgebeulte Flanellhose und ein gelbes Hemd mit offenem Kragen. Sein Haar war entweder sehr hellblond oder grau, ich konnte es nicht genau erkennen. Der ganze Eindruck, den er machte, war gleichermaßen abnorm. Sein Alter konnte irgendwo zwischen fünfundvierzig und fünfundfünfzig liegen, sein Beruf irgendwo zwischen Ingenieur und Werbefachmann. Sein Gesicht mit der schweren Hornbrille war auch mit keinem anderen vergleichbar. Er lächelte auf eine Weise, die fast seine Augen verdeckte und überraschend mädchenhaft wirkende Grübchen zu beiden Seiten eines ziemlich dünnlippigen Mundes hervorbrachte.

»Natürlich nicht, setzen Sie sich doch.« Mrs. Snood betrachtete ihn mit ihrem wachen, alles umfassenden Interesse. Ihre Großzügigkeit, die sie so schwer verbergen konnte, ließ sie hinzufügen: »Trinken Sie etwas mit uns.«

»Gut, gut, das ist eine gute Idee.« Der Fremde ließ sich auf einen Stuhl fallen und streckte, indem er sich wieder halb erhob, Mrs. Snood die Hand hin. »Bill Halliday mein Name; Cleveland, Ohio.«

Mrs. Snood und ich stellten uns ebenfalls vor. Er ließ den abschätzenden Blick des Geschäftsmannes in die Runde schweifen.

»Eine ganz schöne Anlage, die man hier aufgebaut hat.«

»Ein Nepplokal!« warf Mrs. Snood ein.

»Na ja.« Er zog die Worte in die Länge wie jemand, der etwas Weises oder Scherzhaftes sagen will. »Sie wissen doch, wie das ist. Sie haben uns in der Hand. Wir Amerikaner sind blöd genug, die Ruinen besichtigen zu wollen. Hier ist die einzige Möglichkeit für uns zum Übernachten. Also können sie jeden Preis dafür verlangen.«

Ich war leicht deprimiert ob der Feststellung, an noch jemanden geraten zu sein, der hauptsächlich am Aufrechnen der Kosten interessiert zu sein schien. Aber es erleichterte mir ein wenig die Bürde von Mrs. Snood. Sie waren sofort ein Herz und eine Seele. Halliday bestellte einen Roggenwhisky und Wasser, und sie begannen wie alte Bekannte über eine Schwester von Mrs. Snood zu tratschen, die einmal in Akron gewohnt hatte.

Ihre Unterhaltung glich in ihrer Banalität einer Bühnenimprovisation, die einen verpatzten Auftritt kaschieren sollte. Weil ich so viel an Deborah denken mußte, spielte ich mit der Idee, daß sie womöglich auf ihren Auftritt warteten.

Und dann trat sie auf.

Sie hatte ein langes weißes Abendkleid angezogen, das sie unwirklich wie einen Geist erscheinen ließ. Der Himmel mochte wissen, wie sie es fertiggebracht hatte, das Kleid so absolut unzerknittert aus ihrem Koffer zu holen.

Sie blieb einen Moment am Rand der Terrasse stehen

und kam dann zu uns. Sie war jetzt ganz das Fifth-Avenue-Mannequin, wie es in einer Vierfarben-Anzeige für die richtige Zigarette oder vielleicht eine neue Nagellack-Marke wirbt: ›Möchten Sie an diesem Abend bezaubernd sein?‹ Ich fragte mich, wie sie diese Tricks aufgeschnappt hatte, während sie mit ihrem Archäologen-Vater durch Mittel- und Südamerika zog. Ich hatte erwartet, daß ihre Begegnung mit Mrs. Snood etwas ominös verlaufen würde, aber nichts dergleichen geschah. Deborah setzte sich auf den freien Stuhl neben mir, blickte gleichgültig auf meine zwei Tischnachbarn und murmelte: »Hallo.«

Wenn sie Angst hatte, war davon jedenfalls nichts zu erkennen. Auch hinter Mrs. Snoods abschätzender weiblicher Neugier gab es nicht die geringste versteckte Andeutung. Mr. Halliday akzeptierte die Vorstellung mit einem breiten Lächeln, das seine Grübchen zeigte, und sagte: »Habe ich Sie nicht heute nachmittag am Flughafen gesehen?«

Ich sah Deborah an. Hier mußte doch irgendeine Verbindung existieren. Ihr Profil war mir zugewandt – dieses eigenartig individuelle Profil, das so bemüht zu sein schien, seine Individualität zu unterdrücken. Ihre Lider huschten einmal über die silbergrauen Augen, aber ihr Gesichtsausdruck änderte sich nicht.

»Vielleicht«, sagte sie. »Ich war dort.«

Der Kellner stand erwartungsvoll da. Deborah bestellte einen Daiquiri mit zerstoßenem Eis – genau die Art Drink, den ein Mannequin bestellt haben würde.

»Fliegen Sie nach Hause in die Staaten?« erkundigte sich Halliday.

»Ja.« Deborah zuckte mit den Schultern. »So in etwa.«

Ohne unhöflich zu sein, hatte sie damit jede weitere persönliche Frage im Keim erstickt. In diesem Augenblick erschien wieder der rothaarige Mann mit dem kleinen südamerikanischen Mädchen, nickte uns im Vorbeigehen unverbindlich grüßend zu und ging die Terrasse hinunter zu einem anderen Tisch.

Mrs. Snood, der jeder Gedanke an ein Privatleben unausstehlich zu sein schien, rief: »Kommen Sie, nehmen Sie einen Drink mit uns.«

Der Mann drehte sich zu uns um. Er bewegte sich mit der schwergewichtigen Anmut eines Athleten, der seine beste Zeit gerade hinter sich hat. Als er uns erreichte, grinste er. Es war ein äußerst entwaffnendes, jungenhaftes Grinsen, das sein grobschlächtiges Gesicht zehn Jahre jünger erscheinen ließ. Seine Augen waren sehr blau und offen. »Sehr freundlich von Ihnen«, sagte er. »Aber wie wär's mit einem Gutschein?« Er machte eine Kopfbewegung zu dem Mädchen mit den schönen Augen hin, das sich an einen Tisch gesetzt hatte. »Wir haben heute geheiratet. Wir würden jetzt gern ein wenig allein sein.«

»Flitterwochen?« meinte Mrs. Snood. »Also, ich gratuliere.«

Wir alle murmelten zustimmend. Der Mann lächelte erneut und ging zurück zu seiner Braut.

Mrs. Snood sah ihm nach. »Dem Himmel sei Dank, daß er abgelehnt hat. Ich hätte Champagner bestellen müssen.«

Sie nahm ihre Unterhaltung mit Halliday wieder auf. Ich konnte mich nicht aus meiner Stimmung befreien und kam nicht von der Vorstellung los, daß irgendein winziger

Anhaltspunkt plötzlich eine Verbindung zwischen all diesen zusammengewürfelten Leuten und Worten schaffen und eine völlig unerwartete Bedeutung ergeben würde. Und während dieses Gefühl wuchs, griff die Atmosphäre um Deborah neben mir wie eine Infektion auf mich über. Ich fing an zu erkennen, daß ich mich geirrt haben könnte. Hinter dem teilnahmslosen Äußeren verbarg sich eine Spannung, die sehr wohl Angst sein konnte. Und wenn es so war, war es eine spezifische Angst vor jemandem, der auf dieser Terrasse saß.

Vor wem? Vor Halliday, der sie am Flughafen gesehen hatte? Vor dem Flitterwochenpaar? Vor Mrs. Snood?

Kurz darauf wurde das Abendessen angekündigt, und die Gruppe löste sich auf. Deborah und ich aßen allein und ziemlich schweigsam an einem Ecktisch. Mit nur einer Handvoll Gästen strahlte der große Speisesaal eine gewisse stille Trostlosigkeit aus. Zwischendurch erschien der Hoteldirektor, ein fröhlicher, dynamischer Mexikaner mit dem angelernten Pep eines Reiseleiters, und kündigte an, daß am nächsten Morgen um halb neun Führer bereitstehen würden, um die Besucher durch die Ruinen zu führen.

Nach dem Abendessen trank Deborah mit mir Kaffee und Brandy auf der Terrasse. Ich spürte nicht mehr diese innere Spannung in ihr und fragte mich erneut, ob ich mich nicht doch in ihr getäuscht hatte. Vielleicht war das, was ich als Angst gedeutet hatte, nur Schüchternheit in Gesellschaft gewesen. Vielleicht hatte ich auch in bezug auf ihr verstocktes Schweigen unrecht. Vielleicht war sie so jung, daß sie es schick fand, so etwas wie ein Glamourgirl mit rätselhaftem Blick zu sein, das mich als Mann auf Touren brachte.

Aber bevor ich mich endgültig entscheiden konnte, stand sie abrupt auf und sagte: »Ich bin schrecklich müde. Sind Sie mir böse, wenn ich kapituliere und zu Bett gehe?«

Das frisch getraute Paar kam aus dem Speisesaal. Deborah rief: »Gute Nacht!« Und während Mrs. Snood und Halliday sich auf mich stürzten, verließ sie die Terrasse. Ich sah ihre schmale, schimmernde Gestalt auf den Weg zum Bungalow entschwinden.

Ich ließ noch so viel von der Halliday-Snood-Unterhaltung über mich ergehen, wie ich ertragen konnte, schützte dann Müdigkeit vor und verließ sie. In Wirklichkeit war ich überhaupt nicht müde. Sobald ich aus ihrem Blickfeld war, verließ ich den Weg, schlenderte zum Eingangstor hinunter und trat hinaus auf die dunkle Straße.

Mein Wagen stand da, und der Rundfahrtenbus von Merida parkte dahinter. Mit dem Hotel in meinem Rücken waren die beiden Automobile die einzigen Zeichen des zwanzigsten Jahrhunderts. Der dünne Mond leuchtete. Die Baumwipfel vor mir, geschmückt mit den schwingenden Girlanden der Schlingpflanzen, hoben sich schwarz gegen den helleren Himmel ab. Und dahinter ragte drohend in bleicher, unheimlicher Majestät die Silhouette eines mächtigen, zerfallenden Turmes empor.

Er hatte eine eigenartige, magnetische Wirkung auf mich. Nachdem ich jetzt klarer sehen konnte, bemerkte ich vor mir einen Drahtzaun mit einer primitiven Pforte. Ich stieß sie auf und ging über einen ausgetretenen Pfad durch den Dschungel. Grillen zirpten, Nachtfalter flatterten, die Nacht bebte von der Empfindung regungsloser, lebender Wesen. Auf einmal bog der Pfad nach rechts ab, und plötzlich lag eine kahle, grasbedeckte Arena vor mir, begrenzt von großen, schemenhaften Tempeln.

Ich trat in das helle Mondlicht hinaus. Alle Empfindungen von Leben hörten hier auf. Ich war in eine tote Welt eingetreten, die mit ihrem machtvollen Totenzauber wirkte. Ich konnte wenige Einzelheiten erkennen, nur die langgestreckten, wuchtigen Fassaden der Tempel und das unheimliche, einem Leuchtturm ähnelnde Bauwerk, das drohend zu meiner Rechten aufragte. Kalt blinkende Leuchtkäfer tanzten vor ihm in der Luft.

Ich zündete mir eine Zigarette an und ließ mich auf dem trockenen Rasen nieder. Dies war es, weshalb ich gekommen war. Nicht wegen des Hotels und eines rätselhaften, silberhaarigen Mädchens, das mir verkrampfte Liebesbezeugungen machte und Angst oder auch keine Angst hatte.

Obwohl ich keinerlei Überlieferungen der Maya kannte, reagierte der Theatermensch in mir stark auf diesen sensationellen Anblick der Ruinen und belebte sie mit schwach erinnerten Bildern aus Büchern, die ich als Junge gelesen hatte – Priestern in weißen Gewändern, ehrfurchtsvollen, stummen Menschenmassen, nackten, geweihten Opfern. Eine Zeitlang blieb ich so sitzen, ließ meiner Phantasie freien Lauf und betrachtete die matten, bröckelnden Fassaden. Und dann, so allmählich, daß ich es zuerst kaum wahrnahm, begann Furcht mich zu beschleichen. Es war ein Gefühl, das ich vernunftmäßig nicht begreifen konnte und das aus einem tief verborgenen Winkel meines Wesens kroch. Ich spürte fremdartige Schatten auf meinen Rücken fallen. Die Paläste, verführerisch weiß und glatt im Mondlicht, erschienen mir jetzt wie Paläste des Grauens, aus denen jeden Augenblick kreischend etwas Uraltes, Unnennbares stürzen konnte.

Ich stand auf und eilte zurück zur Straße und zur tröstlichen Vertrautheit der geparkten Wagen.

Das Hotel war jetzt dunkel. Anscheinend hatten sich alle früh zurückgezogen, um für die Besichtigung am nächsten Morgen frisch zu sein. In meiner Gedankenversunkenheit verfehlte ich meinen Weg und fand mich auf einmal tief im Garten wieder. Ich erkannte meinen Bungalow weit weg zur Rechten und wandte mich in diese Richtung. Ich war noch einige hundert Schritte entfernt im tiefen Schatten eines Orangenbaums, als ich stehenblieb.

Im Mondlicht konnte ich die Rückseite des Bungalows erkennen. Das nähere Fenster gehörte zu Deborahs Zimmer. Das dahinter war meines. Dicht neben Deborahs kauerte eine menschliche Gestalt.

Das Fenster stand offen, und die Gestalt kauerte darunter, als ob sie gleich hineinklettern wollte. Ein ängstliches Frösteln befiel mich. Dann begann plötzlich ein Hund zornig zu bellen, und die Gestalt glitt fort in das Dunkel des Gartens.

Die ganze Episode hatte nur wenige Sekunden gedauert, und meine unnatürliche Besorgtheit zerstreute sich fast genauso rasch. Es gab etliche Kellner im Hotel. Vermutlich war die Gestalt einer von ihnen auf dem Weg zum Angestelltenquartier hinter dem Garten gewesen. Fast mit Sicherheit war es meine gedankliche Beschäftigung mit den

Ruinen gewesen, die diesem Augenblick einen so finsteren Anstrich verliehen hatte.

Als ich den Bungalow erreichte, hatte ich den Vorfall schon fast vergessen. Angenehm müde, streifte ich die Kleidung ab, zog meinen Schlafanzug an und kletterte unter dem Moskitonetz in eines der Betten. Ich hatte nichts zu lesen. Ich lag da, rauchte eine letzte Zigarette und dachte an Iris.

Ich hatte gerade die Zigarette ausgedrückt und die Nachttischlampe ausgeknipst, als es an die Tür klopfte.

Ich setzte mich auf. Es klopfte erneut. Ich schob mich durch das Moskitonetz und ging die Tür öffnen.

Deborah Brand stand vor mir. Sie hatte einen weißen Pyjama an. Das mondbeschienene Haar fiel lose um ihre Schultern. Sie trat ins Zimmer und schloß die Tür hinter sich.

»Ich bin wiedergekommen«, sagte sie. »Hatten Sie mich schon aufgegeben?«

3

Ich knipste das Licht an. Sie ließ sich auf ein kleines Sofa fallen, das dem Bett gegenüber stand, und zog die Beine unter sich. Sie hatte Lidschatten und Lippenstift aufgetragen, um eine Femme-fatale-Wirkung zu erzielen. Es klappte aber nicht. Sie sah einfach jung und hübsch und ein wenig albern aus.

»Ich nehme an, daß Sie keinen Drink haben, oder?« sagte sie.

»Keinen Drink.«

»Dann eine Zigarette?«

Ich fand ein Päckchen, reichte es ihr und knipste mein Feuerzeug an.

Sie faßte meine Hand, während sie ihre Zigarette anzündete, und ließ sie nicht mehr los. Sie schaute mich unter halb geschlossenen Lidern an. Auch dieser Trick war eine Überdosis.

»So was tun Mädchen doch mit Regisseuren, um am Broadway lanciert zu werden, nicht wahr?«

»Im Kino.«

»Nur im Kino?«

Sie zog an meiner Hand. Ich ließ mich hinunterziehen. Sie schlang ihre Arme um meine Schultern und küßte mich auf den Mund. Obwohl sie es stürmisch und erfahren zu tun versuchte, schmeckten ihre Lippen süß und mädchenhaft, und ihr leichtes Parfüm duftete angenehm frisch. Es wäre regelrecht rührend gewesen, wenn es nicht so berechnend gewirkt hätte. Sie zitterte sogar. Es war allerdings gar nicht überzeugend.

Als sie mit Küssen fertig war, fragte ich: »Was möchtest du eigentlich? Auch am Broadway lanciert werden?«

»Nein«, entgegnete sie scharf. »Nein, natürlich nicht.«

»Und warum dann das alles?«

»Warum nicht?«

»Unter anderem, weil ich ein glücklich verheirateter Mann bin.«

Ihr Gesicht war immer noch dicht vor meinem. »Ist überhaupt jemand glücklich verheiratet?«

»Tut mir leid, aber das ist eine zu kosmische Frage.«

»Ich bin gekommen, weil ich es wollte«, sagte sie. »Weil ich dich mag.«

»Gehst du zu jedem Mann ins Zimmer, den du magst?«

Sie brauste auf: »Vielleicht mag ich ja nicht viele Leute.«

Ich stand auf. Sie lag auf der Couch, die silbernen Haare schimmerten, ihre roten Lippen waren halb geöffnet, und ihre Augen beobachteten mich halb zornig, halb unsicher.

»Warum kommst du nicht hinter der Mata Hari hervor und sagst mir die Wahrheit?« fragte ich.

»Die Wahrheit? Welche Wahrheit?«

»Was für ein Spiel du spielst.«

Sie sprang auf. »Ich werde nicht hierbleiben und mich beleidigen lassen.«

»Dann geh doch in dein Zimmer zurück.«

»Nein.« Die glanzvolle Pose brach zusammen. Ihre Schultern sanken. Sie war nur noch ein verängstigtes junges Mädchen mit zuviel Make-up. »Nein.«

Ich legte die Hände auf ihre Arme und versuchte, meine Stimme väterlich klingen zu lassen. »Hör mal, ich bin kein Ungeheuer. Wenn du Hilfe brauchst, mußt du nicht alles dafür hingeben. Ich helfe dir. Umsonst.«

»Ich brauche keine Hilfe«, erwiderte sie störrisch. »Warum sollte ich?«

»Erwartest du, daß ich das glaube?«

»Warum solltest du's denn nicht glauben?«

»Weil ich nicht von gestern bin.«

»Sei nicht albern. Niemand ist von gestern. Nur Babys.«

»Zunächst einmal hast du mich wegen des Rundfahrtenbusses belogen, den du angeblich verpaßt hattest.«

Darauf war sie vorbereitet. »Ich weiß. Es tut mir leid.

Ich hatte mich geirrt. Ich dachte, er wäre schon abgefahren.«

»Und zweitens hattest du Angst vor jedem Wagen, der uns folgte. Der Bus. Und dann später, als Mrs. Snood vorfuhr, hast du dich in den Laden verdrückt, um dich zu verstecken.«

»Nein, habe ich nicht. Ich wollte eine Cola.«

»Du hast sie nicht getrunken.«

»Ich habe es mir anders überlegt.«

»Und du hast vor jemandem hier Angst. Da bin ich so gut wie sicher. Wer ist es?«

»Ich habe vor niemandem Angst.«

»Kürzlich glaubte ich einen Mann vor deinem Fenster herumschleichen zu sehen. Hast du deswegen Angst?«

Sie stampfte wie ein kleines Mädchen mit dem Fuß auf. »Ich habe dir doch gesagt, daß ich vor nichts und niemandem Angst habe. Warum mußt du so ein Drama daraus machen? Ist das der Theaterproduzent in dir?«

»Okay«, sagte ich. »Wenn du's so willst, hast du eben keine Angst. Es geht mich nichts an. Aber ich habe das Recht, eines zu wissen: Wie passe ich in dieses Bild?«

Ihre silbergrauen Augen sahen mir ins Gesicht. »Bitte, laß mich heute nacht hierbleiben!« platzte sie heraus.

»Warum?«

»Hier sind zwei Betten. Ich werde dir nicht auf die Nerven gehen. Ich verspreche, daß ich dir nicht auf die Nerven gehen werde.«

Es war lächerlich, dahinter eine Falle zu vermuten. Wir befanden uns hier im mexikanischen Dschungel, nicht am Times Square.

»Es ist nicht gerade üblich«, meinte ich hinhaltend, »daß ein Mann einem Mädchen ein Bett anbietet, wenn sie selbst über eines verfügt, das vollkommen in Ordnung ist.«

»Muß denn alles immer üblich sein?«

»Es sei denn, es gäbe einen guten Grund dagegen.«

Sie sah mich immer noch ernst an. Plötzlich begannen ihre Lippen zu beben.

»Ich will dir die Wahrheit sagen. Ich habe gelogen. Ich habe Angst.«

»Das ist schon besser.«

»Es ist schrecklich, so allein in meinem Zimmer und mit dem Dschungel und all den Geräuschen draußen! Ich weiß nicht, warum. Es macht mir Angst. Es... Oh, ich wollte nicht, daß du es erfährst. Es ist so kindisch! Niemand darf wissen, daß ich so kindisch bin!«

Mir kam in den Sinn, daß ein Mädchen, das mit einem Archäologen als Vater gelebt hatte und durch das Hinterland von Peru gereist war, sich mittlerweile an Dschungelnächte gewöhnt haben sollte. Gewiß war ihr Angebot, mit einem fremden Mann ins Bett zu gehen, eine umständliche Art, Gesellschaft zu finden. Aber genausogut konnte sie die Wahrheit gesagt haben. Die Menschen verhalten sich nun einmal unvernünftig.

»Bitte«, beschwor sie mich, »bitte, laß mich bleiben. Schick mich bitte nicht in dieses Zimmer zurück.«

Ich wußte, daß ich mich da vielleicht auf etwas einließ, das ich noch bedauern würde. Aber ich wollte sie nicht allein mit ihrer Angst fortschicken – selbst wenn die Gefahr nur aus einem einsamen, dunklen Zimmer bestand. Ich hatte sie gern, das war meine Zwickmühle.

»Okay.« Ich machte eine Handbewegung zum anderen Bett hin. »Es gehört ganz dir.«

Ein impulsives, dankbares Lächeln leuchtete in ihrem Gesicht auf. »Vielen Dank!«

»Keine Ursache. Ist gern geschehen.«

Sie schleuderte ihre Pantoffeln von den Füßen, kroch durch das Moskitonetz und kletterte in das andere Bett. Verschwommen konnte ich ihre Silhouette durch das feine Geflecht erkennen, wie sie da auf dem Rücken lag und ihr Haar auf dem Kopfkissen schimmerte. Es war wie eine Momentaufnahme aus einem frühen Josef-von-Sternberg-Film.

Draußen im Dschungel kollerte ein Vogel, wahrscheinlich einer von jenen, die auf ihre Liebsten warteten, kummervoll durch die Stille. Ich knipste das Licht aus.

In die Dunkelheit und Stille hinein sagte sie plötzlich: »Ich hasse Fremdenführer. Laß uns früh aufstehen und die Ruinen besichtigen, ehe die Führung beginnt.«

»Ich bin völlig ungebildet«, erwiderte ich. »Ich brauche Erklärungen.«

»Ich weiß alles darüber. Ich werde dich führen.«

»Okay.«

»Du bist sehr lieb.«

»Bin ich das?«

»Ich bin dir schrecklich dankbar.«

»Das freut mich.«

Ein paar Minuten lang herrschte Schweigen. Ich hörte, wie sie seufzte und sich umdrehte. Bis sie auf einmal mit komischer, kleiner Stimme, als schliefe sie schon fast, murmelte: »Vögel auf der Straße. Warten auf ihre Liebsten.«

»Ja«, meinte ich.

Sie murmelte schläfrig etwas, das sich anhörte wie: »Johanna von Orléans krönte ihn 1462.«

»Krönte wen?« erkundigte ich mich.

Sie seufzte erneut. »Meinen Onkel.«

»Das war sicher schön für ihn.«

»Ja. Eine neue Johanna von Orléans«, flüsterte sie. »Aber erzähl es keinem weiter! Niemals. Es ist ein Geheimnis.«

»Okay.«

»Versprochen?«

»Versprochen.«

»Wunderbar. Guu' Nacht, liebs'er Prinz, un' Scharen von Engeln ...«

Die Worte endeten in einem zufriedenen Brummen, und sie hörte auf zu phantasieren. Ich war ziemlich sicher, daß sie jetzt eingeschlafen war. Sie war noch jung genug, um das zu können, von einem Augenblick zum andern unbekümmert wie ein Tier einzuschlafen.

Irgendwann, nicht viel später, schlief auch ich ein.

4

Eine Hand auf meiner Schulter weckte mich. Helles Sonnenlicht fiel durch das Fenster. Das Moskitonetz über meinem Bett war aufgezogen. Deborah stand in ihrem weißen Pyjama vor mir.

»Es ist ganz schön schwer, dich wach zu kriegen«, sagte sie. »Es ist schon fast sieben.«

Ich sah sie an und erinnerte mich an sie und ihre Geschichte.

»Die Ruinen«, sagte sie. »Du hast versprochen, früh aufzustehen, ehe die Führung beginnt.«

»In Ordnung.«

»Ich gehe jetzt in mein Zimmer und ziehe mich an. Du machst dich auch fertig, ja?«

»Ich glaube schon.«

Sie betrachtete mich nachdenklich. »Bist du morgens immer so schlecht gelaunt?«

»Wessen Zimmer ist dies eigentlich?« fragte ich.

»Es tut mir leid«, sagte sie. »Du brauchst es mir nicht unter die Nase zu reiben.«

Sie ging und schlenderte ungezwungen durch die Tür hinaus, als machte sie sich nichts daraus, eventuell gesehen zu werden. Ich stand auf und wusch mich. Mein Sonnenbrand war besser. Er tat fast gar nicht mehr weh. Ich war gerade fertig mit Anziehen, als Deborah zurückkam. Sie trug das silbergraue Kostüm und hatte die große rote Handtasche unter einen Arm geklemmt. Sie sah so frisch aus wie der junge Tag.

»Komm«, sagte sie. »Es ist noch niemand zu sehen.«

Wir traten hinaus in den Garten. Ich schloß die Tür hinter uns ab. Das Hauptgebäude hinter den Orangenbäumen und den scharlach- und magentaroten Bougainvillearanken glänzte im Sonnenlicht. Die Terrasse lag verlassen da.

»Laß uns mit der großen Pyramide beginnen«, sagte sie. »Ich kenne diesen Ort, als wäre ich schon einmal hier gewesen. Vater hat mir alles jahrelang eingehämmert.«

Wir gingen zur Gartenpforte und hinaus auf die kleine

Straße, wo die Autos standen. Deborah war in übertrieben guter Laune. Ich hatte es aufgegeben, ihre Stimmungen verstehen zu wollen.

Ein paar hundert Schritte die Straße hinunter ragte die Pyramide, die wir am Vorabend gesehen hatten, gewaltig über dem Dschungel empor. Das Bedrohliche, womit die Nacht sie ausgestattet hatte, war verschwunden, das Großartige jedoch geblieben: grau, kalt, unnahbar. Ein Stück weiter trafen wir auf ein paar Mayahütten. Auch hier gab es kein Lebenszeichen, bis auf einen gelben, unterwürfig wirkenden Hund, der uns von der Seite ansah und dann schüchtern hinterhertrottete. Wir gingen durch eine Pforte im Drahtzaun über rauhes, stoppeliges Gras, das mit kleinen gelben Blumen gesprenkelt war. Eine Biegung um eine Buschgruppe brachte uns direkt zum Sockel der Pyramide. Rund um uns, im Kreis um die grasbewachsene Arena, hockten mächtige Palastruinen.

Dies waren nicht die Ruinen, die ich letzte Nacht gesehen hatte. Sie hatten auf der anderen Seite des Hotels gelegen. Deborah begann, mir die einzelnen Bauten zu erklären. Die langen, massiven Mauern des Heiligen Ballsaales mit dem Jaguartempel wölbten sich an dem einen Ende. Der Tempel der Schädel. Das Grabmal von Chacmool, dem großen Regengott, der das Schicksal der Mayas in seinen opfergierigen Händen gehalten hatte. Und dahinter der riesige Tempel der Krieger, umgeben von den Überresten der tausend Steinsäulen, die einst den Markt umschlossen hatten.

Deborah begann die geheimnisvolle Verbindung zwischen der Anzahl der Terrassen und Stufen der gewaltigen

Pyramide und dem Kalender der Mayas zu erklären. Ich hörte nur halb zu, voller Ehrfurcht vor der Tatsache, daß eine so anspruchsvolle Kultur so vollkommen vom Dschungel verschlungen worden sein konnte. Schmetterlinge in allen Farben und Größen flatterten um uns herum. Ein großer weißer Reiher zog durch die Luft, vorbei am Tempel der Krieger und fort.

Wir gingen zum Ballsaal hinüber, der gelbe Hund folgte uns vorsichtig. Wir stiegen die steilen Stufen zur Terrasse des Jaguartempels empor und schauten in den langgestreckten Saal hinunter. Seine Wände waren mit sorgfältig herausgemeißelten rituellen Bildern verziert. Hoch oben in der Mitte jeder Wand befand sich ein großer Steinring.

Der gelbe Hund hatte ängstlich ebenfalls die Stufen erklommen, war in respektvoller Entfernung stehengeblieben und schaute uns blinzelnd und sich kratzend an.

Wir gingen weiter zum Tempel der Krieger und stiegen hoch zur Plattform, wo zwei mächtige steinerne Schlangen, die Schwänze in die Luft gestreckt und die züngelnden Köpfe an den Boden gepreßt, vor einer steinernen Statue von Chacmool Wache hielten, der auf seinen Schenkeln hockte, den Kopf zur Pyramide gewandt und eine Schale auf dem Schoß, bereit, ein Menschenherz als Opfer zu empfangen.

Das Gefühl des Bösen, das mich letzte Nacht beschlichen hatte, begann wieder in mir hochzukriechen. Die uns umgebenden Mauern waren mit herausgemeißelten Masken von Chacmools Gesicht bedeckt, deren Nasen, zu großen, gekrümmten Rüsseln übertrieben, aus dem Stein heraustrompeteten wie ein asiatischer Alptraum. Ich war plötzlich entsetzt über den monströsen Stumpfsinn dieser toten Religion, die düstere Perversität eines Kultes, der Tausende von kleinen Kindern in Käfigen aufgezogen und zu geeigneten Opfern für einen blinden Gott aus Kalkstein und schlimmen Träumen gemästet hatte.

Der gelbe Hund erschien um die Ecke, beobachtete uns mit angelegten Ohren, trottete an den Schlangen vorbei, schnüffelte an Chacmools steinernem Hinterteil und hob dann sein Bein.

Ich fühlte mich sehr viel besser.

Deborah, die neben mir stand, sah nach ihrer Uhr. »Laß uns zum *cenote* gehen. Vater war ein Experte für *cenotes* hier in der Gegend. Er bringt mich um, wenn ich ihm keinen ausführlichen Bericht liefere.«

Wir näherten uns der großen Opfertafel. Um sie herum blühten die hübschen, kleinen gelben Blumen. Ich fragte mich, ob sie dort schon geblüht hatten, als das Blut vom Altar tropfte. Vielleicht mochten sie Blut.

»Was sind *cenotes?*« fragte ich.

»Die natürlichen Brunnen hier in der Gegend. Doch dieser hier war der bedeutendste in ganz Yucatán. Der Opferbrunnen. Prinzen kamen von weit her, um Juwelen und Männer und Jungfrauen hineinzuwerfen. Vor allem Jungfrauen. Sie haben ständig Jungfrauen hineingeworfen.«

Wir stiegen hinunter, schlängelten uns durch die bröckelnden Säulen des leblosen Marktes und traten in die Arena.

»Er liegt nördlich der Pyramide«, erklärte Deborah. »Abseits im Dschungel. Da, das muß der Pfad sein.«

Wir überquerten das Stück offenen Landes und bogen in

einen engen Pfad ein, der mitten in den Dschungel führte. Die verschlungene Vegetation machte einen gewalttätig lebendigen Eindruck, als ob sie sprungbereit Kräfte sammelte, um in erneutem Vorstoß wieder die Ruinen zu umschlingen. Schmetterlinge – riesige diesmal mit leuchtend orangefarbenen Flügeln – flatterten hin und her. Eine Armee von blutroten Waldameisen marschierte in präziser militärischer Formation über den Pfad. Wir drangen tiefer in den Dschungel ein, während um uns herum Vogelrufe mit wie Glockengeläut klingendem Lachen ertönten. Und dann verbreiterte sich der Pfad zu einer Lichtung, auf der ein zerfallender Steinhaufen den Standort eines zerstörten Tempels markierte. Wir hatten den *Cenote de los Sacrificios* erreicht. Für mich war der Opferbrunnen die entsetzlichste all dieser vergangenen Grausamkeiten. Vielleicht, weil die Natur ihn zwar erschaffen hatte, aber dabei die anmaßende Brutalität der Mayabaumeister nachgeahmt zu haben schien.

Vor uns lag ein kreisförmiger Krater von ungefähr fünfundvierzig Metern Durchmesser – ein gähnendes Loch, als wäre an dieser Stelle die Oberfläche der Welt eingebrochen. Ich trat vor an seinen Rand. Die Wände, weiß, schartig, mit Farnen und unsicher verwurzelten Sträuchern gesprenkelt, fielen in steilem Absturz gut fünfundzwanzig Meter tief bis zu einer grünen, sich träge bewegenden Wasserfläche hinab, auf die das durch die überragenden Baumwipfel scheinende Sonnenlicht unheimliche Muster aus Gold und Schatten zeichnete. Die Atmosphäre strahlte Kälte, Stagnation und Tod aus. Ich mußte an von Todesangst ergriffene, schreiende und sich sträubende Mädchen denken, wie sie über die steil abfallende Kante gestürzt wurden. Ich dachte an Sekunden der Stille und dann lautes Aufklatschen.

Deborah stand gefährlich nahe am Rand und beugte sich vor.

»Dort unten liegen Skelette«, sagte sie, »Hunderte davon. Thompson, der Archäologe, hat ein wenig mit dem Schleppnetz darin gefischt. Gold, Jade, Amethyste und Schädel, Schädel, Schädel.« Sie machte eine Pause. »Man kann nicht entkommen. Es gibt eine unterirdische Strömung, einen Fluß. Wenn man hineinfällt und niemand mit einem Seil in der Nähe ist, muß man sterben.«

»Heitere Aussichten.«

Der gelbe Hund erschien auf der Lichtung, musterte uns nervös, lief dann zu einem schattigen Flecken, ließ sich auf sein Hinterteil fallen und inspizierte seine Pfoten. Deborah trat vom Rand des Kraters zurück und öffnete ihre große rote Handtasche. Dann sah sie mich plötzlich verärgert an. »Verdammt, ich habe Vater versprochen, Fotos zu machen. Als ich die Tasche anfaßte, glaubte ich meinen Fotoapparat zu fühlen, aber es ist nur ein Buch.«

Ich betrachtete den kleinen Steinhaufen, der einmal ein Tempel gewesen war, und fragte mich neugierig, welche Hexensabbate hier wohl stattgefunden hatten.

»Peter.« Sie faßte meinen Arm. Ich drehte mich um und sah sie an und hatte das merkwürdige Gefühl, daß ihr Gesicht plötzlich falsch war. »Peter, würdest du wohl zum Hotel zurücklaufen und ihn holen? Den Fotoapparat? Es wird keine fünf Minuten dauern. Ich hab's Vater versprochen.«

Sie kramte in ihrer Handtasche. »Hier ist mein Zimmerschlüssel. Und...« Sie holte ein kleines Taschenbuch hervor, einen Kriminalroman mit buntem Einband. »Den hab' ich im Flugzeug gelesen. Wenn du gehst, würdest du ihn dann mitnehmen? Er verstopft mir nur die Handtasche.«

Ich steckte den Band in die Tasche und nahm den Schlüssel. Ich versuchte herauszubekommen, was in mir das merkwürdige Gefühl von Falschheit hinter ihren Worten geweckt hatte. Es war, als ob in der Rückschau ihr ganzes Verhalten, seitdem wir das Hotelgelände verlassen hatten, nur Theater gewesen wäre – aufgesetzt, um zu dieser völlig trivialen Bitte überzuleiten.

Doch ihr junges Gesicht mit seinen feinen Linien und der modischen Ausdruckslosigkeit sagte mir nichts.

»Ich verlange es nur ungern von dir«, sagte sie. »Aber ich will mir den *cenote* gern näher ansehen. Ein wenig rumlaufen und den besten Winkel zum Fotografieren finden.«

»In Ordnung.« Ich wandte mich dem Pfad zu.

Der Hund schaute zu mir auf, erhob sich halb, sah dann zu Deborah hinüber, setzte sich und beschäftigte sich wieder mit seinen Pfoten.

»Bleib nicht lange!« rief Deborah.

»Sicher nicht.«

Ich schaute zurück. Sie kraxelte am Rand des lockenden Mayakraters entlang, strahlend weiß, energisch und mit ihrer roten Handtasche und den gefährlich hohen Absätzen das zwanzigste Jahrhundert verkörpernd.

Als ich aus dem Dschungelpfad hinaus auf die große

Arena zwischen den Ruinen trat, sah ich, daß das Tagesleben begonnen hattc. An der unrestaurierten Seite der Pyramide hackten zwei weißgekleidete Indios mit Macheten hochgewachsenes Unkraut. Ein kleines, herumbummelndes Mädchen spielte am Sockel des Tempels der Schädel. Und mitten auf dem grasbedeckten Platz bemerkte ich einen Mann in hellgrauem Anzug, der auf mich zukam.

Ich erkannte den Hoteldirektor. Als wir uns begegneten, begrüßte er mich heiter.

»Früh aufgestanden, Mr. Duluth.«

»Wir haben uns den *cenote* angesehen.«

»Interessant, nicht wahr?«

»Sehr.«

Das kleine Mädchen begann, zum Tempel der Schädel hinaufzuklettern. Einer der Indios bei der Pyramide hatte die Arbeit satt, legte sich auf den Rücken und zog sich den Hut über die Augen.

»Ich muß zum Hotel zurück und…«, begann ich.

Die Worte blieben mir im Hals stecken, denn hinter uns im Dschungel ertönte der helle Schrei einer Frau.

Ich erstarrte. Der Hoteldirektor fuhr herum und starrte auf die Mündung des Pfades zum *cenote*.

Das Echo des Schreis schien unheimlich durch den Dschungel zu ziehen. Es lief mir kalt den Rücken hinunter. Und dann, noch viel entsetzlicher, weil es zu den bösen Mayaphantasien in meinem Kopf paßte, erklang ein anderes Geräusch – ein langes, zischendes Aufklatschen.

In kalter Panik lief ich auf den Dschungelpfad zu. Über die Schulter rief ich zurück: »Miss Brand. Sie ist dageblieben. Allein!«

Der Hoteldirektor rannte hinter mir her. Ich stürmte in den Pfad und so schnell wie möglich voran. Schlingpflanzenranken wedelten um mich herum, als bewegte sie eine dämonische innere Lebenskraft. Die Schmetterlinge, funkelnd wie Edelsteine, flatterten vor mir. Die ganze Atmosphäre war mit fremdartigem Grauen geladen. In einer Vision sah ich Deborah mit ihren hohen Absätzen am Kraterrand herumtrippeln, fehltreten, abrutschen...

Vor mir öffnete sich die Lichtung. Ich sah den gelben Hund am Rand des Abgrundes auf seinem Hinterteil hocken, die Ohren gespitzt und nach unten spähend. Als ich ihn erreichte, warf er mir einen abwesenden Blick zu und schnappte nach einem Insekt.

»Deborah!« rief ich.

Der Hoteldirektor kam keuchend hinter mir an. Wir rannten beide zum Rand des Abgrundes. Tief unter uns schlingerte der unheilbringende grüne Sog auf seinem Weg hinab zum unterirdischen Fluß.

»Deborah!« rief ich erneut.

Der Hoteldirektor umklammerte meinen Arm. Sein Griff war so stark, daß sich seine Finger bis auf meine Knochen zu bohren schienen. Er deutete nach unten. Doch ich brauchte keine Richtungsangabe, ich hatte es auch gesehen.

Fünfundzwanzig Meter unter uns, glänzend und schimmernd unter der Wasseroberfläche, treibend wie ein Bündel furchteinflößender Algen, konnte ich Deborahs silbernes Haar erkennen.

Verschwommen sah ich auch kurz ihr Gesicht. Es war bleich, kalt, grünlich unter dem grünen Wasser.

Und sie bewegte sich nicht. Sie lag naß und still da unten, während die träge Strömung an ihrem Haar sog.

5

Meine erste Reaktion war Zorn. ›Dieser verdammte kleine Dummkopf‹, dachte ich. ›Klettert dort am Abgrund entlang. Hatte sie denn keinen Verstand?‹ ... Dann erst kam mir das Entsetzliche voll zum Bewußtsein. Dort unten lag sie, unter Wasser und bewegungslos. Sie mußte im Fallen mit dem Kopf angeschlagen sein. Oder vielleicht hatte sie beim Aufprall auf das Wasser aus solcher Höhe das Bewußtsein verloren.

Ich ging auf die Knie und begann, mich über den steilen Felsrand hinabzulassen. Der Hoteldirektor packte mich von hinten. Seine Arme waren stark wie die eines Ringkämpfers. Er riß mich zurück.

»Sie können nicht da hinunterklettern. Niemand kann das.«

»Aber sie ertrinkt!«

»Sie würden nur abstürzen. Es sind fünfundzwanzig Meter. Wir müßten auch Sie retten.«

Ein Indio kam auf die Lichtung gerannt. Der Hoteldirektor schrie ihn auf Spanisch an. Er hastete davon.

»Er holt ein Seil«, sagte der Hoteldirektor. »An der Pyramide hängt ein Seil, um den Leuten beim Ersteigen zu helfen. Er wird es jeden Moment haben.«

Er war kleiner als ich, bestand aber nur aus Muskeln, und er hatte mich überrumpelt und mir die Arme mit fachmännischem Nelsongriff auf den Rücken gefesselt. Wir taumelten gemeinsam am Rande des Kraters. Der gelbe Hund jaulte. Vielleicht hatte einer von uns ihn getreten.

Während ich gegen ihn ankämpfte, ohne zu überlegen, rein instinktiv reagierend, konnte ich Deborah unter uns sehen. Sie schien langsam zu sinken. Das bleiche Gesicht war noch verschwommener, das fließende Haar von dunklerem Silber. Und langsam zog die Strömung sie näher und näher zur Felswand hin, wo der unterirdische Fluß sie erfassen würde.

Undeutlich drang die Stimme des Hoteldirektors zu mir durch: »Es hat keinen Sinn mehr. Ich glaube, sie ist bereits tot. Die Strömung wird sie den Fluß hinunterziehen.«

Das Geräusch laufender Füße erklang hinter uns. Der Indio war zurück. Er hielt ein ungeschickt aufgerolltes Seil in der Hand, dessen eines Ende wie eine mächtige Schlange hinter ihm über den Boden strich. Bei ihm war ein zweiter Indio. Der Hoteldirektor begann laut spanisch zu reden. Die Indios rannten mit dem Seil zu einer Stelle am Rand, nahe über dem versinkenden Körper, wo ein Baum stand. Einer der Männer band das Seil daran fest und schwang sich über den Kraterrand.

Ich hörte auf, mich zu sträuben, und der Hoteldirektor löste seinen Ringergriff. Ich wußte jetzt, daß ich nichts tun konnte. Es wäre niemals möglich gewesen. Der Hoteldirektor hatte recht. Sie war vermutlich tot. Ich versuchte, mich mit dieser unannehmbaren Tatsache abzufinden. Der Körper dort unten war in dem grünen, schleimigen Wasser kaum noch zu erkennen. Der eine Indio, klein und geschmeidig wie ein Junge, schwang sich an dem Seil hinab.

Der zweite Indio kauerte oben und starrte hinunter. Plötzlich mochte ich nicht mehr zusehen. Ich wandte mich ab.

Der gelbe Hund erschrak bei meiner heftigen Bewegung, schoß mir einen tadelnden Blick zu und tappte hinweg aus der Lichtung.

Mein Kopf war jetzt klarer. Ich wanderte rund um den Krater und suchte nach Deborahs großer roter Handtasche. Sie war nicht da. Sie mußte sie beim Fallen fest in der Hand gehalten haben. Ich stellte mir vor, wie sie langsam in dem trüben Wasser tiefer und tiefer sank, eine elegante amerikanische Handtasche, die sich zu den antiken indianischen Armbändern und dem übrigen goldenen Krimskrams gesellte.

Vom Dschungelpfad her hörte ich schwere Schritte. Sekunden später erschien die schlaksige Gestalt von Bill Halliday. Das Sonnenlicht fiel schräg auf sein Haar, das entweder grau oder aschblond war. Er eilte auf mich zu. Sein wenig ausdrucksvolles Gesicht war gespannt und besorgt.

»Was ist geschehen? Ich war oben bei den Ruinen und hörte einen Schrei.«

Der Hoteldirektor war zu dem Indio am Kopfende des Seils hinübergegangen. Er rief Anweisungen zu dem anderen Mann hinunter. Halliday wollte zu ihnen.

»Deborah Brand«, sagte ich. »Sie ist hineingestürzt.«

»Hineingestürzt?«

»Sie wollte Fotos machen. Ich sollte ihren Fotoapparat holen…«

Halliday lief zum Hoteldirektor hinüber. Ich sah, wie er vorsichtig hinunterblickte. Er kam zu mir zurück. Er war blaß geworden.

Ergriffen sagte er: »Sie ist tot, nicht wahr? Durch den Sturz betäubt. Ertrunken.«

»Ich glaube schon.«

Der rothaarige Bräutigam hatte inzwischen die Lichtung betreten. Und dicht hinter ihm kam atemlos Mrs. Snood angetrabt. Also waren sie alle schon hier draußen gewesen, dachte ich, um die Ruinen vor der offiziellen Führung zu besichtigen. Die Neuankömmlinge gesellten sich zu uns. Alle überschütteten uns mit Fragen. Für mich waren sie nur verschwommene, unzusammenhängende Bilder. Mrs. Snoods lebhaftes Gesicht und ihr knallgrünes Kostüm, die hellblauen Augen des Bräutigams, Hallidays schmaler, lippenloser Mund.

Der Hoteldirektor trat zu uns. »Gehen Sie bitte alle zum Hotel zurück. Es gibt nichts, was Sie tun könnten.«

Ich kam mir für Deborah verantwortlich vor. Ich hatte sie hierhergebracht. Ich protestierte, doch der Hoteldirektor unterbrach mich: »Bitte, Mr. Duluth, Sie werden sich nur selbst Kummer bereiten.«

»Es ist in Ordnung«, sagte Halliday. »Wir nehmen ihn mit zurück.«

Halliday legte seine Hand fest auf meinen Arm. Er führte mich zum Pfad zurück. Irgendwie war ich erleichtert, weggehen zu können und nicht sehen zu müssen, was der Indio aus diesem grauenhaften Krater hochbringen würde.

Der Bräutigam ging voraus. Halliday und ich folgten ihm. Mrs. Snood flatterte um uns herum. Wir überquerten die Arena der Tempel, gingen hinaus auf die Straße und zum Hotel zurück. Kellnerinnen in einheimischen Phantasiekostümen trödelten im Speisesaal am Ende der Terrasse herum.

Mrs. Snood meinte: »Wir könnten jetzt eigentlich auch frühstücken. Wir werden uns besser fühlen, wenn wir etwas gegessen haben.«

»Nein«, entgegnete ich.

»Bitte, Mr. Duluth. Das wird Ihnen guttun.«

»Nein, danke.«

Ich verließ sie und eilte den Weg zum Bungalow hinunter. Ich schloß mein Zimmer auf und trat ein. Es war nicht gemacht worden. Das Bett, in dem Deborah geschlafen hatte, zeigte immer noch ein Durcheinander von Laken unter dem Moskitonetz. Eine absurde Anwandlung von Konventionalität überkam mich. Das Zimmermädchen durfte nicht wissen, daß Deborah hier die Nacht verbracht hatte – nicht jetzt, da sie tot war. Mit peinlicher Genauigkeit machte ich das zweite Bett und band das Moskitonetz wieder zur üblichen Ballonform hoch.

Dann ließ ich mich auf das andere Bett fallen. Ich kramte in meiner Tasche nach einer Zigarette und brachte dabei das Buch zum Vorschein, das Deborah mir gegeben hatte. Es war eine billige Taschenbuchausgabe des Kriminalromans von Craig Rice: *Der falsche Mord*. Ich warf einen Blick auf den bunten Umschlag und legte das Buch auf den Nachttisch. Ich fand eine Zigarette und zündete sie mir an.

Deborah schien immer noch bei mir im Zimmer zu sein, als hätte sie ein Schattenbild zurückgelassen. Ich hörte wieder ihre Stimme, wie sie gestern so eigensinnig wiederholte: ›Warum sollte ich Angst haben? Natürlich habe ich keine Angst.‹

Doch sie hatte Angst gehabt, und jetzt war sie tot.

Das war der Moment, in dem ich zum ersten Mal neugierig zu werden begann. Trotz ihres Leugnens hatte Deborah Brand zu Lebzeiten ein offensichtliches Geheimnis umgeben. War ihr Tod nicht ebenfalls geheimnisvoll? Gab es eine einsichtige Erklärung dafür, daß ein vernünftiges, gesundes Mädchen am hellen Tag in einen Abgrund stürzen mußte, nur weil sie einen guten Platz für ein Foto ausfindig machen wollte? Und während ihres Sturzes war sie mit dem Kopf angeschlagen und bewußtlos im Wasser gelandet, was den sicheren Tod bedeutete. Waren das nicht zu viele Zufälle?

Ich dachte an den merkwürdigen Eindruck von Falschheit, den sie auf mich gemacht hatte, als sie mich bat, ihren Fotoapparat zu holen. Ich fragte mich, ob sie mich vielleicht absichtlich ins Hotel zurückgeschickt hatte, weil sie mit jemand anderem am *cenote* verabredet war. Doch wenn es sich so verhielt, warum hatte sie sich dann vorher so viel Mühe gegeben, mich zur Besichtigung zusammen mit ihr zu überreden? Und wenn da jemand im Hotel gewesen war, den sie kannte, hatte sie sicherlich Angst vor ihm oder ihr gehabt. Bestimmt hätte sie niemals mit jemandem, vor dem sie Angst hatte, ein Treffen an einem so gefährlichen Platz wie dem *cenote* vereinbart.

Obwohl meine Theorie scheiterte, blieb doch ein vages, nicht faßbares unheimliches Gefühl zurück. Ich hatte Deborah Brand kaum gekannt, aber für mich war sie Wirklichkeit geworden. Ein reales junges Mädchen mit einer realen Angst, das schutzsuchend zu mir gekommen war.

Hatte ich sie irgendwie im Stich gelassen?

Jemand klopfte an die Tür. Ich stand auf, ging hin und öffnete sie. Mrs. Snood stand davor mit einer Tasse Kaffee in der Hand. Sie machte einen besorgten, mütterlichen Eindruck. Sie hatte sich einen kleinen Bougainvilleazweig an ihr grünes Kostüm gesteckt. Er war noch wirkungsloser als die Orchideen.

»Ich bringe Ihnen eine Tasse Kaffee. Sie zahlen ja für das Frühstück. Dann sollten Sie wenigstens etwas davon haben.«

Sie trat hastig ins Zimmer und schaute interessiert in die Runde. Wahrscheinlich fragte sie sich, ob ich mehr für mein Geld bekommen hatte als sie. Ich war dankbar für den Kaffee. Und ich war dankbar für ihr warmherziges, impulsives Entgegenkommen.

Ich setzte mich auf das Sofa, auf dem Deborah gestern nacht ihren nicht ganz bühnenreifen Verführungsversuch inszeniert hatte. Mrs. Snood setzte sich neben mich. Sie legte ihre kleine Hand auf mein Knie und sah mich an, halb neugierig, halb liebevoll.

»Sie haben sie gern gehabt, nicht wahr?«

»Sie war ein nettes Mädchen.«

»Aber mehr doch nicht, oder? Ich meine, Sie hatten sie nicht schon vorher gekannt?«

»Nein.«

»Der Hoteldirektor ist zurückgekommen«, sagte sie. »Es hatte keinen Zweck. Er glaubt nicht, daß man sie wird herausziehen können.«

Ich stürzte den Kaffee hinunter. Er schmeckte bitter. »Nein?«

»Die Strömung. Sie hat sie unter den Felsen gezogen.«

Ich stellte die Tasse ab.

Ihre Hand lag noch auf meinem Knie. »Grämen Sie sich deswegen nicht zu sehr. Sie hätten nichts daran ändern können. Viele Menschen sterben.«

Diese abgedroschene Phrase tat weh. »Gewiß doch«, knurrte ich. »Viele andere Mädchen liegen schon auf dem Grund des *cenote.* Auf eines mehr kommt es da auch nicht an.«

Sie machte ein gekränktes Gesicht. »Ich bin nicht gefühllos. Es ist schrecklich, ich weiß das. Ich wollte Ihnen nur helfen.«

»Das glaube ich Ihnen ja«, entschuldigte ich mich. »Es tut mir leid.«

»Der Hoteldirektor sagt, es gibt hier draußen keine Polizei. Sie werden nach Merida fahren und dort auf der Polizeistation eine Aussage machen müssen. Bei Unfällen muß man eine Aussage machen.«

»Ja.«

Sie stand auf. »Möchten Sie noch einen Kaffee?«

»Nein, vielen Dank. Einer genügt.«

»Nun, ich nehme an, wir werden doch noch mit dem Führer auf Besichtigungstour gehen. Irgendwie kommt es einem schrecklich vor, nach alledem hier in den Ruinen herumzuschnüffeln. Doch nachdem wir so weit gereist sind und so viel ausgegeben...«

»Natürlich.«

In diesem Augenblick trat der Hoteldirektor ein, mit besorgter und entschuldigender Miene, als ob alles nur ihm als Schuld angerechnet werden könnte. Er wiederholte, was Mrs. Snood mir schon berichtet hatte, und verabredete mit uns, am Nachmittag nach Merida zu fahren. In Yucatán pflegt man mit Unfallmeldungen gemächlicher umzugehen als bei uns. Anscheinend berücksichtigte die Polizei in Merida den Umstand, daß die Pflichten eines Hoteldirektors gegenüber seinen Gästen ihm nicht gestatteten, das Hotel vor dem Nachmittag zu verlassen. Mrs. Snood stand bei uns herum und ließ ihre schwarzen Augen hin und her flitzen.

Nachdem der Direktor gegangen war, sagte sie: »Bis Mittag habe ich sowieso die Nase voll von diesem Ort, und mein Flugzeug nach Mexico City geht morgen. Mr. Halliday und das Flitterwochenpaar reisen ebenfalls ab, und der Hotelwagen wird voll sein. Wenn ich diesen Typen aus Merida nochmals herhole, kostet das wieder fünfzig Pesos. Könnten Sie mich mitnehmen?«

»Aber gern. Ich freue mich auf Ihre Gesellschaft.«

»Vielen Dank.«

Mrs. Snood war währenddessen zu meinem Nachttisch gegangen und hatte den Band *Der falsche Mord* in die Hand genommen.

»Ist der einigermaßen gut?«

»Ich weiß nicht. Er hat Deborah gehört.«

»Lesen Sie ihn?«

»Nein.«

»Haben Sie was dagegen, wenn ich ihn mitnehme? Ich kann ohne Lesen nicht einschlafen. Hab' hier noch kein englisches Buch gesehen.«

»Natürlich nicht. Nehmen Sie ihn mit.«

Mrs. Snood klemmte sich das Buch unter den Arm. Sie sah mich besorgt an.

»Sie sind ein netter junger Mann. Ich mag Sie. Ich möchte nicht, daß Sie unglücklich sind.«

Ich lächelte sie an. »Ich komm' schon drüber weg.«

»Ich nehme an, Sie wissen nicht, ob sie irgendwelche Verwandte hat? Die man informieren müßte, meine ich.«

»Einen Vater in Peru. Er ist Archäologe.«

»Wo in Peru?«

»Weiß ich nicht.«

»Sonst niemanden?«

»Nicht, daß ich wüßte.«

»Sie hat nicht gesagt, wohin sie von hier aus wollte?«

»Mexico City. Aber ich weiß nicht, ob sie dort jemanden kannte.«

Mrs. Snood zuckte die Schultern. »Nun, das ist nicht unsere Sache. Die Polizei wird das wohl herausfinden können. Armes Mädchen! Was für eine furchtbare Geschichte!« Ihr natürlicher Überschwang gewann wieder die Oberhand. »Jetzt muß ich aber los. Die Besichtigungstour fängt gleich an. Ich möchte nichts versäumen.«

Sie eilte hinaus, das kleine bunte Buch unter den Arm geklemmt.

Wieder allein, erinnerte ich mich, daß Deborah mir ihren Zimmerschlüssel gegeben hatte. Mein Argwohn, daß irgend etwas nicht stimmte, war immer noch stark genug, um mich neugierig zu machen. Ich trat hinaus auf die kleine Terrasse vor dem Bungalow. Oben beim Hotel war niemand zu sehen. Ich schloß die Tür auf und ging in Deborahs Zimmer.

Seine Unordentlichkeit rührte mich. Unordentlichkeit strahlt immer so etwas wie Jugend und Optimismus aus;

sie deutet an, daß später noch reichlich Zeit zum Aufräumen sein wird. Das weiße Abendkleid, das sie gestern getragen hatte, hing über einer Stuhllehne. Ihre restlichen Kleidungsstücke – es waren nicht viele – waren in eine Kommodenschublade geworfen worden. Die Schublade stand offen. Ihre Toilettensachen – Parfüm, Hautcreme, eine Haarbürste – häuften sich auf einem Frisiertischchen. Dazwischen lag der Fotoapparat. Das Flugköfferchen, aus dem Unterwäsche und Strümpfe baumelten, stand am Fußende des ungemachten Bettes.

Das war alles, was von ihr übriggeblieben war: ein paar unordentliche Kleidungsstücke und ein Köfferchen.

Ich durchsuchte das Zimmer gründlich. Doch ich fand nichts Ungewöhnliches – nicht einmal etwas, das einen Hinweis darauf hätte geben können, woher sie gekommen war oder was sie sich für Mexico City vorgenommen hatte. Während ich ihre wenigen Besitztümer durchsah, begann ich mich plötzlich zu fragen, ob Deborah selbst den Raum in diesem Zustand zurückgelassen hatte, oder ob er inzwischen von jemand anderem durchwühlt worden war.

Natürlich konnte man das nicht mit Bestimmtheit sagen. Aber mein Argwohn vergrößerte sich eher, als daß er abnahm; er hielt den ganzen, langen Vormittag über an, während ich aus Mangel an einer besseren Beschäftigung durch die Ruinen schlenderte, sorgfältig darauf achtend, nicht in die Nähe der geführten Gesellschaft zu kommen; er verließ mich auch nicht, als es Zeit für die Rückkehr nach Merida wurde.

Ich fuhr mit Mrs. Snood hinter dem Hoteldirektor und

dem Rundfahrtenwagen her. Ich hatte erwartet, ihr Geschwätz schwer erträglich zu finden, aber merkwürdigerweise tat es mir gut. Mit einem Feingefühl, dessen ich sie nicht für fähig gehalten hatte, erwähnte sie Deborah überhaupt nicht. Statt dessen erzählte sie mir ausführlich die Geschichte ihres eigenen Lebens, von dem verstorbenen Mr. Snood, der in Newark mit Immobilien gehandelt hatte, und von ihren zwei Töchtern. Eine davon war mit einem Staatsangestellten in Albany verheiratet. Die andere war ein reizendes, intellektuelles Mädchen im letzten Studienjahr in Barnard mit einem ebenfalls intellektuellen Liebhaber, der eine Kurzgeschichte verkauft hatte. Alles klang so gemütlich wie Friede, Freude, Eierkuchen. Es neutralisierte den harten tropischen Sonnenschein von Yucatán.

Die drei Automobile trafen sich vor dem Hotel Yucatán wieder. Das Flitterwochenpaar ging ins Hotel, aber Halliday und Mrs. Snood wollten als Hilfszeugen zur Polizeistation mitkommen. Wir klemmten uns alle in den Wagen des Hoteldirektors und fuhren zu einem großen Gebäude mit einem Innenhof im Kolonialstil, das früher einmal ein Palast gewesen sein mochte, heute aber die Polizei von Merida beherbergte.

Wir versammelten uns vor einem wichtig aussehenden Mann, der hinter einem großen Schreibtisch mit Tintenfässern saß. Weder Halliday noch Mrs. Snood oder ich sprachen Spanisch. Der Hoteldirektor, gequält und offensichtlich mehr um den Ruf seines Hotels besorgt als um alles andere, gab zuerst seine Version zu Gehör. Danach übersetzte er meinen reinen Tatsachenbericht über das, was sich zwischen mir und Deborah am *cenote* abgespielt hatte. Ein Stenotypist nahm unsere Aussagen auf und tippte sie ab, damit wir sie unterzeichnen konnten. Hallidays und Mrs. Snoods Aussagen waren kürzer, bestätigten aber im großen und ganzen das, was wir erklärt hatten.

Der Direktor informierte uns dann, daß die Polizei unverzüglich zum Hotel fahren und alles unternehmen würde, um den Leichnam zu bergen. Er schloß mit einer formellen Ansprache, in der er uns erklärte, wie sehr es ihm leid täte, daß unsere Reise so verdorben worden sei, und uns versicherte, daß ein solcher Unfall sich noch nie zuvor ereignet hätte. Wenn die Polizei es für ratsam hielte, würde man den ganzen *cenote* einzäunen. Die Polizeibehörde, erklärte er, fände es einleuchtend, daß wir nur zufällige Zeugen dieser Tragödie seien, und hielte es nicht für notwendig, daß wir für irgendwelche rechtlichen Formalitäten in Merida blieben.

Nichts durfte die Reisepläne amerikanischer Touristen stören. Es war alles so gut wie erledigt.

Mir kam es erschreckend beiläufig vor, wie man den Tod von Deborah abhakte. Ich verspürte ein impulsives Verlangen, meinen diffusen Verdacht auszuposaunen und eine weitere Untersuchung zu fordern. Aber der Polizeibeamte stocherte uninteressiert zwischen seinen Zähnen. Mrs. Snood und Halliday waren unruhig und wollten offensichtlich so rasch wie möglich weg. Ich konnte absolut nichts vorbringen, was nach einem Beweis für meinen Argwohn auch nur gerochen hätte. Sogar Deborah hatte ständig abgestritten, in Gefahr zu sein. Unter diesen Umständen hatte ich kein Recht, die anderen auf unabsehbare

Zeit in Yucatán zurückzuhalten. Außerdem hatte ich es selbst eilig, meine Angelegenheiten in Mexico City zu erledigen und zu Iris nach New York zurückzukehren.

Als Halliday sagte: »Was halten Sie davon, zum Hotel zurückzufahren? Ich könnte einen Drink vertragen«, antwortete ich: »Dagegen hätte ich nichts einzuwenden.«

Während wir zum Wagen hinausgingen, versuchte ich mir vorzumachen, alles getan zu haben, was jemand in meiner Lage vernünftigerweise hätte tun können. Aber ich war nicht völlig davon überzeugt.

Irgend etwas in mir gab mir immer noch das Gefühl, daß ich Deborah Brand im Stich ließ.

6

Vor dem Hotel Yucatán wünschte uns unser Direktor erleichtert Lebewohl und fuhr davon. Mrs. Snood und Halliday gingen in ihre Zimmer hoch, um sich umzuziehen. Ich blieb an der Rezeption stehen, um mich nach Post von meiner Frau zu erkundigen.

Es war keine gekommen, aber als der Empfangschef mir meinen Zimmerschlüssel aushändigte, sagte er: »Wie ich sehe, hat Ihr Freund Sie gestern gefunden, Sir.«

»Welcher Freund?«

Er machte eine Kopfbewegung zur Treppe hin, auf der Mrs. Snood und Halliday nach oben entschwunden waren: »Der amerikanische Herr – Mr. Halliday.«

»Halliday?« Ich bemühte mich, beiläufig zu klingen. »Hat er gestern nach mir gefragt?«

»Er kam hier vom Flugplatz an, kurz nachdem Sie mit der jungen Dame nach Chichén abgefahren waren. Er hatte Sie wegfahren sehen und wollte wissen, wohin Sie führen. Ich sagte es ihm. Sie seien alte Freunde, erklärte er.«

»Oh, gewiß«, sagte ich. »Vielen Dank.«

Ich entfernte mich von ihm und schlenderte am Rand des üppigen tropischen Patios entlang. Gestern, als er mich überhaupt noch nicht kannte, hatte Halliday sich nach meinem Ziel erkundigt und behauptet, ein alter Freund von mir zu sein. Endlich hatte mein Argwohn einen präzisen Ausgangspunkt. Halliday war am Flugplatz gewesen, als Deborah aus Balboa eintraf. Er war ein paar Minuten nach ihr am Hotel angekommen und hatte uns mit meinem Wagen abfahren sehen. Offensichtlich war er ihr vom Flugplatz aus gefolgt und hatte mich gegenüber dem Empfangschef nur als Tarnung vorgeschoben.

Dies bedeutete mit Gewißheit, daß Deborah mich nur um Mitnahme gebeten hatte, weil sie ihm zu entkommen versuchte. Und wenn sie ihm zu entkommen versucht hatte, ergab alles einen Sinn, was sich danach ereignet hatte. Deborah hatte Angst gehabt vor jedem Auto, das von Merida kam, weil sie Halliday in einem davon vermutete. Später auf der Terrasse hatte ihre Angst den Höhepunkt erreicht, weil sie Halliday tatsächlich Auge in Auge gegenübergestanden hatte.

Ich setzte mich in einen Korbsessel vor einem Korbtisch, unter dessen Glasplatte Fotos der Ruinen von Chichén-Itzá ausgelegt waren. Ein Kellner stellte das Radio an, und Tanzmusik begann zu plärren. Wenn Deborahs

Angst vor Halliday eine normal motivierte Angst gewesen wäre (wenn sie beispielsweise von zu Hause fortgelaufen und Halliday als ein Freund ihres Vaters geschickt worden wäre, sie zurückzuholen), hätte sich das ganze Problem dort auf der Terrasse des Mayahotels aufgelöst. Doch die Tatsache, daß beide sich nicht zu kennen vorgetäuscht hatten, zeigte, daß die Situation viel komplizierter und möglicherweise gefährlicher gewesen war. Ich erinnerte mich an die unter Deborahs Fenster kauernde Gestalt. War es Halliday gewesen? Und hatte Deborah deshalb so unbedingt die Nacht bei mir verbringen wollen, weil sie Angst davor gehabt hatte, was Halliday ihr, allein und schutzlos in ihrem eigenen Zimmer, hätte antun können? Falls das so gewesen war, hatte sie sich schutzsuchend an mich geklammert, auch wenn sie mir nicht genug traute, um sich mir anzuvertrauen. Und in dem Moment, da ich sie allein zurückgelassen hatte, war sie gestorben.

Ein dickes, kleines mexikanisches Mädchen in einem rosa Kleid ließ sich in einen Sessel neben mir fallen, ließ die nackten Beine baumeln und bestellte sich eine Coca-Cola, die sie geräuschvoll durch einen Strohhalm saugte.

Die ganze Geschichte sah jetzt verhängnisvoll anders aus.

Amerikanische Stimmen erklangen. Ich sah auf. Halliday und Mrs. Snood kamen zusammen die breite, geflieste Treppe herunter.

Sie setzten sich zu mir an den Tisch. Mrs. Snood rief einen Kellner und bestellte Drinks für uns alle. Sie wiegte ihren Körper unrhythmisch zur Radiomusik.

»Ich bin verrückt nach Rumba. Hab' mal einen Tanzkurs darin gemacht. Fünf Dollar die Stunde. Gerupft haben die mich. Aber wie ich meinen Podex dabei bewegen muß, hab' ich nie richtig hingekriegt.«

Halliday saß mir direkt gegenüber. Er trug immer noch das unauffällige Sportjackett und ein weißes, am Hals offenes Hemd. Seine hellen Augen hinter der Schildpattbrille waren ausdruckslos. Sein übliches, von Grübchen gerahmtes Lächeln wirkte fast albern. Trotz meines Argwohns fand ich es unmöglich, ihn mir als bedrohlich vorzustellen.

»Hier schwärmt man geradezu für Rumba«, bemerkte er. »Man kann das Radio nicht anstellen ohne Rumba, Rumba, Rumba.«

Ich sah ihn an und sagte: »An der Rezeption hat man mir berichtet, daß Sie sich gestern nach mir erkundigt haben.«

Hallidays Reaktion entsprach völlig meinem Bild von ihm. Sein Gesicht leuchtete erfreut auf wie das eines Erzählers, der unerwartet die Gelegenheit erhält, das Wort zu ergreifen.

»Tatsächlich? Was Sie nicht sagen! War mir völlig entfallen. Eine ganz verrückte Geschichte.« Er beugte sich vor und klopfte Mrs. Snood aufs Knie. »Das wird Sie interessieren, Lena. Ich war gestern gerade mit diesem Wagen angekommen, den sie mir zum Flughafen geschickt hatten, als ich Peter in einer blauen Limousine fortfahren sah. Ich erhaschte nur noch einen flüchtigen Blick auf sein Profil. Ich hätte schwören können, daß es mein alter Kumpan Johnny Ross war. Aus der Werbebranche in Cleveland. Ein toller Bursche, dieser Johnny. Hält großartige Tischreden. Kenne ihn seit vielen Jahren. Ich erkundigte mich an der

Rezeption, wohin die blaue Limousine fuhr, und als ich Chichén hörte, erwartete ich, den alten Johnny hier draußen zu treffen.« Er wandte sich mir wieder zu. »Sind Sie ihm schon mal begegnet? Johnny Ross? Von Pierce, Dolan und Styles?«

»Nein«, entgegnete ich.

Er musterte mich sachlich. »Wenn man genauer hinsieht, gibt es keine große Ähnlichkeit. Nur eine Sinnestäuschung, als ich Ihr Profil im Wagen sah, nehme ich an. Ich hätte schwören können...«

»Ist schon komisch«, fiel Mrs. Snood ein. »Die ganze Zeit muß ich schon daran denken, daß ich ständig Leute sehe, die ich zu kennen glaube. Kürzlich auf dem Marktplatz in Guatemala City – einen süßen Markt haben sie dort! – hab' ich eine Amerikanerin gesehen. Blond, ungefähr dreißig. Bis sie sich umdrehte, hätte ich schwören können...«

Mrs. Snood war in ihrem Fahrwasser. Der Kellner brachte die Getränke. Halliday schmatzte bei seinem mit den Lippen und sagte: »Junge, das ist wirklich Spitze!«

Die ganze Angelegenheit war weggeredet, übertüncht worden.

Hallidays Erklärung war so geschickt gewesen, daß ich sie beinahe akzeptiert hätte. Aber das tat ich nicht, weil ich nicht mehr ganz an die Fassade des farblosen Geschäftsmannes glaubte. Sie war ein bißchen zu dick aufgetragen. Und jetzt, nachdem ich genauer hinzusehen begonnen hatte, entdeckte ich in den schillernden Augen eine Intelligenz, die er nicht verbergen konnte. Ich glaubte auch eine gewisse Wachsamkeit hinter seiner beiläufigen, saloppen

Art zu spüren. Ich war mir jetzt sicher, daß Bill Halliday, ob dies alles nun mit Deborah Brand zu tun hatte oder nicht, sich als jemand ausgab, der er nicht war.

Und während er weiter trank und redete, kam in mir auch das unangenehme Gefühl auf, daß er mich unauffällig, aber ununterbrochen beobachtete. Es hatte den Anschein, als hätte sich mit dieser einen Bemerkung von mir unsere Beziehung völlig verändert. Wir traten sozusagen in die zweite Runde ein. Allerdings hatte ich nicht die geringste Ahnung, wie die erste Runde ausgegangen war oder worum es in der zweiten gehen würde.

Wir wollten alle am folgenden Tag nach Mexico City abreisen. Mrs. Snood und Halliday begleiteten mich, als ich meinen Mietwagen in die Garage zurückbrachte. Abends gingen wir früh schlafen. Halliday war auch der erste Mensch, den ich am nächsten Morgen zu Gesicht bekam. Sein Klopfen an der Tür weckte mich. Ich ließ ihn ein. Er trug einen grauen Anzug und eine unscheinbare Krawatte. Obwohl er flugfertig gerüstet war, sah er immer noch völlig undefinierbar aus. In der Hand trug er eine braune Gabardinereisetasche, ähnlich der meinen.

»Sie sollten sich lieber beeilen, Peter«, sagte er. »Mrs. Snood sitzt schon unten beim Frühstück. Das Flitterwochenpaar ebenfalls.« Er sah sich beiläufig im Zimmer um. »Darf ich Ihnen packen helfen?«

»Nein, danke. Geh'n Sie nur hinunter. Ich bin gleich bei Ihnen.«

Ich zog mich an, packte meine Reisetasche und ging hinunter in den Speisesaal. Der rothaarige Bräutigam nickte mir zu. Die hübsche Braut mit ihren großen, feuchten Augen lächelte. Ich setzte mich zu Halliday und Mrs. Snood. Bis wir gefrühstückt und unsere Rechnungen bezahlt hatten, war der Wagen vom Flughafen eingetroffen.

Es gab bis zu diesem Zeitpunkt noch keine Straßen, die Yucatán mit dem Rest von Mexiko verbanden. Daher konzentrierte sich der gesamte Verkehr auf den Flughafen. An diesem Tag jedoch lag er relativ verlassen da. Nur noch eine Handvoll anderer Passagiere hatte die viermotorige Maschine nach Mexico City bestiegen. Da Mrs. Snood auf Gemeinsamkeit bestand, mußten wir uns in eine Dreier-Sitzgruppe zwängen.

Der Schlaf hatte meine Zweifel an Deborahs Todesart nicht zerstreut. Auch meine Überzeugung, daß Halliday zumindest mit ihrer Angst etwas zu tun gehabt hatte und sich jetzt unheilvoll auf mich konzentrierte, hatte sich nicht geändert. Während das Flugzeug über den träge daliegenden Dschungel dröhnte und Mrs. Snood schwatzte, empfand ich die Nähe seines Knies zu meinem als bedrückend. Mir wäre wohler gewesen, wenn etwas Entscheidenderes als nur mein Argwohn gegen ihn gesprochen hätte. Ich hätte dann wenigstens etwas unternehmen können. Nach Lage der Dinge aber gab es nichts als die dürre Tatsache, daß er sich an der Rezeption nach mir erkundigt hatte.

Er verhielt sich völlig normal. Er lümmelte sich lässig in die Polster, rauchte und veralberte Mrs. Snood, die Deborahs Kriminalroman las, und erzählte lange, langweilige Geschichten über langweilige Freunde in Ohio.

Aber ob ich nun das ihn umgebende Geheimnis erfand oder ob es tatsächlich existierte – ich hatte jedenfalls die

Nase voll von ihm. Ich wurde sogar langsam des armen, bleichen Geistes von Deborah Brand überdrüssig. Warum sollte ich mich ihretwegen quälen? Sie hatte mir nicht vertraut. Ich war nur jemand mit einem Auto gewesen, der sie nach Chichén fahren durfte, und mit einem Schlafzimmer, um sie zu beschützen – wovor?

Mein einziger Wunsch war es, Mexico City zu erreichen und alle loszuwerden, ganz besonders Halliday.

Doch als wir landeten, schien Halliday derjenige zu sein, der so rasch wie möglich fortzukommen versuchte. Kaum daß unser Gepäck erschienen war, packte er seine Tasche und entschwand in der Menge.

Mrs. Snood, die sich nervös mit ihrem eigenen Gepäck beschäftigte, murmelte: »Netter Mann. Bißchen komisch allerdings. Ist es Ihnen aufgefallen? Er hat uns nie verraten, was er macht. Und, fällt mir ein, er hat uns auch nicht seine Adresse hier in der Stadt gegeben. Oder hat er sie Ihnen gegeben?«

»Nein«, antwortete ich.

Sie hatte ihr Gepäck beisammen und kontrollierte einen Gepäckträger. »Übrigens« – sie zeigte ihr unvermitteltes, ansteckendes Lächeln –, »wir werden uns nicht aus den Augen verlieren, nicht wahr? Ich meine, wenn wir wieder zurück in den Staaten sind, werden Sie es nicht unter Ihrer Würde finden, mich in Newark zu besuchen?«

»Selbstverständlich nicht.«

Braut und Bräutigam gingen an uns vorbei und winkten. Mrs. Snood winkte zurück.

»Ich werde Ihnen jetzt gleich die Adresse geben, ehe ich's vielleicht vergesse.«

Sie begann in ihrer Handtasche zu kramen. »Verdammt, nie habe ich einen Bleistift dabei.«

»Ich habe einen in meinem Gepäck.«

Ich bückte mich und zog den Reißverschluß der Gabardinetasche zu meinen Füßen auf. Als sie sich öffnete, enthüllte sie ein nachlässig zusammengefaltetes Sportjackett. Ich schob das Jackett beiseite und erblickte graue Flanellhosen, ein schmutziges gelbes Hemd, ein mir unbekanntes Paar Schuhe. Ich erkannte sofort, daß es nicht meine Tasche war. Sie gehörte Halliday.

Ohne erst den Reißverschluß zu schließen, packte ich die Tasche, murmelte zu Mrs. Snood: »Ich bin gleich wieder da«, und raste zum Eingang des Flughafens. Taxis parkten draußen auf dem Kies. Ich kam gerade noch rechtzeitig, um Halliday in eines davon steigen zu sehen.

Ich lief zum Taxi und steckte meinen Kopf durchs Fenster. »He, Halliday, Sie haben meine Reisetasche.«

Er lächelte ausdruckslos. »Ach, was Sie nicht sagen! Ist das wirklich wahr?«

Ich öffnete die Taxitür und zeigte ihm die Tasche. Er warf einen Blick auf ihren Inhalt. »Junge, Sie haben recht. Ein Glück, daß Sie's rechtzeitig gemerkt haben.« Er ergriff meine Tasche auf dem Nebensitz und reichte sie mir. »Mir ist heute früh schon aufgefallen, daß Ihre wie meine aussieht. Verdammt nachlässig, diese Gepäckträger.«

»Scheint wohl so.«

Ich konnte ihm nicht beweisen, daß er absichtlich mit meiner Tasche davongeeilt war. Auch hatte ich keine Ahnung, warum er diesen Austausch hätte inszenieren sollen. Ich stand neben der offenen Taxitür und schaute ihn an. Er schaute zurück. Dann setzte er sein ausdrucksloses, grübchenverziertes Lächeln auf.

»Also, auf Wiedersehen, Peter. Bis zum nächsten Mal.«

»Bis zum nächsten Mal.«

Er sagte etwas zum Fahrer. Das Taxi setzte sich in Bewegung.

Ich stand da, schaute ihm nach und fragte mich...

Mexico City

7

Ich fuhr mit einem Taxi zu dem Apartment an der Calle Londres, wo Iris und ich den Herbst verbracht hatten. Die ruhige Nachbarschaft mit stattlichen Mietshäusern im europäischen Stil und regelmäßig gepflanzten, schattenspendenden Bäumen war angenehm vertraut. Ein Brief von meiner Frau war gekommen, in dem sie mir schrieb, daß Hollywood deprimierend und der Film, inzwischen fast fertig, schwachsinnig sei und daß sie mich vermisse. Sie fragte, ob ich nicht zu ihr nach New York kommen könnte, nannte ein Datum in drei Tagen, und äußerte sich begeistert über mein Stück. Der Anblick ihrer Handschrift und die Aussicht, sie früher als erwartet wiederzusehen, wärmten mein Herz und erinnerten mich daran, daß mein eigentliches Leben sich in den Vereinigten Staaten abspielte. Deborah begann zu verblassen; und Mrs. Snood; und Halliday.

Ich fuhr zum Flughafenbüro und ließ meine Reservation für New York auf Montag umschreiben. Dadurch blieben mir zweieinhalb Tage für Mexico City – mehr als genug für mich. Ich schickte Iris hocherfreut ein entsprechendes Telegramm. Dann fuhr ich nach Hause und telefonierte mit dem Immobilienmakler, der das Apartment betreute, und beauftragte ihn, für die verbleibenden zwei Monate einen Untermieter zu suchen.

Den Rest des Tages verbrachte ich behaglich allein. Halliday kam mir wieder in den Sinn, als ich meine Reisetasche auspackte. Ich sah mir den auf meinem Bett ausgebreiteten Inhalt an und kam zu dem Schluß, daß es keinen denkbaren Grund für eine absichtliche Verwechslung unserer Taschen gab, es sei denn, meine Kleider hatten ihm besser als seine eigenen gefallen.

Jetzt, da er nicht mehr da war, verflüchtigte sich die düstere Atmosphäre, mit der ich ihn umgeben hatte. Er war einfach ein lästiger Kerl gewesen und Deborah einfach ein Mädchen mit einer Vorliebe für dramatische Auftritte, das gestorben war. Ich ging zu Bett und begann über Probleme nachzudenken, die mit der Produktion des Stückes zusammenhingen. Als ich am folgenden Morgen erwachte, war Yucatán eine Sache der Vergangenheit.

Ohne Iris machte es mir keinen Spaß, zu Hause zu essen. Gegen zehn ging ich hinaus, um zu frühstücken. Das klare Gebirgssonnenlicht sprenkelte den Bürgersteig. Ein hübsches, neues Kombi-Coupé parkte weiter unten in der Straße. Eine Frau kam vom Markt, im Arm einen großen Strauß Calla-Lilien. Zwei gelbe Schmetterlinge flatterten hinter ihr her, setzten sich auf die schwankenden Blüten, fielen herunter und flatterten weiter in eifriger Verfolgung hinterher. Ein Indio ging barfuß von Tür zu Tür und verkaufte langstielige Besen aus zusammengebundenen Federn. Es war eben ein ganz normaler mexikanischer Vormittag.

Auf der gegenüberliegenden Straßenseite lehnte ein Halbwüchsiger in Jeans an einem Baumstamm und rauchte eine Zigarette. Er war klein und still. Über der

Schulter trug er einen Jutesack, und unter den Arm hatte er eine Zeitung geklemmt. Als ich vorbeiging, sah er mich ohne Neugier aus großen Augen an, braun und feucht wie geschmolzene Schokolade. Obgleich ich ihn bewußt nie gesehen hatte, kam mir sein Gesicht flüchtig bekannt vor. Die Augen waren mir vertraut, ebenso die volle Unterlippe und die dunkle, passive Schönheit der Gesichtszüge, die mehr vegetabilisch als animalisch zu sein schienen. Hübsch. Wie eine junge Blüte.

Ich versuchte, der Vertrautheit nachzuspüren. Wahrscheinlich beruhte sie nur darauf, daß er den Prototyp des indianischen Gesichtes besaß, rätselhaft und abwartend. Oder ähnelte es einem Bild, das ich gesehen hatte? Einem Covarrubias? Das Problem nagte ein paar Augenblicke an mir, so wie verschwommene Erinnerungen das tun. Doch da ich hungrig war, ging es mir bald aus dem Sinn.

Ich hatte die mexikanische Gewohnheit angenommen, mit Kaffee und süßem Brot zu frühstücken. Ein paar Häuserblocks weiter gab es eine *pastelería,* bei der ich Stammgast war. Als ich dort ankam, sah ich, daß große, stilisierte Skelette mit gelber Farbe auf die Schaufensterscheiben gemalt waren. Unter dem winkenden Knochenarm des einen stand geschrieben: *Hay pan de los muertos.*

Das angepriesene Totenbrot war hinter dem Schaufenster angehäuft, und daneben befand sich eine säuberlich aufgebaute Pyramide aus kleinen Zuckerschädeln mit Augenhöhlen aus leuchtendrotem Glanzpapier. Rosa Zuckergirlanden umkränzten ihre Stirnen Es gab auch größere Schädel. Diese hatten mit Zucker geschriebene Namen auf der Stirn: Carlos, Arturo, Guadalupe, Carmen.

Ich hatte vergessen, daß heute der Tag war, an dem Mexiko sein jährliches Totenfest feiert. Während ich noch an der Tür der *pastelería* zögerte, kam ein kleiner Junge heraus, der an der Kinnlade eines Zuckerschädels leckte. Nach ihm trat eine Frau aus dem Laden, die einen Laib Totenbrot in einem geflochtenen Korb trug. Es war rund wie ein Kaffeekuchen und mit Kristallzucker bestreut.

An Halloween, dem Abend vor Allerheiligen, betrinken sich die Amerikaner gern auf wüsten Parties, während ihre Kinder mit Kürbisköpfen spielen. Mexikaner verbringen den Tag mit dem Essen von Zuckerschädeln und kleinen Zuckerleichen in Zuckersärgen und indem sie ihren toten Verwandten Zuckerbrote auf den Friedhof bringen. Ihr Brauch mag makaberer sein, ist aber auch phantasievoller. Doch an diesem Tag fand ich die Mischung aus sardonischem Humor und hoffnungsloser Absage an das Leben, symbolisiert von den Zuckerschädeln, deprimierend. Eine leichte Schwermut bemächtigte sich meiner. Das Sonnenlicht erschien mir glanzlos. Ich begann mich zu fragen, ob mein Stück wirklich so gut war, wie Iris meinte.

Ich blickte zurück, die Straße hinunter. Der Junge mit dem Jutesack und den schönen, glänzenden Augen kam hinter mir her geschlendert.

Ich trat in die *pastelería* und ließ mir ein Glas Kaffee mit heißer Milch sowie zwei Scheiben von dem Totenbrot geben. Es schmeckte angenehm süß. Ich dachte an all die Mexikaner im Land, die es auf den blumenbestreuten Gräbern ihrer »teuren Verstorbenen« opferten. In diesem Brauch zeigte sich eine rührende Ehrerbietung im Gedächtnis an Freunde und Verwandte. Er war auch praktisch, denn später, nachdem die Begrabenen kein Interesse an dem Produkt geschickter Bäckerhände gezeigt hatten, kehrte die Familie zurück und verspeiste selbst das verschmähte Brot.

Ein Mädchen kam in die *pastelería,* setzte sich auf den Stuhl neben mir und bestellte in schnellem, wortreichem Spanisch. Ich warf einen kurzen Blick auf sie und schaute sie dann schnell nochmals an, denn sie glich absolut nicht der Art Mädchen, die normalerweise in einem kleinen mexikanischen Café frühstückten. Sie war Slawin, möglicherweise Weißrussin aus Paris. Die breiten Backenknochen, die milchweiße Haut und die großen veilchenblauen Augen mit Wimpern, die wie aus schwarzer Wolle gesponnen aussahen, bestärkten mich in dieser Ansicht. Sie trug ein gut geschnittenes, schwarzes Kostüm mit einem perfekt dazu passenden Silberfuchs-Cape. Doch sie hatte sich zu viele Perlen umgehängt, und ein Pelzarmband um ein Handgelenk ließ das Ganze kitschig erscheinen. Auf ihrem glänzend schwarzen Haar saß sogar eine Kosakenpelzkappe, und ihr Parfüm war so schwer, daß ich fast erwartete, es mit einem dumpfen Schlag zu Boden fallen zu hören. Ihre Beine in dünnen Nylonstrümpfen jedoch waren wunderschön – lang und schlank und von der Festigkeit einer Ballettänzerin.

Sie sah wirklich wie eine Ballettänzerin aus. Ich kannte diesen Typ gut von New York her – exotische Geschöpfe mit dem Verstand von Orchideen, die sich cliquenweise in der Russischen Teestube kabbeln und süßen Likör an der Bar in der Met trinken, während sie gegenseitig ihre Auftritte in die Pfanne hauen.

Wie die meisten Ballettänzerinnen hatte auch sie einen gewaltigen Appetit. Sie aß sich gerade durch ihr drittes Stück Torte, als ich meine Rechnung bezahlte. Sie warf mir nur einmal einen Blick aus dem Winkel eines großen, glänzenden Auges zu – einen sehr weiblichen Blick, der ausdrückte: ›Ich bin eine Frau. Du bist ein Mann.‹

Als ich ging, aß sie immer noch.

Als ich auf die Straße hinaustrat, lungerte der Junge mit dem Jutesack an der Straße gegenüber herum und starrte gleichgültig ins Leere. Ich begann mich über ihn zu wundern. Da ich an diesem Vormittag nichts Besonderes vorhatte, ging ich eine Seitenstraße zur Avenida Chapultepec hinunter. Dann bog ich scharf rechts und darauf scharf links ein und wartete an einer Ecke. Kurz darauf kam der Junge wieder in Sicht, als er auf dem gegenüberliegenden Bürgersteig herbeischlenderte.

Wenn man Amerikaner ist und deshalb in Mexiko automatisch ein Millionär, ist es nicht ungewöhnlich, wenn einem hier jemand ganze Häuserblocks nachläuft, um eine silberne Uhrkette oder vielleicht eine Handtasche mit einem daran befestigten, vorwurfsvoll blickenden Baby-Alligator zu verkaufen. Aber dieser Junge hatte keinen Versuch gemacht, mich anzusprechen, und das weckte meine argwöhnische Neugier. Er war in der Mitte des Häuserblocks stehengeblieben.

Ich ging zu ihm zurück. Er bewegte sich nicht. Ich erreichte ihn und fragte: »Willst du etwas?«

Er reichte mir kaum bis an die Schulter. Seine fleckenlosen Jeans waren hellblau vom vielen Waschen. Er sah nicht älter als fünfzehn oder sechzehn aus, obwohl er bestimmt älter war. Er sah hübsch aus wie so viele Indiojungen – wie ein Mädchen, aber auch sehr kräftig.

Er zuckte mit den Schultern.

Ich wiederholte: »Willst du etwas?«

Während er mich weiter aus dunklen, starren Augen beobachtete, schnippte er die Zeitung unter seinem Arm hervor und schlug sie auf. In dem V im unteren Falz der Zeitung erblickte ich ein paar abgegriffene Ansichtskarten von dicklichen Frauen, bekleidet nur mit Strümpfen und mit Rosetten besetzten Strumpfbändern.

Ich grinste und sagte: »*No quiero* schmutzige Fotos.«

Er faltete die Zeitung wieder zusammen und schob sie sich unter den Arm. Dann schaute er weg von mir, machte aber keine Anstalten zu gehen. Eine Familiengruppe auf ihrem Weg zum Friedhof, alle schwarz gekleidet und mit großen Sträußen orangefarbener Ringelblumen in den Händen, den traditionellen Totenblumen, marschierte schwermütig vorbei zur Chapultepec-Straßenbahn.

Ich hielt es für interessant, selbst zum Friedhof hinauszufahren und zu sehen, was sich dort am Tag der Toten abspielte. Als ich mich umwandte, um von dem Jungen fortzugehen, änderte er seine Stellung und lehnte sich an eine Straßenlaterne, wodurch seine rechte Hüfte unter dem Jutesack hervorschaute. Das Sonnenlicht spiegelte sich auf einem kleinen Stück Metall, das aus seiner Hosentasche ragte. Ich erkannte es als den Griff eines Revolvers.

Ich wußte nicht, was ich davon halten sollte. Mexikanerjungen in alten Jeans tragen normalerweise keine Revolver. Schußwaffen sind hier ein Luxus. Selbst ein Messer ist schon eine größere Investition. Irgend etwas – vielleicht die vage Erinnerung, die er ausgelöst hatte, oder vielleicht ein Rest von Unbehagen aus Yucatán – ließ mich an Halliday denken. Auf keinen Fall wollte ich jedoch noch länger in der Nähe eines kleinen Jungen mit einem Revolver bleiben. Ich ließ ihn stehen und ging durch Nebenstraßen zur Avenida Chapultepec. Als ich sie erreichte, sah ich zwei Häuserblocks weiter die Straßenbahnhaltestelle. Eine Menge Mexikaner, die alle orangefarbene Blumen oder bunte, mit Essen vollgestopfte Binsenkörbe trugen, warteten hier auf die Bahn.

Als ich bei ihnen ankam, warf ich einen Blick zurück über die Schulter. Der Junge mit dem leeren Jutesack war um die Ecke gekommen und bewegte sich hartnäckig in meine Richtung.

In diesem Moment rollte ein zerbeulter gelber Tramwagen ratternd die Geleise herunter und kam mit einem Ruck vor uns zum Stillstand. Er war schon doppelt so voll wie ein New Yorker Stadtverkehrsbus in der Hauptgeschäftszeit. Ich ließ mich von der nachdrängenden Menge tief in die Menschenmasse im Innern stoßen. Der Zeitpunkt war gut berechnet. Während der Junge noch einen halben Block entfernt war, fuhr die Straßenbahn an. Ich wurde an eine Fensterscheibe gedrückt und erwischte einen Blick auf ihn, während wir die Schienen hinunterrasselten. Seine Teilnahmslosigkeit war völlig verschwunden. Er spähte hektisch die Straße hinauf und hinunter.

Jetzt wußte ich mit Sicherheit, daß die Aktfotos nur ein Vorwand gewesen waren. Er verfolgte mich aus einem wichtigeren Grunde. Wahrscheinlich, weil man ihn dafür bezahlte, mich zu verfolgen. Mein Argwohn bezüglich

Halliday wuchs. War er wirklich die finstere Figur, als die ich ihn halbwegs verdächtigt hatte? Hatte er absichtlich meine Reisetasche zu stehlen versucht? Ließ er mich jetzt von einem Jungen mit einer Schußwaffe verfolgen?

Ich machte mir deswegen keine Sorgen. Ich hatte mich bereits von der Affäre um Deborah Brand verabschiedet und würde nur noch zwei Tage in Mexiko bleiben. Solange sie keine Revolver einsetzten, konnte jeder Junge einen mit sich herumschleppen und mich verfolgen, solange er wollte. Doch ich war neugierig und gleichzeitig wütend. Ich hielt es für würdelos, mich in einer überfüllten Straßenbahn verstecken zu müssen, um einem kleinen Jungen mit einem Gesicht wie eine Blüte zu entkommen.

Obwohl ich ihn abgeschüttelt hatte und mir selbst sagte, daß ich nicht mehr daran interessiert sei, regte sich in mir wieder das alte Gefühl von Yucatán. Die ungewohnte Natur meiner Straßenbahngefährten verstärkte es noch. Orangefarbene Totenblumen mit ihrem scharfen, herbstlichen Geruch wurden mir ins Gesicht gestoßen. Eine alte Frau, anscheinend schon über achtzig und mit einem schwarzen, gehäkelten Tuch über dem Kopf, klammerte sich neben mir an das Geländer und murmelte einen endlosen Strom von *Aves.* Irgendwo tiefer in der Masse erhitzter Körper schlug jemand eine Gitarre und sang ein fröhliches Bauernlied. Religiöser Eifer und rauhe Festfreude hielten sich die Waage. Die Luft roch nach Bier und Knoblauch, Blumen und Schweiß.

Während die Straßenbahn vorwärtsratterte, wurden die Leute gegen mich geschleudert: die alte Dame, ohne ihre

Aves zu unterbrechen; ein Mädchen mit dick aufgetragenem Lippenstift und einem amerikanischen Sweater; ein lernbegieriger junger Mann, der es mit bewundernswerter Konzentration fertigbrachte, dabei in einem medizinischen Lehrbuch, illustriert mit Zeichnungen von Lebern und Nieren, zu lesen.

Dann und wann ertönte der laute Ausruf ›*bajando*‹, und die Straßenbahn hielt mit einem Ruck. Ein Krampf, der mich an einen Angelwurm erinnerte, der sich in einer Köderbüchse zuckend herumdreht, lief durch die Menge. Irgend jemand brachte es irgendwie fertig auszusteigen. Ich machte keinen Versuch, irgend etwas zu unternehmen, bis wir die Endstation erreichten. Dort wurde ich mit dem Rest der Passagiere ausgespien. Ich hatte das Ziel der Straßenbahn beim Einsteigen nicht gesehen, aber wie ich vermutet hatte, war ich am Pantheon Dolores angekommen, dem größten Friedhof von Mexico City.

Die ganze lateinamerikanische Welt schien sich auf dem terrassenförmigen Bürgersteig vor dem Haupttor versammelt zu haben. Indios hockten auf der Straße zwischen gewaltigen Haufen orangefarbener und purpurroter Blumen. Hinter ihnen wurden an improvisierten Holzständen Früchte, Tacos, große Stücke gegrilltes Fleisch, raffiniert gefärbte Gelees und lebende Hühner verkauft. Scheue Hunde flitzten herum. Ein Radio kreischte aus einer Bierkneipe. Dahinter, vor einem klaren blauen Himmel, drehte sich langsam ein Riesenrad, unter dem sich ein Rummelplatz ausbreitete. Wie immer vermischten sich in Mexiko Leben und Tod so unauflösbar miteinander, daß man beide kaum auseinanderhalten konnte.

Ich hatte den Jungen vergessen und fing an, mich zu amüsieren. Ich mischte mich unter die Menge, die zu den hohen, schmiedeeisernen Friedhofstoren strömte. Eine Kapelle reisender Musikanten in Musical-Kostümen zog vorbei. Wir erreichten einen mit Leinwand überdachten Stand, an dem religiöse Bilder und Süßigkeiten verkauft wurden. Auf der Straße dahinter hockte eine Gruppe in Overalls aus Jeansstoff gekleideter Mexikaner, die Vögel in Käfigen verkauften.

Als ich vorbeiging, erregte die weiche Kurve der Wange eines der Männer meine Aufmerksamkeit. Er bewegte den Kopf ein wenig, und ich erkannte das dunkle, blumengleiche Profil. Es schien wider alle Vernunft, aber es gab keinen Zweifel daran: Mein kleiner Freund von der Avenida Chapultepec hockte dort zwischen den Vogelkäfigen.

Einer der Vögel begann zu singen – ein süßer, frühlingshafter Klang in diesem Stimmen- und Tongewirr.

Der Junge wandte sich mir zu und sah mich direkt an. Lange schwarze Wimpern senkten sich sittsam. Mein Ärger kehrte zurück. Aber auch meine Neugier.

Der Vogel sang immer noch.

Der Junge steckte seine Hand in die Hosentasche.

8

Die einzige Möglichkeit, wie der Junge die Straßenbahn zum Friedhof überholt haben konnte, war per Auto. Kein mexikanischer Junge in Jeans besitzt ein Auto. Er hat Glück, wenn er ein zweites Paar Jeans besitzt. Wenn ihn nicht jemand anheuert, besitzt er gewiß nicht das Fahrgeld für ein Taxi. Der rätselhafte Schatten von Bill Halliday schien sehr nahe zu sein.

Ich spielte mit dem Gedanken, mich zwischen den Vogelkäfigen hindurchzuschieben, dem Jungen eine gesunde Tracht Prügel zu verabreichen und ihn nach Hause zu schicken. Der Revolver beunruhigte mich an diesem öffentlichen Platz nicht. Und der Junge war klein genug, um von mir mit einer Hand übers Knie gelegt zu werden. Das wäre wahrscheinlich am gescheitesten gewesen. Aber ich wollte nicht gescheit sein – ich war neugierig.

Das Bewußtsein, daß ich nur noch so kurze Zeit in Mexiko bleiben würde, ließ mich in dieser Angelegenheit ungezwungen sein. Wenn er mich verfolgen wollte, okay. Ich wollte gern wissen, worauf er aus war.

Der Junge ignorierte mich. Das war seine tolle Vorstellung davon, wie man jemanden gut beschattet. ›Schau den Burschen nicht an, und er weiß nicht, daß es dich gibt.‹ Ich ließ ihn denken, ich hätte ihn nicht bemerkt, und ließ mich mit den Feiernden des Totenfestes auf das Friedhofstor zutreiben. Gegen meinen Willen begann ich Deborah Brand wieder so zu sehen, wie ich sie in Yucatán gesehen hatte: als ein verängstigtes Kind, das vor irgendeiner Gefahr in eine Falle geflohen war. Wenn etwas daran war, daß der Junge mich verfolgte, dann war auch etwas an meiner Theorie über Deborah.

Sie war eine Fliehende gewesen.

Wollte man auch aus mir einen Fliehenden machen?

Am Eingang konfiszierten Polizisten alle Nahrungsmittel, die von Indios mitgebracht wurden, und prüften sie in einem mit Seilen eingefriedeten Raum. Das phantasielose Gesundheitsministerium hatte wohl ein Gesetz gegen das Füttern der Toten erlassen. Ich ging hinein. Der Vorraum zum Friedhof war kalt und formell, mit bombastischen Denkmälern für Nationalhelden ausgestattet. Ein paar welke Blumen lagen verstreut auf ihren erhabenen Grabstätten, aber man schenkte ihnen wenig Aufmerksamkeit. Alle strömten vorbei, um ihre eigenen, besonders verehrten Leichen zu begrüßen.

Hinter den Denkmälern erstreckte sich der Friedhof, so weit das Auge reichte. Unter stillen, schattenspendenden Bäumen und blühendem Oleander dösten Tausende von bescheidenen Gräbern im Vormittagslicht. Die milde Luft roch nach toten Blättern und Traurigkeit. Doch nichts erinnerte an die klösterliche Feierlichkeit der Friedhöfe in Neuengland. Der Ort brauste förmlich vor Aktivität, hallte wider von lauten Stimmen und war bunt von Blumen.

Ich schritt einen der breiten Wege hinunter. Ein zementiertes Loch an der Einmündung eines schmalen Weges, ähnlich einem offenen Grab, war mit schmutzigem Wasser gefüllt. Eine Frau mit rotem Schal und langen Indiozöpfen schöpfte Wasser mit einem alten Benzinkanister und goß es über ein nahe gelegenes Grab. Ein Mann mit einer zwischen den Lippen hängenden Zigarette war dabei, den Namen auf einem Holzkreuz nachzumalen. Die beiden beschäftigten sich auf gleichmütige, beiläufige Weise, so als arbeiteten sie rund um das eigene Haus.

Ich wußte, daß der Junge mir noch folgte, so wie man solche Dinge eben spürt, als gäbe es da einen besonders empfindsamen Punkt im Nacken. Ich sah mich nicht um, aber ich spielte mit der Frage: Warum? Wenn Halliday hinter alledem steckte, was wollte er dann von mir? Wenn er Deborah ermordet hatte, war sie offenbar im Besitz einer Sache gewesen, die er haben wollte, eines Gegenstandes oder einer Information. Vielleicht hatte er diese Sache, nachdem er Deborah umgebracht hatte, nicht gefunden. Vielleicht hielt man mich für ihren Verbündeten, weil ich mit ihr zusammengewesen war. Vielleicht glaubte man sogar, sie hätte mir diese hypothetische Sache anvertraut.

Ich wußte, daß ich nicht ihr Verbündeter war, und ich wußte, daß sie mir nichts gegeben hatte außer einem billigen Kriminalroman. Morde wurden nicht um den Besitz eines Buches begangen. Aber Halliday wußte nicht, daß sie mir nichts anvertraut hatte, und er hatte auch nicht gewußt, daß die rote Handtasche mit Deborah im *cenote* versunken war. Vielleicht dachte er, ich hätte sie aufgelesen und das ›Ding‹ – was immer es auch sein mochte –, das darin gewesen war, an mich genommen. Mir fiel auch Deborahs Zimmerschlüssel wieder ein. Sie hatte ihn mir gegeben. Wenn Halliday das wußte, besaß er einen sehr guten Grund, mich als tief in die Sache verwickelte Person zu betrachten.

Es gab eine Menge verschiedener Gesichtspunkte hierfür; mein Interesse wuchs.

Mit mexikanischer Geduld dekorierte eine Frau einen kleinen Holzzaun rund um ein Grab mit rosa Nelken, indem sie die Nelkenköpfe einzeln abschnippte und an die aufrechten Hölzer band.

Ich warf einen Blick über meine Schulter. Der Junge in

Jeans tappte lässig hinter mir her. Er trug immer noch den Jutesack über der Schulter, hatte sich aber der Zeitung entledigt. Statt ihrer trug er jetzt einen leeren Vogelkäfig. Ich fragte mich, ob der Käfig auch zu seinen umwerfenden Ideen von Tarnung gehörte oder ob er zufällig gerade einen gebraucht und die Gelegenheit ergriffen hatte, ihn zu kaufen. Er begann mir auf die Nerven zu gehen. Die Verfolgung war so schamlos offen. Ich mußte wieder an den Revolver denken.

Und an den Sack. Irgendwie mochte ich den Sack nicht.

Ich hatte einen kleinen Platz erreicht, auf dem ein steinernes Gebäude stand, an dessen Fassade sich eine Treppe hochwand. Ein Pfad führte zwischen den Gräbern zu einer Seite des Gebäudes. Ein Stück war aus der Tür gebrochen, und ein Mädchen bückte sich hinunter und spähte durch die Lücke ins Innere.

Mein Blick ruhte auf ihr in überraschtem Wiedererkennen. Selbst von hinten konnte man diese wohlgeformten Ballettbeine, das Silberfuchs-Cape und die große Kosakenmütze nicht verwechseln.

Während ich mich näherte, beendete sie ihre Inspektion des Gebäudeinnern, richtete sich auf und kam den Pfad herunter mir entgegen. Wir trafen uns. Die schwarzen Wollwimpern wedelten über ihre Augen. Dann sah sie mich wieder an, und ein breites, warmes Lächeln öffnete ihr Gesicht.

»Ah, ich habe Sie schon einmal gesehen«, sagte sie auf Englisch. Ihre Stimme war voll und schwer wie eine russische Zigarette. »Sie sind der Mann aus der Tortenstube. Sie aßen das Totenbrot, ja?«

»Ja«, bestätigte ich. »Sie sind mir auch aufgefallen.«

Man konnte sich keine nettere Begegnung auf einem Friedhof wünschen. Außerdem erkannte ich, daß ich sie gut gebrauchen konnte. Daß ich mir eine Begleiterin zulegte, würde zumindest eine Vorsichtsmaßnahme sein, um mein Anhängsel zu verwirren.

Sie schwenkte den Arm mit dem Pelzarmband quasi über den ganzen Friedhof. »Sie mögen das? Gräber. Blumen. Leichname. Eigenartig, nicht? Malerisch.«

»Sehr.«

Sie deutete auf die Tür, durch die sie gerade gespäht hatte. »Ich habe hineingesehen. Da ist eine große Steinplatte. Eine große Tür dahinter. Ich glaube, es ist – wie nennen Sie es? – ein Krematorium. Die Leiche hineinschieben. Puff! Sie ist verbrannt.« Sie seufzte. »Man sieht zu. Und man denkt: ›Eines Tages kommt er auch zu mir. Der Tod. So traurig.‹«

Sie hätte nicht lebendiger aussehen können. Ich hatte noch nie jemanden gesehen, der so vor Vitalität und Vitaminen strotzte wie sie.

»Das ist die Russin, die aus Ihnen spricht«, sagte ich.

Die großen Augen rollten. »Sie wissen, daß ich Russin bin? Woher wissen Sie das?«

»Woher weiß ich, daß der Kreml russisch ist?«

Sie lachte, und es hörte sich an wie eine Glocke in einer Rimsky-Korsakow-Oper. »Ah, das halten Sie also von mir? Ich bin das große, alte, abgenutzte russische Monument.«

Sie war sehr jung und sehr knackig, und sie wußte das. Deshalb lachte sie vermutlich. Weil es befriedigend war, jung und schön zu sein und so zu tun, als sei man todessüchtig.

Ich mußte sie nicht ermutigen, bei mir zu bleiben. Völlig unbefangen schob sie ihre Hand durch meinen Arm und schlug vor: »Sie kommen jetzt mit mir, ja? Ich hasse es, allein zu sein. Langweilig, langweilig, langweilig, immer nur langweilig. Wir wollen zusammen zuschauen, wie diese netten Leute ihre Gräber zurechtmachen.«

Das Silberfuchs-Cape streifte meine Schulter. Es roch nach Tuberosen. Ich warf einen Blick zurück. Der Junge mit dem Jutesack und dem Vogelkäfig folgte mir immer noch hartnäckig.

Eine große Familie, in tiefste Trauer gekleidet, stand steif um ein sehr kleines Grab versammelt. Ein Stück daneben kniete eine einsame Frau vor einem Grab, auf dem vier weiße Kerzen, geschmückt mit weißen Satinbändern, fahl im Sonnenlicht brannten.

Das Mädchen lehnte sich dichter an mich, und ihre Lippen teilten sich zu einem vollen Lächeln. »Sagen Sie mir Ihren Namen? Es ist dumm, mit einem Mann spazierenzugehen und seinen Namen nicht zu kennen.«

»Ich bin Peter Duluth.«

»Und ich, ich bin Vera García.«

»Ein spanischer Name?«

»Nur von meinem Mann.« Sie gestikulierte mit dem Pelzarmband. »Ich bin Ballettänzerin. Eine große Künstlerin des Balletts. Die Kritiker sagen, daß ich arbeite, arbeite und arbeite und besser sein werde als diese Markowa und diese Danilowa. Ich bin viel jünger als diese alten Frauen.«

Meine Berufsdiagnose war also richtig gewesen. Ich fragte mich, ob es jemals eine junge Ballerina gegeben hat, die sich nicht für tausendmal besser hielt als all die großen Stars zusammengenommen.

»Ich schätze, Mr. Hurok wird Ihnen mit seinen Telegrammen schon auf die Nerven gehen.«

»Mir? Auf die Nerven gehen?« Ihre Augen blitzten. »Er sollte es lieber nicht versuchen. Das Ballett – es stinkt mir. Die ganze Zeit den Fuß auf der Stange, hoch in die Luft, hoch auf die Zehenspitzen und wieder runter. Müde, immer müde.« Sie ließ die Schultern hängen, um äußerste Erschöpfung anzudeuten. »Kein Spaß.« Ihr Gesicht leuchtete auf. »Vor zwei Jahren sind wir hergekommen, das Ballett, nach Mexiko. Und hier ist dieser Mann. Dieser Politiker. Er ist alt, alt und reich. So reich! Und er will mich zur Frau. Er wird mir alles geben, sagt er. Das Haus hier, das Haus in Acapulco.« Sie zuckte mit den Schultern. »Das Tanzen? Die Kritiker? Sollte ich mich weiter mit den Kritikern herumärgern? Ich heiratete.«

Zwei kleine, sehr schmutzige Kinder spielten Fangen um ein paar Gräber, und eines schrie gellend: *»Hyoh, Silvaire.«* Vera Garcías Augen huschten überallhin, nichts entging ihnen.

»Und Sie sind glücklich mit Ihrem alten Ehemann?« fragte ich.

»Glücklich? Die ganze Zeit bin ich immer nur glücklich, glücklich.«

»Er ist gut zu Ihnen?«

»Er ist tot. Drei Monate nach unserer Heirat ist er gestorben. Puff! An Altersschwäche. « Sie schmiegte sich an mich. »Jetzt bin ich Witwe. Und reich, reich. Die reiche Witwe.«

»Das ist entzückend«, sagte ich.

»Entzückend?« Sie überlegte. »Was ist entzückend?«

»Angenehm«, antwortete ich.

Sie nickte zustimmend. »Ja, sehr angenehm.« Sie deutete unfein mit dem Daumen über ihre silberfuchsbedeckte Schulter auf das Gebiet mit den eleganten Grabstätten. »Heute bringe ich Blumen zum Grab des armen alten Mannes. Dort drüben ist es. Das große Marmording mit dem Engel. Viele, viele Tuberosen bring' ich, und Lilien. Ich häufe sie auf das Grab. Hübsch? So hübsch! Glauben Sie, er riecht die Blumen, der arme alte Mann? Er hat ihn immer gehaßt, den Duft von Tuberosen und Lilien.«

Uneingeschränkte Lebensfreude ging von ihr aus wie Hitze von einem Feuer. Sie war ein wunderbares Mittel gegen die Düsternis des Friedhofs.

Aber das löste nicht das Problem von Junior mit den ausgebleichten blauen Jeans. Ich hatte jetzt etwas Besseres zu tun. Er begann zu verblassen. Doch ab und zu wandte ich so unauffällig wie möglich den Kopf. Er folgte uns weiter. Als ich einmal zurückschaute, wandte Vera, mich imitierend wie ein Affe, ebenfalls den Kopf. Einige Minuten später, als ich stehenblieb, um angeblich ein Grab zu betrachten, sagte sie unvermittelt: »Sie machen sich Sorgen, ja? Die ganze Zeit läuft er hinter uns her, dieser Junge mit dem Vogelkäfig.«

Ihr Scharfsinn überraschte mich. Ich wollte ihr das wenige, das ich wußte, nicht anvertrauen, aber ich konnte kaum eine so offensichtliche Verfolgung leugnen.

»Sieht so aus«, bestätigte ich.

»Ah, diese Mexikaner!« Die grauschwarzen Augen funkelten unheildrohend. »Ich erledige das.«

Sie wirbelte herum und rauschte auf den Jungen los. Als sie ihn erreichte, ließ sie einen Wortschwall auf ihn los, unter dem er sich sichtbar duckte. Einmal wedelte er halbherzig mit dem Vogelkäfig, doch Vera García schüttelte mit russischem Überschwang die Faust gegen ihn, und er nahm Reißaus und huschte zwischen den Gräbern davon.

Sie kehrte zu mir zurück, während ihr hoher Busen vor Entrüstung auf und ab ging. »Dieser Vogelkäfig!« rief sie. »Er sagt, er folgt uns, um den Vogelkäfig zu verkaufen. Was sind wir, frage ich? Zwei Papageien, daß wir einen Vogelkäfig brauchen?« Sie hakte ihren Arm in meinen, schaute hoch und warf mir ihr hinreißendes Lächeln zu. »Wenn ich wütend bin, bin ich fürchterlich. Ich habe ihm einen Schrecken eingejagt. Er hat Angst, Angst.«

Ich war beeindruckt von ihrer Demonstration von Wildheit, aber nicht einen Moment lang bildete ich mir ein, Junior zum letzten Mal gesehen zu haben.

Eine Zeitlang wanderten wir zwischen den Gräbern herum, und plötzlich sagte sie: »Die Toten langweilen mich. Von hier fahre ich nach Los Remedios – zum Schrein unserer wundertätigen Mutter Gottes. Jedes Jahr erbitte ich dort für den armen alten Mann, meinen Mann, einen wunderschönen Engel im Himmel. Draußen steht mein Wagen. Sie kommen mit, ja? Zusammen zum Schrein der Heilungen?«

Das schien mir eine ausgezeichnete Idee zu sein. Damit konnte ich wieder zwei Fliegen mit einer Klappe schlagen.

Einmal würde ich mehr von Vera haben, und zum anderen könnte ich Junior endgültig abschütteln, wenn ich unseren Abgang zufriedenstellend bewerkstelligte.

Ich führte Vera einen schmalen, von Büschen gesäumten Weg entlang zurück zum Haupteingang. Wenn überhaupt möglich, plapperte sie noch mehr als Mrs. Snood, und während wir dahinschlenderten, verlor sie sich in einem Schwall eigenartigen, leidenschaftlich betonten Englischs. Als wir den offenen Platz um das Heldendenkmal erreichten, hielt ich scharf nach Junior Ausschau. Doch er war nirgends zu sehen.

Es gab immer noch keine Spur von ihm, während ich Vera vorsichtig hinaus in die anonyme Menge vor dem Friedhofstor steuerte. Wir nahmen unseren Weg durch Blumen und Ferkel und Biergärten hin zu Veras geparktem Wagen. Es war ein glänzendes neues Kombi-Coupé, und ich erinnerte mich, daß ich es an diesem Morgen in der Calle Londres stehen gesehen hatte. Beim Einsteigen sah Vera García das Riesenrad auf dem Rummelplatz.

»Oh, das Riesenrad! Ich bin ganz verrückt nach dem Riesenrad. Hoch, hoch in die Luft. Geh'n wir zum Riesenrad? Wir ...« Die langen Wimpern senkten sich fromm. »Nein. Zuerst kommt der alte Herr, mein Mann.«

Sie stieß unbekümmert zurück und steuerte den Kombiwagen durch einen Irrgarten von Babys und Hunden. Ich duckte mich tief in meinen Sitz, aber ehe wir abfuhren, warf ich noch einen Blick zurück.

Keine Spur von Junior.

Ich verspürte Erleichterung und eine übertriebene Zuneigung für meine neue Freundin. Sie war genau das, wofür ich sie gehalten hatte – eine leichtsinnige Ballerina –, aber sie war nicht verdorben. Trotz des Chichis umgab sie eine rustikale Solidität. Sie war frisch und appetitlich wie ein Glas frischer Milch auf dem Bauernhof.

Draußen auf der Hauptlandstraße fuhr sie mit selbstmörderischer Hingabe durch die kahle Landschaft, wo graue, staubige Berge den Horizont einrahmten. Ich lauschte zufrieden ihrem Geplapper, bis schließlich eine große, düstere Kirche auf einem Hügel aufragte. Vor ihr, auf einer hohen Steinsäule, befand sich eine gewaltige, bemalte Krone.

»Ah, die Krone der Muttergottes von Los Remedios«, erklärte sie. »Wir sind schon da. Hab' eine gute Zeit gemacht, nicht? Ich fahre gut Auto, ja?«

»Wie ein düsengetriebenes Flugzeug«, sagte ich.

»Was heißt das, düsengetrieben?« fragte sie.

»Sehr schnell«, antwortete ich.

Ich hatte zwar nie Los Remedios besucht, aber ich hatte davon gehört. Es ist eines der meistverehrten Heiligtümer von Mexiko. Vera parkte am Rand des unvermeidlichen Marktes, und wir traten auf den weiten Kirchplatz. Indios strömten zwischen aufgetürmten Töpferwaren und brutzelnden Rippchen in die gewaltige Kathedrale. Der quäkende Ton eines Harmoniums drang heraus und wetteiferte mit den Jukeboxes auf dem Markt.

Wir gingen in das geräumige, im Halbschatten liegende Kircheninnere, in dem ein Berg von Blumen den Altar bedeckte. Zur Zeit lief kein Gottesdienst, aber die Kirche war voll, und alle Bänke waren besetzt. Gruppen von Männern, Frauen und Kindern knieten, ins Gebet versunken, im Mittelgang, oder starrten mit großen Augen kostbar bekleidete Heilige in kerzenbeleuchteten Nischen an.

Vera García flüsterte: »Der Schrein ist hinten.«

Wir gingen den Mittelgang hinunter und durch einen Torbogen in einen dahinter liegenden Raum. Es leuchtete darin von den farbenprächtigen Trachten indianischer Pilger aus allen Staaten. Gedrängt warteten sie am Fuß einer Steintreppe, die zu dem Schrein mit der kleinen, wundertätigen Muttergottes führte, bis sie an die Reihe kamen. Die Figur soll mit Cortés aus Spanien gekommen sein, und in der Folgezeit hat sich um sie ein von schillernden Legenden umwobener Ruf großer Macht gebildet.

An den Wänden hingen Hunderte von naiven Bildern, die von den dankbaren Wunderempfängern geschickt worden waren; sie zeigten die Unglücksfälle oder Krankheiten, die von der Muttergottes gnädigerweise behoben worden waren – blutige Autounfälle, krankhaft grün aussehende Babys in Kinderbettchen, ausgemergelte Krüppel an Krücken.

»Ich gehe jetzt für den armen alten Mann beten«, hauchte Vera. Sie schenkte mir ihr strahlendes, weltliches Lächeln und reihte sich dann demütig in die Schlange der wartenden Pilger ein.

Eine offene Tür führte auf einen eisernen Balkon, von dem aus man auf einen sonnenflimmernden Patio hinuntersah. Wie ich wußte, befand sich an der Rückseite der Kirche ein unbewohntes Franziskanerkloster. Ich überließ Vera ihren Gebeten und trat hinaus auf den Balkon. Ein Gang führte in das Kloster. Niemand war da. Die lastende, leere Einsamkeit war angenehm. Ich bummelte den Gang hinunter. Er machte zweimal einen Bogen, und auf beiden Seiten lagen leere Zellen. Er endete vor einer großen, mit Nägeln beschlagenen Tür von maurischem Aussehen. Sie stand halb offen. Ich ging hindurch.

Ich befand mich in einem großen Lagerraum, angefüllt mit kirchlichen Gegenständen, die entweder aussortiert waren oder auf ihre Reparatur warteten. Alte Beichtstühle, Kirchenbänke, dunkle, melancholische Ölgemälde und zerbrochene Gipsheilige drängten sich hier verstaubt zusammen. Sonnenstrahlen fielen durch ein hohes, vergittertes Fenster. Eine Fliege summte träge.

Ich blieb stehen, um die knapp meterhohe Gipsfigur eines Mönchs zu betrachten, die auf einem alten Refektoriumstisch neben der Tür stand. Ich wußte nicht, wen sie darstellte. Aber der Mönch trug echtes Haar und eine richtige Soutane aus grobem, braunem Stoff. Ein Arm war abgebrochen, vielleicht von Revolutionssoldaten oder vielleicht von einer unvorsichtigen Putzfrau. Der andere Arm war zu mir ausgestreckt wie in einer Segenshandlung.

Ich beugte mich vor, um mir die Hand des Mönchs genauer anzusehen. In diesem Moment drang ein schwaches Geräusch hinter mir in mein Bewußtsein. Ich drehte mich um. Metall blinkte im Sonnenlicht, und ehe ich mich ganz aufrichten konnte, spürte ich einen heftigen Schlag an meiner Schläfe.

Ich taumelte. Aber ich konnte noch sehen. Für den Bruchteil einer Sekunde erblickte ich in übertriebener Deutlichkeit die Gestalt eines Jungen in Jeanshosen, schön wie eine Blume. Seine Augen beobachteten mich ausdruckslos wie die eines Bildes.

Er hielt einen Revolver in der Hand. Unter seinem anderen Arm sah ich etwas anderes. Was war es?

Ein Sack? Ein Jutesack?

Ich wollte einen Schritt auf ihn zu machen, aber alles begann zu verschwimmen. Ich drehte mich zurück, um mich am Refektoriumstisch festzuhalten, aber meine Hand griff ins Leere. Mir war, als griffe der ausgestreckte Arm des Gipsmönchs mit seinen toten Gipsfingern nach mir. Ich spürte, wie ich hinfiel.

Dann wurde es dunkel um mich.

9

Ich fühlte Sonnenlicht auf meinen Lidern, Schmerzen in meinem Kopf und Kälte in den Gliedern. Ich schlug die Augen auf. Über mir ragte die Gestalt des Mönchs mit abgebrochenem Arm und dem Puppengewand – ein bizarres Bild aus diesem Blickwinkel. Es half mir, mich zu erinnern. Ich dachte an den ausdruckslosen, uninteressierten Blick des Jungen, den blinkenden Revolver und den Schlag. Ich faßte an meine Schläfe. Meine Finger spürten eine Schwellung. Es schien nichts Schlimmeres zu sein als eine Beule. Doch als mein Arm mein Gesichtsfeld kreuzte, starrte ich ihn verblüfft an: er war nackt. Ich hob halb den Kopf und schaute auf meinen Körper. Da verstand ich das Kältegefühl.

Abgesehen von meinen kurzen Unterhosen, war ich vollkommen nackt.

Ich erhob mich unsicher von dem feuchtkalten Steinboden. Ich schüttelte den Kopf, um ihn wieder klar zu bekommen. Ich dachte an den Jutesack. Dafür war er also gewesen. Junior hatte mich den ganzen Vormittag wegen einer Gelegenheit verfolgt, mir meine Kleider zu rauben. Er wie Halliday schienen mich für eine Art Modepuppe zu halten.

›Klasse, der trägt ja einen phantastischen Anzug! Laß uns ihm eins über die Nuß hauen und auch so einen haben!‹

Dunkle Wut stieg in mir hoch. Und ich war auf mich selbst wütend, daß ich Juniors Talente als Phantom unterschätzt hatte. Ich war sogar noch wütender über die Erniedrigung, nackt in einem Franziskanerkloster liegengelassen zu werden.

Ich sah mich nach etwas um, das ich anziehen könnte. Es gab nichts. Nur die Bänke, die geschnitzten Beichtstühle, die gleichgültigen Gipsfiguren und der Sonnenstrahl aus dem hohen, vergitterten Fenster. Dann erinnerte ich mich, daß mein Flugschein, meine Touristenkarte und etwa achthundert Pesos in meiner Brieftasche gewesen waren. Ich fluchte leise. Und dann, als ich vom Refektoriumstisch zurücktrat, stieß mein nackter Fuß gegen irgend etwas. Ich sah hinunter. Meine Brieftasche lag auf dem Steinboden unter dem Mönch.

Ich bückte mich und hob sie auf. Ich durchsuchte sie. Vom Inhalt fehlte nichts. Die Touristenkarte, der Flugschein, das Geld, alles war da.

Einen Moment lang verspürte ich nichts als Erleichterung. Dann begann mein Argwohn aufzuflackern. Die Brieftasche war in meiner zugeknöpften Gesäßtasche gewesen. Dessen war ich ganz sicher. Wie ungeschickt Junior auch beim Entkleiden von mir gewesen sein mochte, die Brieftasche hätte er nicht zufällig verlieren können. Er mußte sie absichtlich dort liegengelassen haben. Achthundert Pesos und ein Flugschein nach den Vereinigten Staaten mußten eine größere Versuchung für einen Jungen wie Junior gewesen sein als der Apfel für Eva. Er mußte nach sehr strengen Anweisungen vorgegangen sein. Irgend jemand – Halliday? – hatte ihm befohlen, mir meine Kleider wegzunehmen, aber auf keinen Fall meine Brieftasche zu stehlen. Warum?

Aus Rücksichtnahme? Ich mußte laut lachen. Ein säuerliches Lachen. Sie hatten mir meine Brieftasche gelassen, weil sie ein Motiv dafür hatten, daß ich meinen Flugschein und mein Geld behielt. Das war die einzige Antwort hierauf. Und warum hatten sie mir meine Kleider weggenommen? Weil dieses ›Ding‹, das ich ihrer Ansicht nach von Deborah erhalten oder fortgenommen hatte, klein genug war, um es irgendwo in einem Anzug zu verstecken?

Ich war zu wütend, um weiter darüber nachzudenken. Doch es gab da eine Sache, die sich mir brutal ins Bewußtsein drängte. Sie hatten Deborah umgebracht und mich niedergeschlagen, um zu bekommen, was sie wollten. Die Tatsache, daß ich es nicht besaß, änderte nichts daran. Ich konnte nicht hingehen und sagen: ›Hör mal, mein Lieber, ihr habt den falschen Mann im Auge.‹ Sie hielten mich für ihren Mann, und sie würden mich auch weiter dafür halten. Ob es mir gefiel oder nicht, ich steckte bis zum Hals in dieser Sache.

Es konnte jetzt nicht mehr heißen: ›In zwei Tagen reise ich sowieso ab.‹ Die Frage lautete jetzt: ›Werde ich noch lange genug leben, um mein Flugzeug zu erreichen?‹ Ich ging im Raum auf und ab, frierend, mich genierend und siedend vor unterdrückter Wut.

Die Tür knarrte. Ich fuhr herum.

Vera García eilte mit um die Schultern schwingendem Silberfuchs-Cape herein. Sie machte einen Schritt auf mich zu und produzierte dann die dilettantischste russische Spätzündung, die ich je erlebt hatte.

»Du lieber Gott!« rief sie aus. »Was ist denn mit Ihnen los? Nehmen Sie ein Sonnenbad?«

»Ja«, antwortete ich. »Es gibt nichts Geeigneteres als eine Klosterzelle, um eine wunderbar nußbraune Hautfarbe zu bekommen.«

»Ist das wahr?« fragte sie.

»Nein«, entgegnete ich. »Unser Freund Junior. Er ist mir hierher gefolgt, hat mich niedergeschlagen und meine Kleider gestohlen.«

»Der hübsche Junge mit dem Vogelkäfig?«

»Der hübsche Junge mit dem Vogelkäfig.«

Sie kicherte. »Ich komme vom Schrein. Habe gewartet. Die ganze Zeit auf Sie gewartet und mich gewundert.«

»Sie haben ihn nicht mit dem Sack vorbeigehen sehen?«

»Ich habe keinen bemerkt. So viele Menschen, die ganze Zeit hin und her.« Sie kam näher und faßte meine beiden nackten Arme an. Sie betrachtete mich anerkennend, und ein offenes, weibliches Lächeln bewegte ihre Lippen. »Ein guter Körper, den Sie da haben. Ein Männerkörper. Stark.« Sie bemerkte die Schwellung über meinem Ohr, und ihr Lächeln floh vor slawischer Entrüstung. »Sie armer Schatz! Er hat Sie geschlagen.«

»Was haben Sie denn gedacht? Daß er mich bitten würde, für ein Kunstfoto zu posieren?«

»Dieser Dieb!« schrie sie. »Dieser Mörder! Wir werden ihn fangen.«

»Im Augenblick«, erklärte ich, »sollten Sie besser etwas für mich zum Anziehen auftreiben. Ich bin es leid, als Plakatwerbung für Kraft und Gesundheit herumzustehen.«

»Ja, ja.« Sie schwang das Cape von ihren Schultern und legte es mir um. »Nehmen Sie mein Pelztier.«

Ich blickte hinunter. Von oben sah es nicht gut aus.

»Ein Silberfuchsumhang und kurze Unterhosen«, sagte ich. »Was für eine Bekleidung soll das wohl sein?«

Sie schüttelte zustimmend ernst den Kopf. »Nein. Es ist nicht gut für einen Mann. Warten Sie. Ich finde etwas.«

Sie eilte davon. Kurze Zeit später hörte ich draußen ein Durcheinander von huschenden Füßen und aufgeregten Stimmen. Es wurde übertönt von Veras Stimme in reinstem Spanisch. Die Tür wurde aufgestoßen, und Vera lief herein. Ihr folgten ein Priester in weißer Soutane, vier schwarzäugige kleine Ministranten, drei Arbeiter in Overalls und eine sehr alte Frau, die den Kopf in einen blauen *rebozo* gehüllt hatte.

Mit blitzenden Augen zeigte Vera auf mich, als sei ich ein Ausstellungsstück, und schnatterte, wild mit den Händen gestikulierend, kräftig drauflos. In ihrer russischen Seele gab es keinen Platz für Schamgefühl. Ich war sicher, daß es ihr nie in den Sinn kam, daß Zuschauer mich verlegen machten. Die kleinen Ministranten kicherten. Die sehr alte Frau bekreuzigte sich. Der Priester untersuchte meinen Kopf und ging zu Vera zurück. Alle gestikulierten.

Ich konnte der erregten Diskussion nicht folgen, aber ich sah so etwas wie die Säume von einem Paar Hosen unter dem Rand des Overalls eines der Arbeiter hervorschauen. Ich zog einen Zwanzig-Peso-Schein aus meiner Brieftasche und gab ihn Vera. »Er hat Hosen an«, sagte ich. »Kaufen Sie ihm die Hosen ab.«

Vera nahm das Geld, redete konzentriert auf den Arbeiter ein und schüttelte den Geldschein vor seinen Augen wie eine Faust. Er lächelte geziert und ließ den Kopf hängen.

Über die Schulter rief sie zu mir herüber: »Runter mit dem Overall, hab' ich gesagt. Er sagt, er sei schüchtern.«

Der Priester, der nicht in die Auseinandersetzung einbezogen war, beobachtete mich mißbilligend über den Rand seiner Stahlbrille hinweg. Ein Ministrant zupfte am Saum seiner Soutane. Er stieß ihn mit der Hand beiseite. Die alte Frau hatte sich auf den Fußboden gesetzt und blinzelte mich unter dem *rebozo* hervor an.

Vera verzichtete auf ihre Überredungsversuche zugunsten direkterer Taktik, fiel über den verschämten Indio her und begann die Knöpfe aufzumachen, die seinen Overall an den Schultern festhielten. Der Overall rutschte zu Boden, und der Indio, immer noch anständig in Hosen gekleidet, stieg mürrisch heraus. Vera schob ihm das Geld in die Hand, brachte mir triumphierend den Overall und lachte ihr lautes Glockenlachen.

»Bravo!« sagte ich.

»Ich sage Ihnen«, erklärte sie, »wenn ich wütend bin, haben alle Angst.«

Ich zog den Overall an. Ich schaffte es, ihn an den Schultern zuzuknöpfen, aber er war lächerlich klein. Er klebte an meinen Oberschenkeln, und die Hosenbeine hörten irgendwo an meinen Waden auf. Ergötzt musterte Vera sie und meine nackten Füße.

»Oh, sieht das hübsch aus! Wie Nijinski.«

»Toll«, sagte ich. »Tausend Dank.«

Der Priester hatte die Gelegenheit ergriffen, sich vor diesen so beunruhigend exzentrischen Ausländern in Sicherheit zu bringen. Die Ministranten waren mit ihm gegangen. Der ausgezogene Indio kam plötzlich zu der Erkenntnis, daß alles sehr spaßig war. Es mußte ihm endlich aufgegangen sein, daß er sich mit zwanzig Pesos drei oder vier neue Overalls auf dem Markt kaufen konnte. Er zeigte den anderen Indios den Geldschein. Sie grinsten alle und verließen hintereinander den Raum. Nur die alte Frau, die auf dem Fußboden saß, war geblieben. Ich glaube, sie hatte den Grund ihres Hierseins vergessen und blieb nun sitzen, weil sie müde war.

Vera war ein leicht erregbares Mädchen. Jetzt begann sie mütterliche Gefühle wegen meiner Beule zu entwickeln.

»Schnell«, sagte sie. »Schnell. Wir müssen zum Arzt.«

»Ich brauche keinen Arzt«, sagte ich. »Ich habe einen harten Schädel. Was ich brauche, ist ein Anzug und ein Paar Schuhe. Wenn Sie nicht noch mehr Gebete im Sinn haben, lassen Sie uns zu meiner Wohnung zurückfahren.«

Wir kehrten zu dem Raum zurück, in dem sich der Schrein befand, und gingen an der Menge geduldiger Pilger vorbei in die eigentliche Kirche. Sie war immer noch voller Andächtiger. Sie interessierten sich nicht für den seltenen Anblick eines prachtvollen Mädchens im Silberfuchs, das mit einem barfüßigen Mann im hautengen Overall vorbeispazierte. Selbst auf dem Markt wurden wir von niemandem beachtet. Mexikaner haben gelernt, einfach alles von Ausländern zu erwarten oder zu akzeptieren.

Doch Vera war keine Mexikanerin, und sie hatte Theater im Blut. Sie schwelgte förmlich in dem Drama der Situation. Dies war *ihr* Abenteuer. Auf der Fahrt nach Hause überschwemmte sie mich mit Vorschlägen und Fragen.

Meine Antworten fielen unverbindlich aus, denn ich war zu sehr damit beschäftigt, über meine nächsten Schritte nachzudenken. Ich konnte die ganze Sache nicht vergessen. Das war jetzt offensichtlich. Die Möglichkeit, daß später etwas noch Unangenehmeres passieren könnte, war zu groß. Abgesehen von allem anderen wußten sie jetzt, wo ich wohnte, denn Junior hatte mit meiner Beschattung vor meiner Haustür begonnen. Selbst wenn es möglich gewesen wäre – ich war viel zu wütend, um mein Apartment zu verlassen und mich bis zum Abflug meiner Maschine in einem Hotel zu verkriechen.

Doch es war nicht leicht, mich für einen Plan zu entscheiden, solange ich so wenig über meine Gegner wußte. Vera schnatterte über die Polizei und über die Botschaft. Aber dieser Weg könnte sich als komplizierter und gefährlicher erweisen als die unerwartete Begegnung mit einem Gangster. Die Polizei mochte einen halbherzigen Versuch unternehmen, Junior ausfindig zu machen. Sie mochten vielleicht sogar meine Kleider aus dem *Monte de Piedad* – dem nationalen Pfandhaus – wiederbeschaffen. Der Botschafter würde gewiß ungläubig sein Mitgefühl bekunden und über das empfindliche Gleichgewicht der Freundschaft zwischen den beiden Ländern reden.

Nichts davon würde mich einer Lösung des Geheimnisses um Deborah Brand und Halliday näherbringen oder meine Sicherheit garantieren.

Nein. Ich war auf Gnade oder Ungnade auf mich selbst angewiesen. Zumindest mußte ich von jetzt an auf der Hut und auf alles gefaßt sein.

Wenn Mr. Halliday etwas Neues gegen mich unternähme, würde ich's ihm mit gleicher Münze zurückzahlen.

Als wir das Apartment erreichten, kam Vera García uneingeladen mit hinauf. Ich war nicht in der Stimmung für schwindelerregende Reklameschönheiten. Ich wollte allein sein, um intensiver nachdenken zu können. Aber sie hatte mutig bei mir ausgeharrt, und ich brachte es nicht übers Herz, sie hinauszuwerfen. Ich öffnete die Wohnungstür und ließ sie in die Diele vorangehen.

Während ich stehenblieb, um meinen Schlüssel aus dem Schloß zu ziehen, eilte sie neugierig hinein. »Du liebe Güte!« hörte ich sie ausrufen. »So ein Durcheinander! Sie brauchen eine Frau in Ihrem Leben.«

An der Schwelle zum Wohnzimmer trat ich neben sie und sah, was sie damit meinte. Das Zimmer war durchwühlt worden. Alle Schubladen im Schreibtisch standen offen, Papiere lagen auf dem Boden verstreut. Die Kissen waren von der Couch gerissen und in die Gegend geworfen worden.

Ich lief ins Schlafzimmer. Hier war das Chaos noch vollkommener. Alle meine Anzüge waren aus dem Kleiderschrank geholt und wahllos auf einem der Betten übereinandergetürmt worden. Die Kommodenschubladen waren aufgerissen, und Taschentücher und Unterhosen quollen daraus hervor. Sogar meine Koffer hatte man vom Kleiderschrank heruntergeholt: sie lagen offen auf dem Teppich, und ihr Futter war systematisch herausgerissen worden.

Bevor mich die Wut übermannte, verspürte ich doch auch ein kleines bißchen Ehrfurcht. Halliday war absolut nicht zu unterschätzen – wenn es Halliday war. Während einer seiner Handlanger mich durch die Stadt verfolgt hatte, war ein anderer in meine Wohnung eingebrochen. Was immer er haben wollte, er wollte es offenbar unbedingt.

Ich dachte an Deborahs Silberhaar, wie es dort unter der grünen Wasseroberfläche des *cenote* langsam wogte. Ein Teil von mir begann zu wünschen, ich wäre mit Iris nach Hollywood gegangen und hätte niemals Yucatán gesehen. Doch ein anderer Teil – der Teil, der wütend war – begann langsam Deborahs Sache zu verfechten. Ich hatte jetzt gerade eine persönliche Kostprobe von dem bekommen, wogegen sie hatte ankämpfen müssen, und ich verspürte echtes Mitleid mit ihr. Dies war zu hart für ein Kind von zwanzig. Ich erinnerte mich an ihre jungen, ungeschickten Lippen auf meinem Mund. Ich würde nicht mehr glücklich sein können, ehe ich dem Menschen, der sie in diesen *cenote* gestoßen hatte, nicht etwas sehr Schlimmes angetan hatte.

Vera war ins Schlafzimmer gekommen. Ich hörte ihre Stimme, schrill vor Entrüstung. »Was ist geschehen? Das ist nicht Unordnung! Ist Einbruch, nicht wahr? Man hat Sie geschlagen. Und jetzt eingebrochen bei Ihnen.«

Sie kam zu mir herüber, legte ihre Hände auf meine im

Overall steckenden Arme und schaute zu mir auf, halb staunend, halb fasziniert. »Was ist los mit Ihnen? Warum jagt man Sie und schlägt Sie und bricht ein bei Ihnen? Vielleicht sind Sie ein Spion? Ja? Oder ein großer Gangster?«

Ich wollte ihr nicht mehr erzählen als unbedingt notwendig. Es war noch zu früh, um Verbündete zu suchen.

»Soweit ich weiß«, erklärte ich, »bin ich nur ein Tourist.«

»Sie wissen nicht, warum man Sie schlägt und einbricht?«

»Nein.«

Sie wandte sich zum Telefon. »Wir rufen die Polizei?«

»Nein.«

»Warum nicht?«

Ich grinste sie an. »Darum.«

Sie sah mich scharf an. »Also lügen Sie. Sie verstehen all dies. Es ist ein ganz, ganz großes Geheimnis. Keine Polizei.«

Ich hätte es wissen müssen. Sie war zu intelligent und zu neugierig, um sich hinhalten zu lassen. Ich nahm sie beim Arm.

»Okay. Es ist ein großes Geheimnis. Meine eigene Privatsache. Wie wär's aber, wenn Sie mir aufräumen und herausfinden helfen würden, was sie geklaut haben?«

Sie war so einsichtig und nachgiebig, wie sie intelligent war. Sie stellte keine Fragen mehr und begann, mir ergeben beim Aufräumen der Wohnung zu helfen. Wir machten zuerst das Wohnzimmer fertig und dann das Schlafzimmer. Wie ich erwartet hatte, war, soweit ich feststellen konnte, nichts gestohlen worden.

Veras Unterwürfigkeit dauerte so lange, bis sie ein Foto von Iris fand, das aus dem Rahmen gerissen worden war. Sie hob es auf und betrachtete es eingehend mit blitzenden Augen.

Gebieterisch herrschte sie mich an: »Wer ist das – diese sexy Frau?«

»Meine Frau«, antwortete ich.

Sie fuhr herum und sah vorwurfsvoll zu mir auf. »Sie – sind verheiratet?«

»Was haben Sie denn von mir gedacht? Daß ich auch eine reiche Witwe wäre?«

»Verdammt!« Sie knallte das Foto mit russisch übertriebener Pikiertheit auf die Frisierkommode. »Immer dasselbe! Immer sind die richtigen Männer schon im Besitz von diesen billigen...«

»Vorsichtig mit dem Substantiv«, fiel ich ein.

»Hab' ich's nötig, vorsichtig damit zu sein?«

»Das glaube ich schon«, entgegnete ich. »Sie sind ungehobelt, benehmen sich ungebührlich und machen zuviel Lärm.«

Sie blinzelte erstaunt. »Was ist ungebührlich?«

»Schlecht«, erklärte ich.

»Puh.« Sie zuckte mit den Schultern und ließ sich schmollend auf die Couch fallen. »Also, dafür brauch' ich jetzt einen Drink.«

Sie schmollte wie ein kleines Mädchen und war offensichtlich wütend. Ich fand das ganz reizend. Ich machte ihr einen Cuba Libre, ließ sie im Wohnzimmer sitzen und ging ins Schlafzimmer, in dem ich bislang unbelästigt geblieben war, und streifte mir den Overall des Indios vom Leib.

Während ich eine heiße Dusche nahm und mich wieder ankleidete, dachte ich über Halliday nach.

Als ich zurück zu Vera ins Wohnzimmer kam, hatte sie ihren Cuba Libre ausgetrunken und die Kosakenmütze sowie die Silberfüchse abgenommen. Sie lag exotisch ausgestreckt auf der Couch und rauchte eine Zigarette. Ihre Wutausbrüche schienen ebenso kurzlebig wie heftig zu sein. Sie machte einen sehr gutgelaunten Eindruck, und als sie mich sah, ließ sie ihr tiefes, ansteckendes Lachen hören.

»Ah! Jetzt ist er wieder hübsch, der Ehemann.« Sie strich über den Rand der Couch. »Kommen Sie, setzen Sie sich zu mir.«

Ich dachte immer noch an Deborah und Halliday. Ich setzte mich. Sie streichelte die Beule über meinem Ohr, ließ ihre Finger liebkosend verweilen.

»Sie ist schon besser, ja? Kleiner? Tut's sehr weh?«

»Nicht sehr.« Sie war dicht neben mir. Ihr Knie streifte mich. Sie war knackig und so sexy wie ein französisches Zimmermädchen in einer alten Boulevardkomödie. Aber ich befand mich nicht in einer alten Boulevardkomödie. Ich fragte mich, was Halliday bei mir vermutete. Es mußte klein genug sein, um es bei mir zu tragen, aber vermutlich nicht klein genug für meine Brieftasche. Ein Juwel? Es war schwer, sich Deborah als Juwelendiebin vorzustellen, die kostbare Kleinodien über Grenzen schmuggelte. Eine Inkareliquie? Da Deborahs Vater als Archäologe in Peru arbeitete, konnte man sich das schon eher vorstellen. Aber welche Inkareliquie konnte klein genug sein? Ein Juwel. Ich war wieder bei dem Juwel angelangt.

Veras Hand glitt wie zufällig zu meinem Ohr.

»Ich bin gut, nicht wahr?« Sie schnurrte. »Ich stelle keine Fragen. Ich koche vor Neugier, aber ich stelle keine Fragen.«

»Braves Mädchen«, sagte ich.

Sie begann mit meinem Ohrläppchen zu spielen. »Ich hab's dem alten Mann versprochen. Keinen Freund ein Jahr lang, nachdem er fort ist, hab' ich versprochen.«

»Das haben Sie?«

»Das Jahr ist vorbei seit letztem Donnerstag.« Ihr Gesicht näherte sich dem meinen. Sie duftete wie eine ganze Parfümfabrik. Ihr Lächeln war unverfroren. »Sie, der Sie gejagt und niedergeschlagen werden und bei dem man einbricht, Sie, der Sie mit dieser, dieser… verheiratet sind, die nicht einmal bei Ihnen leben und Ihnen Liebe geben will, wollen Sie mein Freund sein?«

Der sanfte Druck ihrer Finger auf meiner Haut brachte eine vage Erinnerung an Deborah zurück. Es gab keine äußerliche Ähnlichkeit. Deborah war ein kleines, unerfahrenes Mädchen gewesen, das sich als Verführerin aufgespielt hatte. Vera war das reale Gegenstück, attraktiv genug, um den Gipsmönch mit dem abgebrochenen Arm zu entflammen. Aber die Erinnerung ließ mich plötzlich Verdacht schöpfen. Deborah war mir gegenüber zärtlich geworden, nachdem wir uns erst ein paar Stunden kannten. Und jetzt versuchte Vera das gleiche. So anziehend wirkte ich auch wieder nicht auf Frauen.

Ich wandte den Kopf und sah sie zurückhaltend an. Sie blickte zurück, und ihr Gesicht wurde rot vor Empörung. Abrupt ließ sie ihre Hand von meinem Ohr fallen.

»Was ist los? Sind Sie ein Mann? Oder ein hartgekochtes Ei? Für Sie bin ich wohl häßlich – ja, abstoßend.«

»Reden Sie nicht so einfältig. Sie sind schön. Einfach klassisch.«

»Was ist klassisch?«

»Sehr schön.«

Sie hob und senkte dramatisch die Schultern. »Selbstverständlich bin ich schön. Aber Ihnen gefalle ich nicht. Was ist passiert?«

»Eine ganze Menge scheint zu passieren – und sehr schnell.«

Sie ignorierte die in dieser Bemerkung enthaltenen Andeutungen. »Sie denken die ganze Zeit an diese Frau?«

»Klar denke ich an sie.«

»Sind Sie verrückt? Sie denken an die Frau, die nicht da ist, wenn eine andere Frau hier ist?« Ein Schimmer von Verstehen leuchtete in ihren Augen auf. »Ah, ich weiß. Es ist das Make-up. Den ganzen Tag lang laufe ich zwischen Leichen und Schreinen herum und mache mein Gesicht nicht frisch. Ja, das ist es. Das Make-up in meinem Gesicht läuft auseinander. Das ist abstoßend. Ich mach's wieder frisch.«

Sie sprang auf und lief zum Schlafzimmer. An der Schwelle drehte sie sich um und warf mir ein Lächeln liebevoller Verzeihung zu.

»Ich komme zurück mit einem neuen Gesicht. Ganz anders. Dann vergessen Sie Ihre Frau, diese ...«

»Sprechen Sie's nicht aus«, warnte ich.

Während ich im ungewissen auf ihre Rückkehr wartete, schlug der Türsummer an. Seit meiner Rückkehr nach Mexico City hatte ich so viel einstecken müssen, daß meine erste Reaktion Vorsicht war. Der Summer tönte erneut. Ich ging ans Fenster, stellte mich hinter den Vorhang und schaute hinunter auf die Straße. Draußen vor der Haustür, kompakt, klein und entschlossen in ihrem giftgrünen Kostüm, stand Mrs. Snood.

Ich hätte jetzt niemand anders lieber gesehen. Mrs. Snood mit ihren Töchtern und ihrer Sparsamkeit war eine Säule der Normalität in einer verrückt gewordenen Welt. Sie würde die Antwort auf die Frage, ob ich Veras ›Freund‹ sein wollte, hinausschieben helfen, bis ich mehr Zeit zum Nachdenken gehabt hatte. Sie würde mir vielleicht auch sagen können, wo ich Halliday finden könnte.

Ich sollte zumindest wissen, wo er wohnte.

Ich ging in die Küche und drückte den Knopf, der die Haustür entriegelte. Bald ertönte ein Klopfen, und ich machte ihr die Wohnungstür auf. Ihr freundliches kleines Gesicht leuchtete auf vor Freude, als sie mich sah. Eine frische Orchidee, gelb diesmal, war unglücklich an ihrem Aufschlag festgesteckt. Ihr Haar war unbezähmbar wie immer.

»Endlich sind Sie wieder zu Hause! Ich habe heute vormittag zweimal angerufen und bin einmal hiergewesen. Keine Antwort.«

»Tut mir leid. Ich war ausgegangen.«

Ihre Knopfaugen sahen die Schwellung über meinem Ohr. »Du meine Güte! Hat jemand Sie geschlagen?«

»Ich bin gegen eine Tür gelaufen.«

Sie grinste mitfühlend. »Tequila hat bei mir dieselbe Wirkung.«

Sie stapfte an mir vorbei ins Wohnzimmer und warf einen abschätzenden Blick in die Runde.

»Nicht schlecht. Wieviel zieht man Ihnen dafür im Monat aus der Tasche?«

Ich verriet es ihr. Ihr Blick fiel auf Veras Silberfüchse und die schwarze Kosakenmütze.

»Oh, Sie haben eine Freundin da. Es tut mir leid, ich...«

»Machen Sie sich deswegen keine Sorgen«, entgegnete ich. »Ich freue mich sehr. Setzen Sie sich doch. Ich hole Ihnen einen Drink.«

»Also gut, aber nur einen. Ich habe draußen ein Taxi. Ich bin auf dem Rückweg von diesen Pyramiden. Kann mich nicht an den Namen erinnern. Ich hielt es für klüger, mit dem Taxi hinzufahren, statt die Bustour zu nehmen. Aber ich glaube, man hat mich wie üblich betrogen.«

»Wie waren die Pyramiden?« fragte ich.

Sie grinste. »Oh, Pyramiden eben.«

Ich goß ihr einen Cuba Libre ein. Sie nahm ihn und schluckte durstig.

»Ich bin vorbeigekommen«, sagte sie, »um Sie für heute abend zum Essen zu bitten. Als mein Gast natürlich. Ich bezahle.« Sie beobachtete mich voller Sorge, daß ihr Plan für eine Bewirtung fehlschlagen könnte. »Bei Ciro's. Es ist das beste Restaurant in der Stadt. Tolles Orchester und alles.«

Ich hatte sie gern, war aber unter diesen Umständen nicht sicher, ob ich sie genügend gern hatte, um einen ganzen Abend bei Ciro's durchzuhalten. Doch ehe ich antworten konnte, beugte sie sich zu mir und legte ihre kleine, pfotenartige Hand auf mein Knie.

»Bitte. Seien Sie kein Spielverderber. Ich bin heute früh zufällig Bill Halliday begegnet, als er mit einem jungen Mädchen im Sanborn's frühstückte. Ich habe ihn eingeladen. Er legte besonderen Wert darauf, daß auch Sie dabei sind.«

Halliday legte also Wert darauf, mich zu sehen. Das war sehr freundlich von ihm. Das ganze Bild sah plötzlich anders aus.

Ich lächelte. »Gewiß. Ich komme sehr gern, Lena.«

»Oh, wunderbar! Gegen acht. In meinem Zimmer im Reforma.«

Mrs. Snood trank aus und stand auf. »Der Gedanke, daß mein Taxi unten wartet, macht mich nervös. Ich weiß, daß sie in diesem Land keine Taxameter haben, aber ich muß immer an so ein tickendes Ding denken, und...«

Sie unterbrach sich, als Vera García aus dem Schlafzimmer kam. Vera hatte eine Menge Arbeit in ihr Gesicht investiert – viel zuviel. Sie sah aus wie eine Weißrussin beim Imitieren von Lynn Fontanne, die gerade eine Weißrussin imitiert.

Ich stand auf. »Mrs. Snood«, stellte ich vor, »dies ist Señora García.«

Als sie Mrs. Snood erblickte, trat ein strahlendes Lächeln in Veras Gesicht. Sie eilte auf sie zu. »Wie nett!« gurrte sie. »Wie wunderschön, Sie wiederzusehen!«

Ich starrte überrascht. »Sie kennen einander?«

»Natürlich«, sagte Vera.

»Natürlich«, bestätigte Mrs. Snood. »Was für ein komischer Zufall! Mrs. García ist das Mädchen, das heute früh mit Bill Halliday zusammen war.«

Ich schaffte es, mir nichts anmerken zu lassen. Vera ließ sich langsam in einen Sessel gleiten, schlug die Beine übereinander und zündete sich eine Zigarette an. »Halliday?« wiederholte sie. »Wer ist überhaupt dieser Halliday?«

»Der Mann, der heute mit Ihnen bei Sanborn's gefrühstückt hat«, erklärte Mrs. Snood. »Sind Sie denn nicht mit ihm befreundet?«

»Oh, der.« Vera lachte. »Anscheinend wollte er gern mein Freund sein.« Sie zwinkerte mir zu. »Ich sitze wie gewöhnlich bei Sanborn's zum Morgenkaffee. Alle Tische besetzt. Da kommt dieser Mann an meinen Tisch und fragt, ob er sich zu mir setzen darf. Warum nicht, sage ich. Und er redet, redet, redet. Über Iowa? Ja? Oder Idaho? Einer von diesen großen, leeren Staaten in Amerika. Die ganze Zeit redet er.«

Sie zwinkerte erneut. »Und die ganze Zeit sein Fuß unter dem Tisch – genauso gesprächig.«

»Du meine Güte«, sagte Mrs. Snood. »Ich wußte nicht, daß er sich so gegenüber jungen Mädchen verhält.« Sie seufzte. »Mit mir hat sein Fuß nie unter dem Tisch gesprochen. Aber ich bin ja auch nur ein altes Weib.«

Ihr kam eine Idee. Sie lächelte Vera begeistert an. »Hören Sie, ich habe Peter für heute abend mit Mr. Halliday zum Essen eingeladen. Wollen Sie nicht auch kommen, Mrs. García? Zu viert? Gibt doch viel mehr Spaß. Es sei denn, Sie haben Angst vor unserem Wolf aus Cleveland.«

Vera zuckte mit den Schultern à la Lynn Fontanne. »Ich? Wozu haben sie ihre Füße?« Sie sah mich zutraulich an. »Wenn Peter heute abend kommt, komme ich auch. Ich freue mich sehr.«

Mrs. Snood schnatterte weiter über ihre Pläne, aber ich hörte nicht zu.

»Was für ein komischer Zufall!« hatte Mrs. Snood gesagt. Das war auch eine Art, es auszudrücken. Wenn man wollte, konnte man es einen Zufall nennen, daß Vera mit Bill Halliday bei Sanborn's Kaffee trank und dann zu einem zweiten Frühstück zufällig in meine *pasteleria* kam und ihr Kombi-Coupé zufällig fast vor meiner Haustür parkte. Wenn man wollte, konnte man es einen Zufall nennen, daß ich ihr beim Pantheon Dolores wieder begegnete. Wenn man wollte, konnte man es auch einen Zufall nennen, daß es Vera García war, die mich zum Schrein von Los Remedios gefahren hatte, wo Junior seine ideale Gelegenheit fand, mich niederzuschlagen.

Ich sah durch das Zimmer auf Veras glänzendes schwarzes Haar und ihre üppige, seerosenweiße Schönheit. Vor Mrs. Snoods Bemerkung war sie mir wie einer der spontansten, unkompliziertesten Menschen vorgekommen, denen ich je begegnet war.

Jetzt war ich mir dessen nicht mehr ganz sicher.

Mir war fast, als könnte ich hinter ihr einen großen, schlaksigen Amerikaner mit einem einfältigen Lächeln und einen hübschen, kleinen Mexikanerjungen mit einem Kleiderbündel in einem Jutesack stehen sehen.

10

Ich kam pünktlich im Fünfsternehotel Reforma an. Mrs. Snood führte mich in eine verschwenderisch ausgestattete

Suite, deren Preis ihr schlaflose Nächte bereitet haben mußte. Sie trug ihr Bougainvilleakleid für neunundsiebzig fünfzig, und ihr Haar war wie gewöhnlich am Abend zu einer Art Vogelnest hochgekämmt. Sie sah glücklich und festlich gestimmt aus.

»Oh, Peter, Sie sind der erste. Wie nett!« Ein Serviertisch mit einer Flasche Rum und eleganten Zutaten stand neben einem Sofa. »Ich dachte, wir könnten hier die Cocktails nehmen. Ist lustiger. Und auch billiger. Wenigstens habe ich das gedacht, bis sie mir den Bedienungszuschlag aufknallten.«

Sie fummelte einen Daiquiri aus dem Shaker und reichte ihn mir. »Ich bin so froh, daß Vera García kommt«, sagte sie. »So ein reizendes Mädchen. Charmant.«

»Charmant«, wiederholte ich.

»Ich wußte nicht, daß sie eine Freundin von Ihnen ist.« Sie platzte fast vor Neugier. »Kennen Sie sie schon lange?«

»Wir haben uns heute vormittag kennengelernt«, sagte ich. »Auf dem Friedhof.«

»Auf dem Friedhof? Du meine Güte, wie romantisch!« Sie ließ sich mit einem Seufzer auf die Bettkante fallen und nippte an ihrem Cocktail. »Wissen Sie, ich dachte, sie und Mr. Halliday seien ebenfalls befreundet. Doch anscheinend war er nur ein ungezogener alter Mann.«

»So sieht es aus.«

»Ich hoffe, daß sie sich nicht streiten. Ich habe es lieber, wenn die Leute auf meinen Parties sich mögen. Das macht so viel mehr Spaß.«

Unter diesen Umständen fand ich ihren Lebenshunger ziemlich deprimierend. Ich konnte mir vorstellen, wie sie auf Bikini eine Cocktailparty gab, dabei zum Himmel deutete und sagte: ›Oh, schauen Sie nur, diese reizende kleine Atombombe. Ich hoffe, wir werden immer noch Spaß haben, wenn sie unten ankommt.‹

Vera hatte mein Apartment zusammen mit Mrs. Snood verlassen. Ich konnte mich immer noch nicht entscheiden, ob sie eine weitere Helfershelferin von Halliday war oder ob ich langsam eine Verdachtsneurose entwickelte. Es gab nicht genügend Anhaltspunkte. Die Beweislage konnte einen verrückt machen, deutete sie doch gleichmäßig in beide Richtungen. Ich hoffte, daß irgend etwas auf der Party geschehen würde, was mir die Augen öffnete.

Ein paar Minuten später kam sie, füllte den Raum mit Leben und Parfüm und herzhaftem Lachen. Ihre Kleidung zielte auf Bezauberung, aber wie heute morgen mußte der Zauber erst freigelegt werden. Das schwarze Abendkleid, glatt und glänzend wie Seetang, war phantastisch, aber sie hatte es aufgemotzt mit Perlen, einer sehr großen Amethystbrosche und ungefähr einem Dutzend Silberarmbänder. Im Haar hatte sie sogar ein scharlachrotes Blatt von einem Weihnachtsstern.

Wenn sie nicht so viel natürliche Schönheit besessen hätte, würde sie wie aus einer Posse entlaufen ausgesehen haben. Jedenfalls haftete ihr immer noch ein Hauch von Komödie an. Sie sah großartig aus, aber wie jemand, dem ein Marx Brother nachgelaufen wäre.

Sie benahm sich musterhaft. Sie liebte ihre Rolle. Sie war begeistert, uns wiederzusehen. Sie fand Daiquiris himmlisch.

Während sie so plauderte, wirkte ihr Charme so arglos,

daß die Idee, sie könnte ein doppeltes Spiel spielen, absurd erschien. Mein Verdacht ihr gegenüber begann sich aufzulösen. Schließlich gab es kaum einen Verdachtspunkt – außer einer öffentlichen Begegnung mit Halliday, für die sie eine überzeugende Erklärung hatte. Ich begann mich wieder für sie zu erwärmen. Dann erinnerte ich mich an Hallidays Harmlosigkeit und war sofort wieder unschlüssig.

Mit wachsender Ungeduld wartete ich auf sein Erscheinen. Die Ungewißheit der Lage machte mich gereizt. Bis ich eine Ahnung hatte, was er von mir wollte, oder wenigstens beweisen konnte, daß er hinter allem steckte, konnte ich keinen Plan für mein Handeln fassen. Ich wurde immer angespannter. Endlich, nach über zwanzig Minuten, erschien er.

Obwohl ich darauf vorbereitet war, wurde ich von seinem äußerst nichtssagenden Auftreten beinahe entwaffnet. Er watschelte in einem ungebügelten, grauen Anzug und abgetragenen, derben alten Straßenschuhen ins Zimmer. Seine hellen Haare hingen ihm unordentlich in die Stirn, und sein Lächeln unter der nichts enthüllenden Brille war der Inbegriff einfältiger Freundlichkeit.

Er umarmte Mrs. Snood auf burleske mexikanische Art und schwenkte meine Hand, während er ausrief: »Hallo Peter, alter Junge!« Als er Vera erblickte, verzog sich sein Gesicht zu einem freudig überraschten Lächeln. »Also, wenn das nicht die kleine Señorita aus dem Sanborn's ist.«

Er benahm sich, als habe er schon einige Drinks intus und sei bereit zum Durchstarten. Mrs. Snood zupfte an seinem Jackett und sagte: »Sie ist mit Peter befreundet.« Sie klopfte leicht auf seinen Arm. »Und sie hat uns erzählt, was Sie heute morgen mit ihr angestellt haben.«

Er schien erfreut zu sein, als habe Mrs. Snood seiner Männlichkeit ein Kompliment gemacht. »Sie hat also über mich ausgeplaudert, wie? Also, was wissen Sie?« Er zwinkerte mir zu. »Sie müssen etwas haben, was ich nicht besitze, Bruderherz. Bin bei ihr heute morgen nicht aus den Startlöchern rausgekommen.«

Er grinste Vera erneut an, um ihr zu zeigen, daß er scherzte, ließ sich dann neben sie auf die Couch fallen, hob seinen Daiquiri und sagte: »Auf Ihr ganz Spezielles!«

Sein Auftritt war ein in der Wolle gefärbter Sinclair Lewis gewesen, und von da an stellte er sogar noch Babbitt in den Schatten, indem er endlose Anekdoten über Leute namens Jim und Bill in Cleveland erzählte und dann, als die Cocktails sich in ihm häuften, zu etwas anzüglichen Geschichten überging.

Nach einigen Daiquiris sagte er: »Der kleine Billy muß mal dorthin gehen, wovon man gewöhnlich nicht spricht«, und verschwand durchs Schlafzimmer im Bad. Als er wiederkam, wurden seine Geschichten womöglich noch derber.

Ich war auf alles gefaßt gewesen, nur nicht auf dieses stumpfsinnige Theatergarderoben-Gequatsche. Als Regisseur kenne ich meine Schauspieler. Ich konnte keinen falschen Ton in der Vorstellung entdecken – falls es eine Vorstellung war. Er war wie jeder andere vergnügungssüchtige Mensch, und er hatte die Party zu einem Abbild von einem Dutzend anderer werden lassen, die im gleichen Moment in diesem Hotel stattfinden mußten.

Und so blieb es, selbst nachdem die Cocktails zu Ende waren und wir die Treppe hinunter und in das sehr amerikanische Restaurant gingen, wo ein sehr amerikanisches Orchester mit sehr amerikanischer Tanzmusik einen sehr amerikanischen Lärm übertönte. Lena Snood, die immer wieder feststellte: »Ist Bill nicht der komischste Mensch? Er bringt mich noch um«, bestellte verschwenderisch Champagner. Er begleitete moussierend die einzelnen Gänge und Hallidays »Kennen-Sie-eigentlich-den-schon?«, bis ich völlig abgestumpft war.

Dann und wann tanzte ich mit Vera oder Mrs. Snood, aber Vera schien ihre Vitalität mit Lachen über Hallidays Witze erschöpft zu haben. Mrs. Snood schwatzte endlos über Dinge, denen ich nicht länger zuhören konnte.

Ich hatte es aufgegeben, nach verborgenen Beziehungen oder versteckten Bedeutungen Ausschau zu halten. Es gab offensichtlich nichts dergleichen. Vielleicht war ich hoffnungslos auf dem Holzweg.

Als ich einmal mit Mrs. Snood tanzte, bemerkte ich verschwommen, daß sie sich in Nachahmung von Veras Weihnachtsstern eine unpassende rosa Gladiole ins Haar gesteckt hatte. Ich schnappte die vertrauten Worte auf.

»...so ein komischer Mann, Bill Halliday.«

»Ja«, sagte ich automatisch.

»Hat er Ihnen den von der Katze mit dem blinden Auge erzählt?«

»Nein«, sagte ich automatisch.

Sie wollte mir wahrscheinlich gerade den von der Katze mit dem blinden Auge erzählen, doch plötzlich unterbrach sie sich und rief und winkte zur Bar hinüber.

Ich sah mich um. Ein großer Mann mit roten Haaren saß allein auf einem Hocker, mit trostlosem Gesicht über ein Glas gebeugt. Mrs. Snood rief erneut zu ihm hinüber und lächelte zu mir hoch.

»Peter, das ist Mister Johnson – der Bräutigam aus Yucatán.«

Während ich sie durch die Tanzenden hinführte, sah ich, daß sie recht hatte. Wir erreichten ihn, und Mrs. Snood griff nach seinem Arm.

»Hallo, junger Mann! Was denken Sie sich eigentlich? Die Stadt aufreißen ohne Ihre Braut? Schämen Sie sich!«

Mr. Johnson sah zu uns auf, und das unerwartete, entwaffnende jungenhafte Lächeln brach durch. Doch es schwand sogleich wieder, und der sorgenvolle Ausdruck in seinen Augen ergriff Besitz von seinem ganzen Gesicht.

»Lupe liegt im Krankenhaus«, sagte er. »Eine ganz üble Sache. Die Schmerzen packten sie im selben Moment, als wir ins Hotel kamen. Ich sauste mit ihr hin, und man hat sie sofort operiert. Blinddarmentzündung.«

Mrs. Snoods Gesicht wurde lang vor Mitleid. »Das arme Kind! Wie geht es ihr?«

»Schon wieder besser. Aber sie hat Angst, das arme Mädchen, und Schmerzen. Ich hab' den ganzen Tag an ihrem Bett gesessen, aber um zehn haben sie mich rausgeworfen.« Seine große, schwere Hand umschloß sein Glas. Er sah traurig und verloren aus wie ein großer Bernhardiner, der nicht den richtigen Menschen zum Retten finden konnte. »Teuflische Sache, so was in den Flitterwochen.«

»Entsetzlich!« seufzte Mrs. Snood. »Und teuer, möcht' ich wetten. Wieviel wird der Arzt Ihnen aufbrummen?«

»Eine Menge, schätze ich.« Eine Andeutung des lieben Lächelns kehrte in sein Gesicht zurück. »Ich laß mich so langsam vollaufen zur Feier des Tages.«

»Was Sie jetzt brauchen, ist Champagner.« Mrs. Snood schob ihren Arm durch seinen. »Wir haben welchen an unserem Tisch.«

Er schaute zweifelnd von ihr zu mir. »Sie wollen doch sicher nicht so einen Trauerkloß...«

Doch Mrs. Snood zog ihn mit fester Hand durch die Tanzenden.

Alles, was mit jemandem zu tun hatte, der mit in Yucatán gewesen war, konnte bedeutungsvoll sein. Doch während Mrs. Snood Mr. Johnson über die Tanzfläche brachte und in unsere Gruppe einführte, konnte ich nichts Verdächtiges an dieser scheinbar zufälligen Begegnung entdecken.

Mrs. Snoods Bekanntgabe der Operation seiner Braut dämpfte für eine Weile die Ausgelassenheit. Doch schon bald wurde sie der neuen Stimmung, die sie selbst eingeführt hatte, überdrüssig und machte einen Versuch zur Auflockerung.

»Wenigstens ist sie jetzt außer Gefahr, Mister Johnson«, sagte sie. »Sie sollten dankbar sein, daß es nichts Schlimmeres war. Zumindest ist sie nicht in den *cenote* gefallen wie Miss Brand.«

»Miss Brand?« Die Frage kam überraschenderweise von Vera. »Wer ist diese Miss Brand, die in einen *cenote* gefallen ist?«

»Ach, hat Peter es Ihnen nicht erzählt?« Mrs. Snoods Vogelblick pickte nach mir und wandte sich dann wieder Vera zu. »Und sie war doch eine Freundin von ihm. Es war schrecklich. Wir alle haben uns schrecklich gefühlt.«

Sie war gerade beschwipst genug, um die Chance zu ergreifen, sich wieder schrecklich zu fühlen. Während sie die Geschichte erzählte, beobachtete ich Halliday. Wenn er irgendwie Schuldbewußtsein verspürte, war dies der Moment, in dem er sich verraten könnte. Doch der einzige Ausdruck in seinem Gesicht war alkoholische Benebelung. Einmal ließ er wie zufällig seine Hand auf Veras glatte, nackte Schulter fallen. Sie rückte ein wenig von ihm ab. Das war alles.

Mrs. Snood schloß: »Meine Güte, es war schrecklich. Und kurz bevor sie starb, das arme Kind, gab sie Peter einen Kriminalroman. Er hat ihn mir geliehen. Und die ganze Zeit, während ich von Mord und Totschlag las, mußte ich an das arme Mädchen dort unten im *cenote* denken. Grauenhaft! Das ist der richtige Ausdruck dafür.«

Sie hatte es geschafft, sich selbst wieder zu deprimieren, aber fast sofort kehrte ihr natürlicher Schwung zurück, und mit den Worten: »Kommen Sie, Mister Johnson, lassen wir das, tanzen wir lieber«, schleppte sie den Bräutigam auf die Tanzfläche.

Spaß und Spiele dauerten unbarmherzig bis zwei Uhr morgens. Dann, nach einer genauen Punkt-für-Punkt-Kontrolle der Rechnung, bezahlte Mrs. Snood, hinterließ ein großzügiges Trinkgeld für den Kellner und gab uns frei.

Wir gingen alle hinaus in die Hotelhalle. Der Bräutigam entfloh als erster. Dann begann Halliday aufzubrechen. Er küßte Mrs. Snood, verneigte sich mit schwerfälliger Förmlichkeit vor Vera und schwenkte erneut meine Hand.

»Also, Peter, alter Junge, tun Sie nichts, was ich nicht tun würde.«

Er schwankte champagnerschwer. Ich hatte das ungute Gefühl, daß mir alles durch die Finger rann. Machte ich einen kolossalen Fehler? Spielte sich die Verbindung zwischen Deborahs Tod und dem, was mir in Mexico City zugestoßen war, nur in meinem Kopf ab? Oder, falls sie Wirklichkeit war, lag dann die wahre Bedrohung in einer völlig anderen Richtung? Ich versuchte, Mord, Körperverletzung und Verschwörung mit diesem freundlichen Schwipstouristen vor mir in Verbindung zu bringen. Ich dachte, wie lächerlich es wirken müßte, wollte ich ihn hier auf der Stelle dessen beschuldigen.

Seine Hand glitt schlaff aus der meinen. Er sah zurück über seine Schulter und ließ den lüstern-anerkennenden Blick eines Mannes mittleren Alters auf Veras nackter Rückenpartie ruhen.

Dann beugte er sich zu mir und flüsterte: »Is' schon eine tolle Biene, Peter, mein Junge. Reizendes Mädchen. Tun Sie nichts, was ich tun würde.«

Das war ein großartiger Scherz. Er brach in ein stürmisches Gelächter aus und zwickte mich jungenhaft in den Arm. Dann drehte er sich um und tappte die Treppen hinunter, die auf die Straße führten.

»Gute Nacht«, rief er. »Guu' Nacht z'sammen. Guu' Nacht, liebe Leute. Guu' Nacht.«

Er erreichte die Tür. Vorsichtig zog er sie auf und entschwand in der Nacht.

Kurz danach sagten Vera und ich unsere Dankeschön-Sprüche zu Mrs. Snood und gingen. Vera wohnte, wie sie sagte, nur zwei Häuserblocks weiter. Sie hatte ihren Wagen nicht dabei und bat mich, sie nach Hause zu begleiten. Während wir durch die breite, mondhelle Straße schlenderten, hing sie warm an meinem Arm.

»Solche Leute«, sagte sie. »Solche Langweiler. Solch ein Geschwatze, Geschwatze. Du meine Güte!«

Nach zwei Häuserblocks erreichten wir an der nächsten Ecke eine große Villa in französischem Stil mit einem schmiedeeisernen Tor in der Kutscheneinfahrt.

Sie blieb stehen und sagte: »Hier wohne ich. Gewaltig, nicht? Scheußlich. Ist was für Mrs. Snood. Würde sagen: ›Schau'n Sie, was mich das kostet.‹ Kommen Sie mit auf einen Drink?«

Ich war immer noch verwirrt und frustriert. Früher am Abend, als ich sie im Verdacht hatte, hätte ich vielleicht eine Falle vermutet, daß Halliday oder Junior vielleicht im Dunkeln hinter dem eisernen Tor auf mich lauerten. Alles, was ich jetzt erwartete, falls ich die Einladung annähme, war eine weitere, ziemlich feurige Mann-Frau-Auseinandersetzung. Dazu fühlte ich mich nicht in Stimmung.

»Danke«, entgegnete ich, »aber ich glaube, ich sollte für heute besser Schluß machen.«

Gereizt zog sie die Hand aus meinem Arm. »Ach, ist es immer noch so? Immer noch halten Sie mich für diesen großen, fetten Einfaltspinsel.«

»Bitte, Vera...«

Doch ihr russisches Temperament war wieder einmal außer Kontrolle geraten. Es grenzte ans Theatralische, als sie schrie: »Geh'n Sie doch! Lassen Sie sich wieder schlagen und nackt auszieh'n, und warten Sie ab, ob ich mich ein' Deut drum schere. Oh, Sie machen mich wahnsinnig! Es ist mein Stolz. Sie verletzen meinen Stolz. Geh'n Sie! Geh'n Sie schnell!«

Sie zog heftig an einem altmodischen Klingelzug an einem der Torpfosten. Mit dem Rücken zu mir stand sie in unheilschwangerem Schweigen und klopfte mit dem Fuß auf den Boden, bis die Torflügel aufschwangen und den Blick auf einen alten, in einen bunten Umhang gehüllten *velador* freigaben. Sie sagte etwas in schnellem Spanisch zu ihm, worauf er sich zurückzog.

Sie blieb einen Moment lang ruhig stehen, immer noch mit dem Rücken zu mir und ohne mich zu beachten. Plötzlich drehte sie sich um. Im Mondlicht konnte ich ihr breites, freundliches Lächeln erkennen. Der Zorn war wieder verraucht.

»Ich bin immer noch wütend«, sagte sie. »Sehr wütend. Aber ich tu' so, als ob nicht. Ich habe große Selbstbeherrschung. Ich weiß. Ich hasse Sie, aber Sie passen auf, ja? Sie lassen die nicht wieder mit Papageienkäfigen an sich ran, versprochen?«

»Ich verspreche es.«

Sie blickte die Straße hinunter. Sie lag verlassen da bis auf eine hellblaue Limousine, die einen halben Block weiter unter einer Laterne parkte. »Ich glaube, das ist ein Taxi. Die Straßen sind dunkel und leer. Sie nehmen das Taxi, ja? Zur Sicherheit.«

Ich sah den baumgesäumten Bürgersteig zum Wagen hinunter. Taxis sehen in Mexiko wie normale Automobile aus, bis auf ein kleines Pappschild unter dem Scheibenwischer mit der Aufschrift: *Libre.* Ich sah das Schild. Es war also ein Taxi.

»Gewiß«, antwortete ich. »Ich nehme das Taxi.«

Sie lehnte sich zu mir und küßte mich impulsiv auf den Mund. »Vielleicht bin ich morgen nicht mehr wütend. Ich weiß nicht. Wir werden sehen. Aber, oh, heute nacht – ich brenne. Gute Nacht, Abscheulicher.«

»Gute Nacht, Vera.«

Sie schlüpfte durch das eiserne Tor in den schattigen Patio dahinter. Fast im gleichen Moment sah ich den alten *velador* herbeischlurfen. Er schloß die Torflügel und hängte drinnen klirrend eine Kette vor.

Allein auf der trostlosen Straße fühlte ich mich enttäuscht und einsam. Ich wünschte, ich hätte ihre Einladung angenommen. Auch wenn die Gefahr jetzt weit entrückt zu sein schien, vermißte ich ihre Wärme. Einen Moment lang blieb ich noch im Schatten stehen und machte mich dann auf den Weg zu der hellblauen Limousine. Der Fahrer sah mich kommen und schaltete die Scheinwerfer ein. Ich trat heran und fragte, ohne mich zum Fenster hinunterzubeugen, nach dem Fahrpreis zur Calle Londres. »Zwei Pesos«, antwortete er.

Das war in Ordnung. Ich machte die Hintertür auf und begann einzusteigen. Dabei kam der Rückspiegel der Fahrerseite in mein Blickfeld. Darin sah ich zwei dunkle, teilnahmslose Augen, die mich beobachteten. Mein Blick fiel auf den Fahrer selbst. In dem schwachen Licht der Straßenlaternen sah ich eine schön geschwungene Wange und lange, mädchenhafte Wimpern.

Einen Augenblick lang dachte ich: ›Ich werde verrückt – ich sehe Gespenster.‹ Dann trat ich zurück und aus dem Wagen. Im selben Augenblick schwang der Fahrer am Steuer herum und sah mich an.

Selbstverständlich sah ich keine Gespenster. Das Taxi war kein Taxi. Es war ein normales Auto, getarnt mit Hilfe des simplen Tricks eines Pappschildes an der Frontscheibe.

Am Steuer saß Junior, der mit einem Revolver auf meinen Magen zielte.

Ein panikartiges Gefühl der Unwirklichkeit ergriff mich. »Was soll das?« krächzte ich hinhaltend. »Brauchst du einen neuen Anzug?«

Er stieß die Vordertür zum Bürgersteig auf.

»Súbase«, sagte er.

Das bedeutete: »Einsteigen.« Ich wußte das. Junior hatte eine eigene Art, kein Nein als Antwort gelten zu lassen. Auch das wußte ich. Ich verwarf die Idee, mich zurück in die Deckung von Veras Einfahrt zu verdrücken. Das war zu riskant. Außerdem schien es ziemlich hoffnungslos zu sein, die Aufmerksamkeit ihres alten Nachtwächters zu erregen.

Die Waffe blinkte. *»Súbase«*, sagte er erneut.

Mir gefiel die Ruhe in seiner Stimme nicht. Mir gefiel die Gefahr nicht, die so sinnlos in Gestalt eines hübschen Jungen mit unbekanntem Groll und einem Revolver auf mich zukam. Ich zögerte immer noch, krampfhaft nach einer Lösung suchend, obwohl ich wußte, daß es keine gab.

»Súbase«, sagte er zum dritten Mal, und sein träumerischer Blick mit der geheimen, unpersönlichen Feindseligkeit war ebenso unverwandt auf mich gerichtet wie sein Revolver.

»Okay«, sagte ich. »Alles nur dir zu Gefallen.«

Ich machte einen Schritt auf die offene Wagentür zu. Die Augen zwinkerten. Ich spürte direkt, wie er dachte: ›Wird er versuchen, mich anzuspringen?‹ Natürlich hatte ich keine Chance dazu mit der offenen Tür, dem Ganghebel und dem Lenkrad zwischen uns. Ich machte einen weiteren Schritt, als von hinten eine Hand auf meine Schulter fiel und mich zurückzog.

Eine vertraute, beschwipste amerikanische Stimme sagte: »He, Peter, alter Junge. Wieso woll'n Sie ein Taxi nehmen? Faul geworden? Nach dem viel'n Champagner brauchen Sie Bewegung. Genau das brauch'n Sie. Bißchen Bewegung.«

Ich ließ mich herumdrehen. Hinter mir stand, herzlich lächelnd, Bill Halliday.

Er winkte dem Taxichauffeur wegzufahren. Indem er sich bei mir einhakte, zog er mich weiter das Trottoir hinunter.

»Taxis«, sagte er tadelnd. »Kerl in Ihrem Alter und Taxi nehmen. Altes Weib, das sind Sie.«

Ich wußte nicht, woher oder wie er hergekommen war. Es war mir auch völlig egal. Vor uns markierte eine schwache Straßenlaterne das Ende des Häuserblocks. Während wir auf sie zugingen, wartete ich qualvoll darauf, daß Junior schießen würde.

Doch nichts geschah. Wir erreichten die Ecke und umrundeten sie. Das Taxi hatte sich nicht einmal bewegt.

Halliday ging ein wenig im Zickzack. Er lehnte sich schwer an mich.

»Ein Ssch-sch-schlummertrunk«, stammelte er. »Wwohne hier in 'er Gegend. Grad um die Ecke. Kommen Sie rauf für ein' Sch-schlummertrunk, alter Junge. W-was hat Gertrude Stein gesagt? Ein Sch-schlummertrunk is' ein Sch-schlummertrunk is' ein Sch-schlummertrunk...«

Und ein Mann, der einen vor einem Revolverjungen gerettet hat, ist ein Mann, der einen vor einem Revolverjungen gerettet hat.

11

Wir hatten etwa die Mitte des Häuserblocks in der Nebenstraße erreicht. Vor uns zeichnete sich die Sicherheit versprechende Weite der Avenida Insurgentes ab. Der Wagen folgte uns nicht, das wußte ich jetzt mit Gewißheit. Die Spannung in mir ließ etwas nach. Aber mein Verstand war wirr von Fragen, auf die ich keine Antwort hatte. Warum hatte Junior Halliday gestattet, mich direkt vor der Mündung seines Revolvers wegzuholen? Weil er nach Anweisung arbeitete und es darin keinen Hinweis gab, wie er auf das unvermutete Auftauchen eines anderen Amerikaners reagieren sollte? Oder weil Halliday sein Boss war? Aber wenn Halliday Junior geschickt hatte, mich zu fassen, warum hatte Halliday sich dann die Mühe gemacht, mich zu retten? Und hatte er mich absichtlich gerettet? Oder war dies nur eine der siebenundfünfzig Varianten des Zufalls gewesen?

Während Halliday neben mir herwankte und mit seinem fröhlichen, beschwipsten Monolog fortfuhr, konnte ich mir so gut wie unmöglich vorstellen, daß er zu etwas

Raffinierterem oder Böserem fähig sein könnte, als eine Papiermütze aufzusetzen und in eine Trillerpfeife zu pusten.

Ich dachte an Vera, wie sie noch vor ein paar Minuten geschmollt, mich dann impulsiv auf den Mund geküßt und die Straße hinunter gedeutet hatte: ›Sie nehmen das Taxi, ja? Zur Sicherheit.‹ Ein Schauer des Zweifels durchrann mich. Vera, die mir das Taxi zeigte, in dem Junior mit dem Revolver auf mich wartete. Vera, die mich nach Los Remedios fuhr, wo Junior mit dem Revolver auf mich wartete.

Konnte es Vera sein – und nicht Halliday? Vera, die über jemand anders mit Junior arbeitete?

Wir erreichten die zugige Ecke der Insurgentes. Die Neonreklamen einiger Nachtklubs und eleganter Restaurants blinkten immer noch durch die Dunkelheit. Ein paar Autos rasten hinaus in die Vororte. Ich fragte mich, wohin ich jetzt unterwegs sein würde, wäre ich in die hellblaue Limousine gestiegen. Nicht zu Vera. Nicht zu Halliday. Das war gewiß. Zu einem obskuren Tod in einem Straßengraben draußen in der rauhen, öden Landschaft hinter Xochimilco? Oder um meinen wirklichen Gegenspieler zu treffen?

Aber wer war mein wirklicher Gegenspieler? Mr. Johnson, vergrämt über die Blinddarmoperation seiner Braut? Mrs. Snood, mit einem Kriminalroman behaglich in ihr Hotelbett geschmiegt?

Es gab nur wenige Lösungen zur Auswahl, und keine davon war einen Pfifferling wert. Ich hatte erwartet, daß dieser Abend mich aus meiner Ungewißheit erlösen würde.

Die Ungewißheit hatte sich mehr als verschlimmert.

Wir hatten die Insurgentes überquert und waren in eine dunkle, baumbestandene Seitenstraße eingebogen, die Dinamarca, meinte ich. Halliday, der noch betrunkener zu sein schien als zuvor im Reforma, blieb unbeholfen vor der Tür eines modernen Mietshauses stehen.

»Kleine Wohnung«, erklärte er. »Nich's B'sonderes, nich's zum Angucken. G'hört ei'm Freund von mir. Hat sie mir vermietet. Sch-schlummertrunk, mein Junge, alter Junge.«

Münzen klingelten in seiner Tasche, während er nach dem Schlüsselbund fummelte. Er brachte ihn zum Vorschein und führte einen davon unsicher ins Schloß.

»K-klärt den Kopf, ein Sch-schlummertrunk.«

Er schob die schwere Glas- und Eisentür nach innen auf und wartete in alkoholisierter Ritterlichkeit, um mich an sich vorbei ins Haus zu lassen. Es konnte eine Falle sein. Das war mir klar. Doch wenn es eine Falle war, wurde ich mit so ausgeklügelter Raffinesse hineingelockt, wie sie fast außerhalb des Bereichs des Möglichen lag. Die Straßen hatten sich schon als gefährlich genug für mich erwiesen. Nichts konnte Junior davon abhalten, im selben Moment wieder um die Ecke zu fahren, da ich allein sein würde. Von zwei Möglichkeiten war diejenige, mit Halliday hineinzugehen, die bei weitem weniger riskante.

Außerdem hatte ich mir schon den ganzen Abend gewünscht, mit Halliday allein zu sein. Selbst wenn mein Argwohn jetzt in eine andere Richtung ging, war dies eine sehr gute Gelegenheit, mich mit ihm zu befassen.

Ich trat in eine Vorhalle, die wie eine Ausstellung für

futuristische Raumdekoration aussah. Halliday folgte mir. Die Haustür schnappte mit schwerem Klicken ein.

Im ersten Stockwerk blieb er vor einer Wohnung mit der Nummer drei stehen, vollführte wieder seinen Schlüsseltanz und öffnete die Tür. Er ging voraus und hantierte an einem Lichtschalter. Ein kleines, unerwartet elegant eingerichtetes Wohnzimmer mit schwarzweiß gestreiften Vorhängen und gelben Sesseln kam zum Vorschein. Ein großer Strauß rosa Nelken stand in einer Vase auf dem Couchtisch. Das Zimmer war von ihrem schweren Duft erfüllt.

Es war außerdem ermutigend leer.

»Setzen Sie sich, alter Junge.«

Halliday ließ eine Hand auf meine Schulter plumpsen und führte mich zu einem der gelben Sessel. Er pellte sich aus seinem Mantel, ließ ihn auf den Fußboden fallen und bewegte sich zu einer Innentür.

»Küche. Seh'n, was ich auftreiben kann.«

Er verschwand hinter der Tür und begann zu klappern. Dieser Moment war für mein Vorhaben gut geeignet. Wenn Halliday unschuldig war, dann war seine Trunkenheit nicht vorgetäuscht. Bis morgen würde alles, worüber wir redeten, im Alkoholnebel verschwommen sein. Wenn er nicht unschuldig war, wenn er Deborah Brand ermordet hatte und mit mir etwas plante, spielte er nur den Betrunkenen. Doch das spielte auch keine Rolle mehr. Wenn er schuldig war, gab es nichts, was ich ihm verraten konnte, das er nicht bereits wußte. Vorausgesetzt, er besaß keine Schußwaffe, hatte ich nichts zu befürchten.

Ich stand leise auf und durchsuchte so viel von dem Zimmer wie ich schaffte, ehe ich ihn aus der Küche kommen hörte. Als er erschien, zwei Cuba Libres mit übertriebener Sorgfalt balancierend, hatte ich mich schon wieder in meinen Sessel verdrückt.

»Rum, alter Junge«, erklärte er schleppend. »Ho jo ho, un' 'ne Budd'l mit Rum.«

Er gab mir ein Glas, schwankte an den rosa Nelken vorbei und ließ sich auf die gelbe Couch fallen.

Mit schwungvoller Gebärde hob er sein Glas. »Ein Skol auf Ihr Wohl!«

Ich hob ihm mein Glas entgegen. »Danke«, sagte ich und entschied mich für die direkte Methode. »Und danke, daß Sie mich gerade gerettet haben.«

»K-keine Uhursache. Rette gern ein' Kumpel. Immer schon. So b-bin ich. Bill Halliday.« Er verdrehte die Augen, legte den Kopf zur Seite und sah mich argwöhnisch an. »Danke, daß ich Sie gerettet habe? Wovor?«

»Diesem Taxi. Sie wußten, daß es kein Taxi war, nicht wahr? Sie wußten, daß der Fahrer mich mit einem Revolver bedrohte.«

»Sie bedrohte mit einem ... Machen Sie Witze?«

»Ich mache keine Witze.«

Er beugte sich vor auf der Couch und zwinkerte mit den Augen. »Sie mit einem Revolver bedroht? Wieso?«

»Aus demselben Grund, aus dem er mich den ganzen Vormittag verfolgt, mich schließlich im Kloster von Los Remedios erwischt und niedergeschlagen hat. Aus demselben Grund, weswegen jemand in meine Wohnung eingebrochen ist.«

Er schien eine gewaltige Anstrengung zu unternehmen, mich zu verstehen. Dann gab er es auf – seine Augen verschleierten sich. »Einbrechen – niederschlagen«, murmelte er. »Versteh ich nich'. W'von red'n Sie?«

»Ich dachte, Sie könnten's mir erklären.«

»Ich?« stieß er angriffig hervor. »Warum ich? W-was soll'n das? Wess'n W-wohnung eingebroch'n? Meine is' nich' eingebroch'n. 's Ihre?«

»Kennen Sie einen kleinen Jungen, hübschen kleinen mexikanischen Jungen?« fragte ich. »Ungefähr neunzehn?«

»Wie heiß' er?« erkundigte sich Halliday benebelt.

»Das müßten Sie wissen, wenn er auf Ihrer Lohnliste steht.«

Er versuchte zu verstehen, schaffte es aber nicht. »Lohnliste?« wiederholte er.

Ich legte eine neue Fährte: »Sie haben am Flughafen meine Reisetasche statt Ihrer mitgenommen, oder etwa nicht?«

Daran erinnerte er sich. »Sicher, sicher. Ihre Tasche. Beide Gadarbine, Garadine, Gar… Beide gleich. Gepäckträger. Verwechselt. B-blöd.«

»Und Sie haben sich an der Information im Hotel Yucatán nach mir erkundigt, bevor Sie mich kennenlernten.«

»Hab' ich?« Er blickte verwirrt, doch dann brach ein Lächeln durch, ein breites Verstehe-den-Witz-Lächeln. »He-he, Peter, alter Junge, alter Scherzkeks.«

Ich sprang ihn förmlich an: »Und Sie sind Deborah Brand nach Chichén-Itzá gefolgt.«

Sein Lächeln verging. Er machte einen fast wachsamen Eindruck. »Gefolgt? Wem?«

»Deborah Brand.«

»Deborah Brand gefolgt – wer?«

»Sie.«

»Sie sind verrückt.« Er sprach mit großer, mühsamer Betonung. Dann kicherte er. »Deborah Brand 's tot. Kann totes Mä'chen nich' verfolgen. Wieso sollt' ich totes Mä'chen verfolgen?«

»Um zu bekommen, was sie besaß«, erklärte ich. »Und um sie zu ermorden.«

»Sie ermorden!« Zum ersten Mal, seit wir zu reden begonnen hatten, ließ er Zeichen der Ernüchterung erkennen. Sein Mund klappte albern auf. »Wurd' nich' ermordet. Fiel in den Brunnen.« Der Klang des Satzes schien ihm zu gefallen. »Fiel in den Brunnen«, wiederholte er.

»Sie könnte in den Brunnen gestoßen worden sein.«

»Gestoßen? Warum?«

Warum?

»Ich weiß es nicht.«

Er hatte sich wieder in die Couch zurückgelehnt und hätschelte seine Erkenntnisse. »Sie wurde also in den Brunnen gestoßen.« Er pfiff durch die Zähne. »Was wissen Sie?« Ein gerissener Ausdruck legte sich plötzlich über sein Gesicht. »Oh, Sie – Sie verkohlen mich immer noch.«

»Ich verkohle Sie nicht.«

»O ja, das tun Sie«, verkündete er in einem Singsang wie ein kleiner Junge. »O ja, das tun Sie. Weil... Sie wissen, warum? Wenn Sie glaubten, Sie wäre ermordet worden, wissen Sie, was Sie dann getan hätten? Sie wär'n ssur Polizei in Merida gegang'n.«

Er sah mich triumphierend an in dem Bewußtsein, daß ich gegen diesen Schlag wehrlos sein würde.

»Ich bin damals nicht zur Polizei gegangen«, sagte ich, »weil ich keine Beweise hatte.«

Er nickte, um zu zeigen, daß er das in Ordnung fand. »Und jetzt haben Sie Beweise?«

»Nur, daß sie jetzt Jagd auf mich machen.«

»Warum machen sie Jagd auf Sie? Warum?«

»Ich schätze, weil sie glauben, ich wäre mit ihr verbündet gewesen; weil sie glauben, ich hätte etwas, wonach sie suchen. Nebenbei bemerkt, ich habe es nicht.«

Seine Lippen schürzten sich zu einer Grimasse der Konzentration. Eine Zeitlang sagte er kein Wort. Ich erwartete, daß er eine einigermaßen nüchterne Bemerkung machen würde. Doch ich hatte mich geirrt. Er war noch tiefer in seinen Rausch abgeglitten. Er schloß die Augen.

Anscheinend hatte es keinen Zweck, dieses absurde Gespräch fortzusetzen. Inzwischen war ich genauso von seiner Unschuld wie von seiner Betrunkenheit überzeugt. Ich konnte mir keinen Sinn hinter einer solchen Szene vorstellen, falls sie nicht echt war. Seine Augen blieben geschlossen, sein Kopf nickte schwer.

Ich stand auf und sagte: »Also, ich muß jetzt weiter. Vielen Dank für den Drink.«

Er riß die Augen auf. Benommen sah er mich an, wuchtete sich dann hoch und stampfte zum Fenster. Er zog eine Hälfte des zebragestreiften Vorhangs auf. »Sch-tickig hier drin. Jawohl. Sch-tickig.« Er begann an dem Fenstergriff zu hantieren.

Ich ging zu ihm hinüber und streckte die Hand aus. »Also, danke, nochmals vielen Dank, Halliday. Wird Zeit, daß ich nach Hause gehe.«

Mit einem leisen Grunzen zog er den Fensterflügel auf. »Was is' los?« Er drehte sich um und sah mich mit großen Augen an. »Gehen? Wieso 'n das? Genug Betten da. Reichlich Betten. Zu hochnäsig hierssubleib'n? Sie...?«

Der Satz verlor sich. Halliday hielt sich mit einer Hand am Vorhang fest. Er schien nur mit einem Haar am Bewußtsein zu hängen.

»Ich muß aber...«, begann ich. Doch es verschlug mir die Sprache.

Von meinem Standpunkt neben ihm konnte ich die schwach beleuchtete Straße hinuntersehen.

Einen halben Block weiter, im Schatten eines Baumes, parkte eine bekannte hellblaue Limousine. Während ich hinschaute, wurde eine glimmende Zigarette aus dem Fenster geworfen und fiel funkensprühend auf das Trottoir.

Ich konnte ihn nicht sehen, aber ich konnte ihn mir vorstellen, wie er dort hinter dem Lenkrad saß mit seinem glatten, kleinen Jungengesicht, von keiner Müdigkeit gezeichnet, die großen, dunklen Augen beharrlich auf die Tür von Hallidays Mietshaus gerichtet – geduldig wartend.

Junior war wieder da.

Ein beunruhigendes Prickeln erfaßte mich. Ich drehte mich zu Halliday um. »Also«, begann ich, »wenn ich's recht bedenke, und da Sie mich so freundlich eingeladen haben...«

Er stöhnte. Hinter der Hornbrille starrten seine kleinen Augen mich ausdruckslos an. Langsam löste seine Hand sich von dem Vorhang. Er lehnte sich an mich, als wollte er mich umarmen. Dann gaben seine Knie unter ihm nach, und er glitt seitwärts auf den Teppich.

Für Halliday war die Party vorüber. Ein schlimmer Kater stand ihm ins Haus...

Ich schaute hinter eine Tür und entdeckte ein Schlafzimmer mit zwei Betten. Ich schleppte ihn hinein und hievte ihn auf eines der beiden Betten. Dann zog ich ihm die Schuhe aus, warf ihm eine Decke über und ging weg.

Da ich ungern eine günstige Gelegenheit auslasse, durchsuchte ich rasch die Wohnung. Ich fand nichts Interessantes.

Ich ging ins Schlafzimmer zurück und blickte durch das Fenster. Die blaue Limousine wartete immer noch unten. Mit einer gewissen Genugtuung dachte ich, daß Junior einen ziemlich harten Tag hinter sich haben mußte. Er würde morgen ein schrecklich müder Junge sein.

Ich war ebenfalls müde. Es gab keinen Grund, noch länger aufzubleiben. Ich zog mich aus bis auf die Unterhosen und stieg in das andere Bett. Halliday atmete schwer, schnarchte aber wenigstens nicht.

Ich knipste das Licht aus. Wenige Augenblicke später war auch ich eingeschlafen.

Am folgenden Morgen erwachte ich bei fröhlichem, strahlendem Sonnenschein. Meine Uhr zeigte halb neun. In Erinnerung an den Vorabend sah ich zum anderen Bett hinüber. Halliday lag noch so da, wie ich ihn unter der Bettdecke liegengelassen hatte. Ich stand auf und trat ans Fenster.

Angenehm alltägliche Dinge taten sich auf der Straße. Ein adrettes Kindermädchen schob ein Baby im Kinderwagen vor sich her. Ein Mann schleppte auf einem primitiven Holzwägelchen eine gewaltige Eisstange. Zwei Hunde beschnüffelten sich an den Nasen und wedelten mit den Schwänzen.

Die hellblaue Limousine war nicht da.

Mein Kopf war klar, und ich fühlte mich überraschend unbeschwert. Ich ging ins Bad und nahm eine heiße Dusche. Ich fand einen Rasierapparat und alles Notwendige in Hallidays Apothekenschränkchen. Während ich mich rasierte, breitete sich in mir fast ein Gefühl der Zuneigung zu ihm aus. Okay, er war ein unangenehmer Kerl mit einem Sack voller schlechter Witze, der gern zu tief ins Glas schaute, aber er hatte mich zumindest aus einer gefährlichen Situation gerettet und mir ein bequemes Bett für die Nacht geboten.

Und er wußte nicht mehr über Deborah Brand als ich.

Meine seifigen Finger rutschten am Griff des Rasierapparates ab, und ich spürte, wie die Klinge in meine Wange fuhr. Blut rann zu meinem Kinn hinunter. Ich fluchte, sah mich nach Watte um, konnte keine finden und tupfte das Blut mit einem Handtuch ab.

Ich fand einen Alaunstift und stillte das Blut. Aber das Handtuch war schon damit befleckt.

Der Korb für schmutzige Wäsche stand rechts neben mir, und ich machte ihn auf und warf das Handtuch hinein. Dabei fiel mir etwas Rotes, Glänzendes auf, das zwischen schmutzigen Handtüchern und Hemden hervorschaute. Ich sah ein zweites und noch ein drittes Mal hin.

Neugierig geworden, langte ich in den Korb und holte das Ding hervor.

Es war eine Damenhandtasche – eine große, rote Handtasche.

Ich hielt sie in meiner Hand und schaute sie an, während Erinnerungen aus Yucatán mich überfielen. Ich riß die Klappe auf. Verschiedene Dinge waren darin – ein weißes Taschentuch, ein Lippenstift, eine Kompaktpuderdose, ein Taschenspiegel, Kleingeld. Doch meine ganze Aufmerksamkeit galt dem Taschentuch.

Säuberlich in eine Ecke gestickt standen die Initialen: D.B.

12

Ich starrte die rote Handtasche an. Die Wände des heimeligen kleinen, weißgekachelten Badezimmers um mich herum schienen auf mich zuzukommen, mich erdrücken zu wollen. Die Handtasche war nicht mit Deborah in den *cenote* gefallen. Sie war hier – ausgerechnet hier – in Bill Hallidays Wohnung.

Ich wußte, daß sie nicht auf der Lichtung gelegen hatte, als der Hoteldirektor und ich nach Deborahs Schrei hingerannt waren. Halliday mußte sie in der kurzen Zeit zwischen dem Schrei und unserer Ankunft an dem Wasserloch an sich genommen haben.

Wenn diese Tatsache auch noch nicht bewies, daß er Deborah ermordet hatte, kam sie diesem Beweis doch sehr nahe. Nahe genug jedenfalls.

Mit diesem neuen Wissen versuchte ich, einen Sinn in Hallidays Benehmen vom Vorabend zu bringen. Offensichtlich hatte er einen hundertprozentigen Einfaltspinsel aus mir gemacht. Er hatte sich betrunken gestellt. Er hatte mich absichtlich vor Junior gerettet und ebenso mit Absicht in seine Wohnung mitgenommen.

Aber warum?

Um mich vor irgend jemandem zu beschützen, der Junior angeheuert hatte? Erklärte das sein pseudobetrunkenes Aufziehen des Vorhangs? War das eine subtile Art gewesen, mich wissen zu lassen, daß die hellblaue Limousine zurückgekehrt war und ich die Nacht hier sicherer verbringen würde? Aber warum sollte er mich beschützen wollen? Gab es vielleicht zwei Parteien, zwei verschiedene Gruppen von Leuten, die hinter dem, was auch immer Deborah bei sich gehabt haben mochte, her waren? Eine von Junior und eine andere von Halliday vertretene Gruppe? Jede Gruppe bemüht, mich von der anderen fernzuhalten?

Um was es auch ging, es mußte enorm wichtig sein. Doch wenn Halliday etwas enorm Wichtiges haben wollte, das ich seiner Meinung nach besaß, warum hatte er es nicht gestern abend von mir zu bekommen versucht? Warum hatte er all seine Energie dafür aufgebracht, den Betrunkenen zu spielen?

Diese fruchtlosen Spekulationen schossen mir durch den Kopf, rasch wie ein Schwarm von Elritzen.

Die Situation war noch unverständlicher als *Finnegan's Wake.* Das einzig Sichere war meine unentrinnbare Verstrickung in diese Angelegenheit.

Ich dachte an Halliday, der im Zimmer nebenan lag, scheinbar stockbetrunken vom Rum. Sollte ich ihn mit der Handtasche konfrontieren, seinem Spiel ein für allemal ein Ende setzen? Es war eine Versuchung, denn ich hatte einen Punkt erreicht, wo mir die Möglichkeit, wenigstens etwas von dem zu erfahren, was an meiner mißlichen Lage schuld war, jedes Risiko wert schien. Aber ich beherrschte mich.

Wenn jemand so gerissen wie Halliday war, würde er sich weder überrumpeln noch dazu verleiten lassen, mir irgend etwas zu verraten, was er mich nicht wissen lassen wollte. Zur Zeit glaubte er noch, mich übertölpelt zu haben. Es war vernünftiger, ihn in diesem Glauben zu lassen.

Ich durchsuchte den Inhalt der Handtasche, öffnete sogar die Puderdose und drehte den Lippenstift auf. Es gab nichts Aufschlußreiches – nur die normalen Dinge, die jedes junge Mädchen bei sich trägt. Doch etwas, das hätte dabeisein müssen, fehlte. Deborah hatte mir erzählt, sie hätte ihren Anschlußflug nach Mexico City verpaßt. In ihrer Handtasche hätte also ein Flugschein nach Mexico City sein müssen. Ich fand keinen. Hatte sie ihn irgendwo anders aufbewahrt? Oder hatte sie gelogen? Oder hatte Halliday ihn herausgenommen?

Ich steckte die Handtasche wieder unter die schmutzigen Handtücher im Korb und ging zurück ins Schlafzimmer.

Halliday war immer noch nicht aufgewacht, oder tat wenigstens so. Während ich mich anzog, bewegte er sich nicht.

Ich kritzelte auf einen kleinen Zettel: ›Danke, daß Sie nicht geschnarcht haben.‹

Vielleicht würde er den Witz verstehen. Vielleicht auch nicht. Mir war's egal.

Ich stellte den Zettel an die Vase mit den Nelken im Wohnzimmer und schlüpfte aus dem Apartment.

Zwei Häuserblocks weiter die Straße hinunter gelangte

man zur Plaza Washington. Ich ging durch die Morgensonne zu dem hellen, kleinen Platz, trat in eine Kiko-Erfrischungsbar und bestellte Orangensaft und Kaffee. Es tat gut, in einer Umgebung amerikanischen Stils zu sein. Es erinnerte mich daran, daß ich morgen in den Staaten sein würde – vielleicht.

Ein paar Gäste saßen verstreut an den kleinen, rot gestrichenen Tischen. Es herrschte eine Atmosphäre von Muße und Ruhe. Aber der beunruhigende Gedanke an Deborahs Handtasche hinderte mich daran, einen entsprechenden Seelenfrieden zu entwickeln. Ich versuchte mir vorzustellen, warum Halliday sie behalten hatte, zumal nichts von Bedeutung darin war und ihr Vorhandensein in seiner Wohnung ihn absolut verraten konnte. Er hatte natürlich versucht, sie dort zu verstecken, wo man sie am wenigsten vermuten oder finden würde. Aber ich hatte sie gefunden, und in einer Sekunde hatte sie das ausgeklügelte Image des einfältigen, ignoranten Touristen zerstört, an dem er so hart gearbeitet hatte.

Da Halliday, was auch immer er sein mochte, gewiß kein Narr war, mußte es einen guten Grund geben, warum er die Handtasche nicht im Dschungel von Yucatán fortgeworfen hatte.

Aber welchen?

Eine flotte Kellnerin mit einer hohen, gestärkten Mütze brachte mir meinen Orangensaft und wedelte erfolglos mit einer Serviette über die Tischplatte. Soweit ich sehen konnte, gab es nur eine Antwort. Halliday mußte die Handtasche behalten haben, weil er trotz gegenteiligen Anscheins nicht sicher sein konnte, daß die Sache, die er haben wollte, nicht doch darin war. Dank Juniors Diebstahls meiner Kleidung wußte ich, daß die gesuchte Sache klein war. Aber sie war sicher nicht unsichtbar.

Oder vielleicht doch? Wieso konnte es nicht etwas Geschriebenes sein? Eine Nachricht zum Beispiel, mit unsichtbarer Tinte geschrieben? Die möglicherweise irgendwo in die Handtasche hineingeschrieben worden sein könnte? Behielt Halliday die Handtasche, bis er die Gelegenheit bekam, sie einer Laboruntersuchung unterziehen zu lassen?

Die Kellnerin brachte meinen Kaffee, knallte ihn vor mir auf den Tisch und strich sich ihr Haar am Hinterkopf glatt. Als ich aufblickte, um mich zu bedanken, bemerkte ich den Mann am Nebentisch. Er war beleibt und gut rasiert und trug eine modische Sonnenbrille. Gegen den Zuckerstreuer vor ihm gelehnt stand einer dieser orangefarben gebundenen mexikanischen Kriminalromane. In Mexiko gilt es als schick, Kriminalromane zu lesen.

Ich brauchte dieses visuelle Bild, damit mir der Kriminalroman wieder einfiel, den Deborah mir gegeben hatte. Gestern hatte ich mehrmals daran gedacht, aber weil ich mir ein Juwel oder irgend etwas Greifbares vorgestellt hatte, das man nicht in einem Buch verstecken konnte, hatte ich das nicht ernst genommen. Ich war überzeugt gewesen, daß Deborah mir nichts von denkbarer Bedeutung übergeben hatte. Morde werden nicht um den Besitz eines Buches begangen, hatte ich gedacht.

Ich könnte mich geirrt haben.

Man konnte eine kodierte Nachricht in einem Buch übermitteln. *Der falsche Mord* von Craig Rice konnte der

Gegenstand sein, hinter dem sie alle die ganze Zeit her waren.

Jemand hatte eine Münze in die unvermeidliche Jukebox geworfen, und *La barca de oro* schmetterte im Tanzrhythmus über das gedämpfte Klappern der Kaffeetassen in der Bar. Zum ersten Mal begann ich einen Plan hinter Deborahs scheinbar sinnlosem Verhalten am Morgen ihres Todes zu erkennen.

Angenommen, sie hatte mit jemandem ein Treffen am *cenote* vor dem Frühstück verabredet. Das konnte vielleicht mit dem Mann gewesen sein, den ich am Vorabend unter ihrem Fenster lauern gesehen hatte. Der *cenote,* abseits der restlichen Ruinen gelegen, war ein absolut denkbarer Ort für die Wahl einer vertraulichen Zusammenkunft. Angenommen auch, daß dieser Mann jemand war, dem sie nicht völlig traute. Sie hätte mich als eine Art Sicherheitsvorkehrung zu dem Wasserloch mitgenommen haben können, natürlich nicht als Teilnehmer an der Unterredung, aber um von der Person, die sie treffen wollte, gesehen zu werden. Falls er sich schon irgendwo um den *cenote* herum versteckt hielt, würde er, als sie mich fortschickte, angenommen haben müssen, daß ich irgendwo in der Nähe als Leibwächter wartete.

Der Tanz hämmerte seinen eigenartigen, stolpernden Rhythmus. Ich dachte an den Eindruck von Falschheit, den ich bei Deborahs Bitte empfunden hatte, ihren Fotoapparat aus dem Hotel zu holen. Vielleicht war es nicht Falschheit gewesen. Vielleicht hatte sie nur plötzlich ihren Plan geändert. In letzter Minute war ihr Mißtrauen dem Mann gegenüber, den sie treffen wollte, noch stärker geworden, und aus einem Impuls heraus hatte sie mir zur sicheren Aufbewahrung den entschieden wichtigsten Gegenstand in ihrem Besitz gegeben – das Buch!

Das würde auch erklären, warum sie ermordet worden war. Die Person, die sie am *cenote* getroffen hatte, wollte die irgendwo in dem Kriminalroman versteckte Information haben. Sie hatte ihn hingehalten, irgendeine schwache Ausrede dafür benutzt, daß sie diese Information nicht mitgebracht hatte – und er hatte sie umgebracht.

Ich stellte mir Halliday vor, wie er durch seine Hornbrille auf das im *cenote* treibende Silberhaar hinabstarrte. Ich stellte mir vor, wie er sich bückte, um die rote Lederhandtasche aufzuheben, und wie er sie ergebnislos durchsuchte.

Die Tanzmusik endete. Draußen auf dem Platz übertönten schmetternde Blasinstrumente das feierliche Grollen einer Trommel. Ich erhaschte einen Blick auf nackte braune Arme und grelle orange-blaue Kostüme. Vermutlich handelte es sich um einen Umzug von Fußballspielern, die demonstrieren wollten, was für ein sportliebendes Volk die Mexikaner sind.

Die Verfolgungsjagd der letzten vierundzwanzig Stunden bekam jetzt einen leicht komischen Aspekt. Sie brachen bei mir ein, schlugen mich nieder und versuchten mich zu entführen, bloß um eine billige Taschenbuchausgabe eines Kriminalromans in ihren Besitz zu bringen. Und die ganze Zeit hatte Lena Snood, gemütlich eingepackt in ihrem Bett, darin gelesen und sich damit in den Schlaf gelullt.

Es war eine Erleichterung, endlich etwas herausgefunden zu haben. Und es war eine noch größere Erleichterung, etwas Definitives tun zu können. Denn offensichtlich war es jetzt notwendig, sofort das Buch von Lena Snood zurückzuholen.

Ich rief *»La cuenta, Señorita«* zu einer Gruppe von Kellnerinnen hinüber, die sich kichernd an der Theke zusammendrängten. Mein Mädchen kam zu mir herüber, zog einen Bleistift aus ihrer Frisur und kritzelte etwas auf ihren Rechnungsblock.

Plötzlich sprang mich ein Gedanke an, unerwartet und heftig wie ein Schlag in die Zähne. Letzte Nacht hatte Mrs. Snood an unserem Tisch vor Halliday, Vera und dem Bräutigam über das Buch gesprochen.

Ich erinnerte mich an ihr vom Champagner gerötetes Vogelgesicht. Ich hörte ihre Stimme: ›Es war schrecklich. Das arme Mädchen! Kurz bevor sie starb, gab sie Peter einen Kriminalroman. Er hat ihn mir geliehen. Jedesmal, wenn ich darin lese...‹

Halliday, Vera, der Bräutigam – die einzigen Menschen, die mit dem Mord zu tun haben konnten – hatten alle gestern nacht erfahren, daß Mrs. Snood und nicht ich im Besitz von *Der falsche Mord* war.

Mit dieser trivialen, beiläufigen Bemerkung hatte Mrs. Snood sich selbst in den Brennpunkt der Gefahr hineinkatapultiert.

Mit flatternden Händen bezahlte ich meine Rechnung. Zumindest glaubte ich Hallidays Spiel in der letzten Nacht durchschaut zu haben. Er hatte darauf bestanden, daß Mrs. Snood mich zu ihrer Party einlud, weil er noch dachte, ich besäße das Buch, und er hatte arrangiert, daß Junior mich anschließend in der hellblauen Limousine auflesen sollte. Vielleicht hatte auch Vera, falls sie in die Sache verwickelt war, mich um meine Begleitung nach Hause gebeten, damit Junior eine dunkle, verlassene Straße zur Verfügung hatte, in der er in Funktion treten konnte. Doch nachdem Lena Snood verraten hatte, daß sie das Buch besaß, hatte sich das Interesse auf sie konzentriert. Darum hatte Halliday mich vor Junior gerettet, den er nicht mehr von der Planänderung hatte benachrichtigen können, und darum hatte er mich die ganze Nacht bei sich behalten – damit ich nicht mit Lena Snood in Verbindung treten konnte.

Weil Halliday fast mit Sicherheit glaubte, ich wüßte weit mehr, als es den Tatsachen entsprach, dachte er vielleicht, ich hätte das Buch absichtlich Mrs. Snood als klugen Schachzug gegeben, um es in Sicherheit zu bringen.

Ich fragte die Kellnerin drängend: »Wo ist das Telefon?«

Sie deutete mit dem Bleistift über die Schulter zu einem Apparat neben der offenen Tür. Ich eilte hin, blätterte das daneben hängende Telefonbuch nach der Nummer des Hotels Reforma durch und wählte.

Alles mögliche konnte der armen kleinen Frau aus Newark zugestoßen sein. Und indirekt war das meine Schuld.

Mexikanische Telefone haben mehr Launen als eine Primadonna. Mein Anruf war nicht durchgekommen. Ich wählte nochmals und wurde von einem ärgerlichen, zeternden Laut begrüßt. Ich wählte ein drittes Mal. Totenstille, und dann das leise Summen der Verbindung. Die Musik des Fußballerumzugs draußen war jetzt weniger laut, aber laut genug, um mich beim Hören zu stören. Ich steckte mir einen Finger ins andere Ohr.

Die Verbindung klappte. Eine fröhliche weibliche Stimme sagte: »Hotel Reforma. *Buenos dias.*«

»Mrs. Snood«, sagte ich. »Mrs. Lena Snood.« Ich erinnerte mich an die Zimmernummer. »Zimmer vierundsiebzig.«

»Bueno?« fragte die Stimme verständnislos.

»Señora Snood«, überschrie ich die Trompetenstöße, *»número setenta y cuatro.«*

»Einen Moment«, erwiderte die Stimme in reinstem Englisch. »Ich verbinde Sie, Sir.«

Ein Rufzeichen ertönte. Immer und immer wieder, und meine Hoffnung sank. Die Stimme kam wieder. »Tut mir leid, Sir«, sang sie, »die Dame antwortet nicht. Möchten Sie eine Nachricht hinterlassen?«

»Keine Nachricht.«

Ich knallte den Hörer auf die Gabel und lief hinaus auf den Platz. Kinder rangelten und rollten und flitzten auf dem welkenden Grasstreifen unter dem Denkmal von Washington umher. Autos umkreisten die Szene. Ich erblickte ein Taxi. Es war nicht hellblau.

Ich rief und winkte es herbei, und während ich hineinsprang, rief ich: *»Luego, al hotel Reforma!«*

Der Fahrer bog schwungvoll in die Londres ein. Vor uns, die Durchfahrt völlig blockierend, marschierte der Umzug der orange-blauen Fußballspieler. Zwei Häuserblocks weit krochen wir hinter ihnen her, während die Angst an mir nagte. Dann bog der Fahrer in die Calle Berlin ein und gab Gas. Nach ungefähr zwei Minuten hielt er vor den Stufen des Reforma.

Ich zahlte ihm die exorbitanten zweieinhalb Pesos, die

er verlangte, und rannte in die Hotelhalle. Amerikaner, alle sorgfältig zurechtgemacht für ihre Vormittagsausflüge, quirlten durcheinander, suchten ihre Führer und ließen sich neppen. Voll angespannter Sorge musterte ich sie suchend. Keine Spur von Lena Snoods nicht unterzukriegender kleiner Persönlichkeit.

Ich trat an die Rezeption. Ein eleganter junger Mann mit einem eleganten Schnurrbart und einem großen Amethystring bewegte sich am Tisch entlang auf mich zu.

»Ich möchte zu Mrs. Snood«, sagte ich. »Wissen Sie, ob sie im Hotel ist?«

»Mrs. Snood? Die kleine Dame, Sir?« Er deutete mit der Hand die Größe der kleinen Dame an. »Ein grünes Kostüm?«

»Ja. Das ist sie.«

Er schüttelte den Kopf. »Tut mir leid, Sir, sie ist vor ungefähr einer halben Stunde weggegangen.«

Zumindest hatten meine schlimmsten Befürchtungen sich nicht bewahrheitet. Sie war nicht in der Nacht gestorben.

»Sie wissen nicht, wo sie hingegangen ist?« fragte ich.

»Aber ja, Sir. Sie kam zu mir, um einen Reisescheck einzuwechseln. Eine sehr freundliche Dame, Sir. Sie sagte mir, sie wolle sich die Schwimmenden Gärten von Xochimilco ansehen.«

»Mit einer geführten Gesellschaft?«

Er gestattete sich ein beinahe persönliches Lächeln. »Das glaube ich nicht, Sir. Sie sagte mir, ihrer Meinung nach seien die Preise dafür – ziemlich hoch, Sir. Sie hat sich ein Taxi genommen.«

Das war Mrs. Snood, wie sie leibte und lebte. Mich erstaunte nur, daß sie keinen Bus genommen hatte.

Eine wilde Vermutung ließ mich fragen: »Sie haben wohl nicht bemerkt, ob sie ein Buch bei sich hatte?«

»Ja, Sir, das hatte sie. Sie legte es hier neben sich, während sie den Reisescheck unterzeichnete. Dabei sah ich es.« Er schaute höflich überrascht. »Nur ein kleines Buch, Sir. Einer von diesen bunt eingebundenen Kriminalromanen.«

Einen Moment lang stand er da und betrachtete mich, scheinbar verlegen. Dann räusperte er sich.

»Verzeihen Sie bitte, Sir, aber sind Sie vielleicht Mister Duluth?«

»Ja«, antwortete ich, plötzlich argwöhnisch geworden. »Warum?«

»Die Person, die Sie geschickt hatten, um sich nach Mrs. Snood zu erkundigen, ist erst vor einem Moment wieder gegangen, Sir.«

»Die Person...?«

»Der junge Mann, Sir. Der ... eh... Botenjunge.«

Mit einem Gesicht wie eine Blume und einem Revolver an der Hüfte. Junior.

Rasch fragte ich: »Sie haben ihm gesagt, wo sie hinwollte?«

»Aber ja, Sir. Er sagte, es sei äußerst wichtig. Daß Sie es sehr eilig hätten, sie zu treffen.« Er wirkte betroffen. »Habe ich etwas Falsches getan, Sir?«

Ich versuchte zu lächeln. »Nein. Es ist nichts. Überhaupt nichts. Ich hatte nur fast vergessen, daß ich ihn geschickt hatte.«

›Wenigstens hat sie zwanzig Minuten Vorsprung‹, dachte ich und versuchte, mich an dieser Tatsache aufzurichten und zu trösten.

Wenigstens war sie noch nicht tot…

13

Ich bahnte mir von der Rezeption einen Weg durch die Gruppen elegant gekleideter amerikanischer Touristen. Mrs. Snood besaß zwanzig Minuten Vorsprung, aber Junior hatte seine hellblaue Limousine. Mit Geschwindigkeitsübertretung konnte er Xochimilco fast so schnell erreichen wie sie.

Mein erster Impuls befahl mir, in ein Taxi zu springen und ihnen nachzujagen. Aber ich traute meinem Spanisch nicht soweit, um mit einer so komplizierten Aufgabe wie einer Verfolgung fertigzuwerden. Dann dachte ich über Vera García nach, ob sie nun in die Verschwörung verwickelt war oder nicht. Und selbst wenn, dann war die Möglichkeit, ihr Coupé benutzen zu können, dieses Risiko wert.

Ich eilte zu den Telefonkabinen an der hinteren Wand der Hotelhalle. Veras Nummer stand im Ericsson-Verzeichnis. Ich wählte, und sie antwortete fast sofort.

»Ist Peter, nicht?« Sie klang erfreut und fröhlich. »Ich erwarte Sie. Oh, letzte Nacht war ich so wütend, nicht? Aber heute ich bin nicht mehr wütend.«

»Das ist nett«, sagte ich. »Hören Sie, Vera, wollen Sie mir helfen?«

»O ja!« Ihre Stimme klatschte förmlich in die Hände. »O ja, ja!«

»Also fein. Hören Sie. Ich bin im Hotel Reforma. Kommen Sie sofort her – mit dem Wagen. Es ist dringend.«

»Ich komme so schnell wie möglich.«

»Und beeilen Sie sich. Keine Ballerinaverkleidung und kein stundenlanges Schminken!«

»Sie wollen, daß ich komme, wie ich bin?«

»Ja.«

Sie kicherte. »Bin eben aus der Wanne gekommen. Ich habe keine Kleider an. Nicht einen Faden. Nackt, splitternackt.«

»Dann ziehen Sie sich schon etwas an.«

»Ja, Peter. Schnell.«

Ich verließ die Telefonkabine und rannte, auf einer Zigarette kauend, hinaus auf die Hoteltreppe. Sie hatten mich niedergeschlagen und mich zu entführen versucht, nur weil sie mich im Besitz des Buches glaubten. Sie wußten jetzt, daß Lena es besaß. Was würden sie mit ihr machen? Besonders wenn sie glaubten, sie wäre meine Partnerin? Mir wurde kalt vor Sorge. Ich wünschte, ich hätte Vera gefragt, ob sie eine Waffe besäße.

Autos strömten die breite Prachtstraße Paseo de la Reforma hinunter. Ein paar mexikanische Filmschauspielerinnen fuhren vor und stiegen die Stufen zum Hotel empor, wobei sie sich mehr aufplusterten als irgendein Hollywoodstar vor zwanzig Jahren. Silberfüchse, zähnefletschendes Lächeln, herumwuselnde kleine Mitläufergruppen. Das dumpfe Rasseln einer Trommel und das Schmettern von Trompeten klangen über die Straße. Kurz darauf erschien der Fußballerumzug und schlängelte sich in die Paseo, blau und orange, supermännlich, aber in ziemlich ausgefaserter Formation.

Ich schaute auf meine Uhr. Zehn Minuten, seit ich Vera angerufen hatte. Ein Kombi-Coupé schoß dramatisch aus der Calle Milan, überquerte die Reforma und kurvte zu einer Beinahe-Bruchlandung am Fuße der Hoteltreppe heran. Die Hupe grüßte mit einem grellen Signal. Ein Arm in elegantem Taubengrau winkte heftig zu mir herüber.

Ich sprang die Treppe hinunter und zu Vera ins Auto.

»Braves Mädchen!« sagte ich. »Xochimilco. Zu den Schwimmenden Gärten, und fahren Sie, als wäre der Teufel persönlich hinter Ihnen her!«

Sie ließ den Wagen vorwärtsschießen, überfuhr das Rotlicht und glitt die Paseo hinunter. Sie unterschätzte die Dringlichkeit nicht. Sie sah wundervoll aus an diesem Morgen. Das taubengraue Kostüm saß ihr wie angegossen, und sie hatte keine Zeit gehabt, es mit Schmuck aufzumotzen. Sie hatte auch keine Zeit mehr zum Schminken gehabt. Ihre Haut war klar wie das Licht der Morgensonne. Sherry's Bar in der Metropolitan Oper hatte einem russischen Bauerndorf Platz gemacht.

Plötzlich überraschte ich mich bei dem Wunsch nach etwas ganz anderem: daß es dieses mörderische Herumrennen nicht gäbe, daß da nur noch Vera wäre.

Während der Wagen zu den Vororten hinausbrauste und ihr schwarzes Haar im Wind flatterte, wandte sie sich vom Lenkrad mir zu.

»Bitte, erzählen Sie! Sind wir auf der Flucht oder auf Verfolgung?«

»Im Augenblick auf Verfolgung.«

»Hinter dem Jungen mit dem Vogelkäfig?«

»Zufällig auch.«

»Noch jemand?«

»Mrs. Snood.«

»Mrs. Snood!« Die langen, dichten Wimpern klimperten über ihre Augen. »Hat Mrs. Snood dieses Mädchen in den *cenote* gestoßen?«

Ehe ich antworten konnte, fügte sie hinzu: »Aber Sie wünschen keine Fragen. Ich weiß. Ich bin brav heute. Tut mir leid, daß ich wütend war. Ich werde nur fahren. Schnell, schnell.«

Ganz darauf konzentriert, das Letzte aus ihrem Wagen herauszuholen, überholte sie mit Vollgas einen mit Männern, Frauen, Kindern und Tieren vollgestopften zweitklassigen Bus. Doch sie hatte mich auf einen gänzlich neuen Gedankengang gebracht. Bis jetzt hatte ich nie die Echtheit von Lena Snood bezweifelt, ihren toten, früher im Grundstücksgeschäft tätigen Ehemann, ihr hübsches Haus in Newark und ihre zwei hübschen, intellektuellen Töchter. Sie war für mich das Ebenbild guter alter amerikanischer Rechtschaffenheit gewesen. Aber warum sollte sie nicht ebenso glaubwürdig schauspielern wie Halliday? Ich dachte daran, wie sie mir noch in Yucatán gleich nach Deborahs Tod die Tasse Kaffee in mein Zimmer gebracht hatte. Sie konnte es ganz einfach aus normaler Freundlichkeit getan haben. Sie konnte es aber auch als Ausrede benutzt haben, um in mein Zimmer zu gelangen. Ich dachte an ihr Geplapper, während sie im Zimmer herumwuselte und das Buch *Der falsche Mord* entdeckte. Sie mochte es ohne Hintergedanken geliehen haben. Aber – sie konnte auch genausogut schlauer gewesen sein als die anderen und von Anfang an die Bedeutung des Buches erkannt haben.

Ich hatte mich so daran gewöhnt, mißtrauisch zu sein, daß alles an Lena Snood sich plötzlich in meinem Geist ins Gegenteil verkehrte. War sie gestern zum Spionieren in meine Wohnung gekommen? Hatte sie mich zu ihrer Party eingeladen, um mich Junior mit der hellblauen Limousine in die Hände zu spielen? Und hatte Junior gerade eben grundlos meinen Namen im Reforma benützt, nicht als ihr Feind, sondern als ihr Helfershelfer?

Zum zwanzigsten Mal in so vielen Stunden stellte sich das ganze Bild auf den Kopf. Vielleicht hatte sie sogar die Bemerkung über das Buch an ihrer Party absichtlich gemacht. Eine vertrauliche Botschaft an den rothaarigen Bräutigam.

Ich fühlte mich, wie Menschen mit Wahnvorstellungen sich fühlen müssen, wenn sie keine Möglichkeit mehr sehen, zwischen Phantasie und Wirklichkeit zu unterscheiden.

Kurz nach elf, ungefähr zwanzig Minuten nach unserem Start vom Hotel, kamen wir in dem heruntergekommenen kleinen Ort Xochimilco an. Vor uns ragte düster die altertümliche braunrosa Kirche mit ihrem absurd langen, von Stützpfeilern getragenen Vorgewölbe auf. Indiomädchen von den fruchtbaren *chinampa*-Rieselwiesen hockten mit Bergen von roten, rosa und cremefarbenen Nelken, welche die Stadt berühmt gemacht hatten, vor dem eisernen Geländer, das den Markt umgab. Vera sauste an ihnen vorbei und bog in die schmale Straße ein, die zwischen bröckelnden Lehmziegelhäusern, dicht gesäumt von Bougainvilleabüschen und wimmelnd von Schweinen, zu dem primitiven Anlegeplatz führte, wo die Vergnügungsboote zur Kanalfahrt gemietet werden konnten.

Kaum hatte sie den Wagen geparkt, wurden wir von Leuten umringt – Bootsbesitzern, Mädchen mit Armen voller Blumensträuße, Männern, die lederne Reitpeitschen und häßlichen religiösen Kitsch anboten. Wir schoben uns zwischen ihnen hindurch zum Ufer des Kanals, wo die Touristenfahrten starteten. Unter uns drängten sich auf dem stillen, algengrünen Wasser Dutzende von Vergnügungsbooten wie eine Herde von Seekühen. Es waren alte Punts mit Sonnenbaldachinen auf vier spindeldürren Stützbeinen, aber jeder hatte den Namen prunkvoll mit Blumengirlanden auf den Baldachinbogen geschrieben: Rosita, Lupita, Amelia, Carmen... Das Ufer war voll von Vergnügungssuchenden, Bootsmietern und kleinen Jungen, die anderen eine Vermittlungsgebühr abzuluchsen versuchten. Alle schwatzten und lachten und handelten miteinander wie verrückt.

Ich suchte in der quirlenden Menge nach Lena Snood. Es gab keine Spur von ihr. Natürlich hatte ich das auch nicht erwartet. Inzwischen würde sie irgendwo draußen auf den Kanälen schwimmen – falls sie sicher angekommen war.

Wir waren von strohbehuteten Bootsvermietern umgeben, hellbraunen Indios in weißen Baumwollhosen und weißen, über dem braunen Bauch zusammengeknoteten Baumwollhemden. Alle redeten auf uns ein, deuteten auf verschiedene Boote und nannten ihre Preise.

»Beschreiben Sie ihnen Mrs. Snood«, bat ich Vera. »Stellen Sie fest, ob jemand sie gesehen hat. Eine Amerikanerin – allein.«

Vera begann Spanisch zu sprechen. Die Männer drängten sich noch näher heran.

»Ein grünes Kostüm«, sagte ich.

Einige Männer fingen sofort gleichzeitig zu reden an. Ein kleiner Junge zupfte an meinem Ärmel und hielt mir einen silbern angestrichenen, abscheulichen hölzernen Pferdekopf zum Kauf entgegen. Die plumpen Boote mit der fröhlichen Blumendekoration schwangen lustlos in einer leichten Brise hin und her, genau wie die hohen silbergrünen Bäume auf der anderen Seite des Kanals, die wie Pappeln aussahen.

Einer der Männer um Vera, ein faltiger, alter Indio mit einem Riß in seinem Hemd, hatte es geschafft. Die anderen, die seinen Erfolg spürten, verkrümelten sich auf der Suche nach anderen Kunden.

»Sie ist hier«, wandte Vera sich von ihm weg an mich. »Er hat die kleine Amerikanerin in dem grünen Kostüm ankommen sehen, allein in einem Taxi vor ungefähr einer Viertelstunde. Sie hat das Boot seines Freundes genommen – die ›Carmelita‹.«

»Allein?« fragte ich.

»Ja, allein.«

Erleichterung durchströmte mich. »Okay. Besitzt er ein Boot, dieser Knabe?«

»Ja.« Vera deutete auf eines. »Die ›Lupita‹. Sie gehört ihm.«

»Dann lassen Sie uns fahren! Geben Sie ihm, was er verlangt. Lassen Sie ihn staken wie der Teufel. Wenn wir sie finden, zahlen wir ihm das Doppelte.«

Ich rannte die Uferböschung hinunter, Vera und der Indio hinter mir her. Die ›Lupita‹ lag etwas vom Ufer entfernt mitten im Kanal. Wir benutzten die anderen Boote als Brücke und sprangen zu ihr hinüber.

Unter dem Baldachin standen zwei Holzstühle und ein dazu passender Tisch. Wir duckten uns und setzten uns hin. Der alte Indio löste die Festmacherleine, hob seine lange Stange auf und fing an, uns den von Booten übersäten Kanal hinunterzustaken.

Es war Sonntag – der große Galatag der Woche in Xochimilco, an dem alle Welt aus Mexico City herkommt, um sich an den blütenbedeckten Rieselwiesen entlangtreiben zu lassen, zu essen, zu trinken und zu der Musik von schwimmenden Orchestern zu singen und zu tanzen. Vor uns tanzten die Boote auf dem Wasser so dicht wie Schmetterlinge in einem Sommergarten. Ein Boot voller gerade eingestiegener Musiker fuhr an uns vorbei, während die Männer in ihren buntglitzernden *mariachi*-Kostümen sich auf die Stühle setzten und ihre Instrumente stimmten. Ein Mädchen in einem hoch mit roten und weißen Blumensträußen beladenen Kanu paddelte an uns vorbei auf dem Weg von einem entfernten Wassergarten zum Markt.

Ich begann mich zu entspannen. Die Gefahr war jetzt nicht mehr so bedrängend. Nichts konnte Mrs. Snood hier draußen auf den geräuschvollen, betriebsamen Kanälen passieren. Wir mußten uns nur bemühen, sie einzuholen.

Die *mariachis* hatten zu spielen angefangen. Über dem

irren Schwirren der Gitarren pries ein tiefer, voller Bariton Guadalajara. Die Melodie wurde auf allen Booten ringsherum aufgenommen.

Ich ließ meine Hand im kühlen, dunklen Kanalwasser gleiten. Wasserpest, klein und rund wie grünes Konfetti, streifte meine Finger.

Morgen abend würde ich bei Iris in New York sein. Ich versuchte es mir vorzustellen. Ich begann mich zu fragen, ob ich Vera vermissen würde. Die Erkenntnis, daß ich Mexiko schon fast hinter mir hatte, breitete einen Schleier der Unwirklichkeit über die ganze Sache. Vielleicht würde ich sogar mit dem Buch in meinem Besitz nie zu wissen bekommen, wieso das alles geschehen war. Möglicherweise würde ich nie erfahren, ob Vera nur eine nette kleine Ballerina mit einem unberechenbaren Temperament war oder eine – was? Die ganze Episode würde sich aus meinem Kopf lösen wie ein Traum.

Plötzlich rief unser Bootsführer laut: *»La Carmelita!«* und begann mit doppelter Geschwindigkeit zu staken. Wir schossen vorwärts, vorbei an der ›Viva Mexico‹, wo ein fettes mexikanisches Ehepaar ungeschickt Rumba tanzte, vorbei an der Bootsladung voll *mariachis.*

Ich stieg hinaus auf den stumpfen Bug der ›Lupita‹ und beugte mich vor, um besser sehen zu können. Ich sah den Bug der ›Carmelita‹ – und dann etwas Grünes.

Der Bootsführer machte einen letzten, heftigen Stoß mit seiner Stange. Wir überholten die dazwischenliegenden Boote und glitten neben das Boot seines Freundes.

Ich winkte, grinste und machte den Mund zum Sprechen auf – doch dann schloß ich ihn wieder.

Eine Amerikanerin saß in dem anderen Punt. Eine kleine Amerikanerin in einem jadegrünen Kostüm. Als wir beinahe zusammenstießen, bekam sie einen Schreck und drehte sich zu mir um. Ich sah sie an. Sie sah mich an. Ihr Haar war schneeweiß, ein randloser Kneifer wackelte mißbilligend auf einer dünnen, altjüngferlichen Nase.

Das war etwas, was ich wirklich nicht erwartet hatte.

Sie war eine kleine Amerikanerin in einem grünen Kostüm – okay.

Aber sie war nicht Lena Snood.

Dem Bootsführer konnte ich keine Schuld geben. Wie konnte man von ihm erwarten, eine grüngekleidete Gringofrau von der anderen zu unterscheiden? Doch eine Art Panik überfiel mich. Hatte Junior etwa Lena Snood eingeholt, ehe sie Xochimilco erreicht hatte? War es schon zu spät?

Das war unwahrscheinlich. Lena hatte ein Taxi mit zwanzig Minuten Vorsprung bestiegen. Selbst wenn Junior sie überholt hätte, forsch wie er war, bezweifelte ich doch, daß er vor den Augen eines Taxichauffeurs einen Überfall gewagt haben würde. Bestimmt hätte er ihr auch in der Menge auf dem Landeplatz nichts tun können. Es war viel wahrscheinlicher, daß sie sich irgendwo hier auf dem Kanal befand – nur weiter voraus.

Der reguläre Ausflug auf dem Kanal dauerte fast eine Stunde. Wir hatten nicht die geringste Chance, sie mit der schwerfälligen ›Lupita‹ einzuholen. Wir würden zum Landeplatz zurück müssen, um sie dort abzupassen.

Ich wandte mich an Vera: »Sagen Sie ihm, er soll zum Landeplatz zurückfahren, aber ein bißchen schnell!«

Der Bootsführer schien Gefallen an dieser verrückten amerikanischen Idee von Spaß gefunden zu haben. Er kannte jeden Zentimeter seines Gebietes, stakte wie wild durch obskure kleine Nebenkanäle, kürzte damit gut zwei Drittel der Strecke ab und brachte uns in weniger als zehn Minuten in den letzten Abschnitt der Touristenstrecke zurück.

Als wir wieder in den Hauptkanal stießen, war das Gewimmel fast noch größer als vorhin.

Der Bootsführer schwitzte jetzt, aber er hielt mannhaft durch und stieß uns trotz ärgerlicher Proteste der anderen Bootsführer weiter voran. Ich blieb im Bug stehen und hielt mich an dem blumendekorierten Stützpfosten des Baldachins fest.

Die Musiker in einem *mariachi*-Boot vor uns sangen und jubelten und schwangen ihre Hüte.

»*Cucurucucu, me cantan las palomas.*
Tralalala, me canta el trovador.«

Wir erreichten eine Biegung, die letzte Biegung vor dem Anlegeplatz. Indem wir beim Überholen ein Boot mit einem Fotografen streiften und ihm dabei fast seinen Apparat in den Kanal stießen, umrundeten wir die Biegung.

Vor uns lag eine Horde von neuen Booten und dahinter der Anlegeplatz, von dem aus wir an Bord gegangen waren.

»*Cucurucucu...*«, schrien die Musiker.

Drei Mädchen saßen in dem Boot vor mir, die Arme einander um die Hüften gelegt, während ihre schwarzen Haare ihnen offen den Rücken hinunterhingen.

»*Cucurucucu...*«, sangen sie.

Ich reckte mich hoch, versuchte an ihrem Baldachin vorbeizusehen. Eine von ihnen verdrehte die Augen nach mir. Alle drei brachen in eine Salve von Gekicher aus, Meerjungfrauengekicher.

Ein Boot machte gerade am Anlegeplatz fest. Ich konnte die Insassen nicht erkennen. Dann erfolgte eine rasche Bewegung, und ich erhaschte einen flüchtigen Blick auf etwas Knallgrünes.

Mein Herz überschlug sich fast. Mehr Grün zeigte sich. Und dann sah ich sie ganz. Es gab keinen Zweifel – überhaupt keinen Zweifel mehr.

Lena Snood stand am Ufer. Sie war etwa fünfzig Meter entfernt, aber ich konnte sie in allen Einzelheiten erkennen. In ihrem unordentlichen Haar steckte eine rosa Kamelienblüte. In einer Hand trug sie einen großen Strauß roter Nelken. Sie wühlte in ihrer Handtasche, brachte Geld zum Vorschein und bezahlte ihren Bootsführer. Dann drehte sie sich um und schickte sich an, das Ufer hinaufzusteigen. Von hinten konnte ich gerade noch einen Blick auf etwas Kleines und Buntes unter ihrem Arm erhaschen.

Der falsche Mord von Craig Rice.

In meinem Eifer kletterte ich auf dem Bug noch weiter nach vorn, verlor das Gleichgewicht und rutschte halb über Bord, wobei ich mit einem Bein ins Wasser klatschte. Die drei Mädchen vor mir kicherten.

Obwohl ich zu weit weg war, als daß sie mich hätte hören können, brüllte ich laut: »Lena!«

Die drei Mädchen äfften mich in dreistimmigem Chor nach: »Lena, Lena…«

Erneut schwoll ihre Lachsalve an.

»Schnell!« sagte ich zu Vera. »Sie ist dort. Sagen Sie ihm, er soll sich ins Zeug legen!«

»Cucurucucu, me cantan las palomas.
Tralalala, me canta el trobador.«

Die stupide, ansteckende Melodie sprang von einem Boot zum anderen über. Zum Teufel mit der Musik! Wenn da nicht so viel Lärm gewesen wäre, hätte Lena mich vielleicht hören können.

Sie hatte jetzt das Boot hinter sich gelassen und stieg zielbewußt die Uferböschung hinauf. Wenn sie ein Taxi erwischte, ehe wir den Anlegeplatz erreichten, hatten wir verloren.

»Cucurucucu…«

Ich schrie erneut, und die drei Mädchen, jetzt hinter uns, ahmten mich nach wie ein Echo. Ich holte ein weißes Taschentuch hervor und wedelte damit wild wie bei einem Stierkampf. Lena Snood hatte mir den Rücken zugekehrt. Sie drehte sich nicht um.

Sie hatte jetzt den halben Anlegeplatz hinter sich und war leicht in der Menge zu erkennen in ihrem lebhaft grünen Kostüm. Plötzlich blieb sie stehen. Ich sah, wie sie sich umdrehte und mit jemandem redete, der sie angesprochen hatte.

Ich konnte nicht sehen, wer es war. Zunächst nicht. Eine große, schwarzgekleidete Frau mit zwei Kindern versperrte mir die Sicht. Ich sah, wie Lena gestikulierend und den Kopf schüttelnd verhandelte. Entweder wollte sie etwas kaufen, oder sie feilschte um ein Taxi. Ich betete, daß sie etwas kaufen wollte.

Dann entfernte die Frau sich schwerfällig, an jeder Hand ein Kind hinter sich herziehend, und ich erkannte, mit wem Mrs. Snood da redete.

Ich sah das schwarze Haar, das in der Sonne vor Brillantine glänzte. Ich sah die kräftigen Männerschultern auf dem kleinen Kinderkörper. Ich konnte sogar die glatte, hohe, schön geschwungene Wange erkennen.

Ich war nicht nahe genug, um die Augen zu sehen – die großen, attraktiven, schönen Augen. Aber ich spürte, wie es mir kalt den Rücken hinunterlief.

Junior...

Unser Punt hatte sich in einem weiteren Gewimmel von Fahrzeugen rund um ein *mariachi*-Boot verfangen. Wir waren zum Stillstand gekommen. Die Baßgeige brummte. Die Gitarren pulsierten in einem hektischen Veracruzana-Cubano-Rhythmus. Eine hohe Tenorstimme sang gellend:

»Se murió, mi gallo tuerto...
Se murió, mi gallo tuerto...
Solo yo, en la gallina...«

»Lena!« schrie ich. »Lena Snood!«

Ich konnte direkt hören, wie meine Stimme von der Musik aufgesogen und fortgeworfen wurde. Wild spekulierend dachte ich daran, ins Wasser zu springen und zu schwimmen. Doch das hätte auch nicht geholfen. Es gab nichts, womit ich die Entfernung und den Lärm und die Menge überwinden konnte.

Lena Snood nickte zustimmend mit dem Kopf zu Junior. Sie hatte den Taxifahrpreis ausgehandelt.

Sie ging weiter das Ufer hinauf. Junior hielt sich respektvoll ein paar Schritte hinter ihr.

Vera stand jetzt neben mir im Bug. Sie hatte auch alles gesehen und begriffen.

»Missis Snood!« kreischte sie. »Missis Snood! Leeeena…!«

»Se murió…«

Junior holte Mrs. Snood auf dem Kamm der Uferböschung ein. Sie gingen zusammen weiter und gerieten außer Sicht…

14

Wir brauchten fünf Minuten bis zum Anlegeplatz. Ich warf dem schwitzenden, ungläubig blickenden Bootsführer fünfzig Pesos zu und rannte das Ufer hoch. Vera lief mir nach. Mir war klar, daß es kaum eine Chance gab, die hellblaue Limousine noch zu sehen. Und ich hatte recht.

Ich beeilte mich, um zu dem Kombi-Coupé zu gelangen, während Vera einigen Leuten in der Menge Fragen stellte. Sie hatten Junior fortfahren sehen, aber das half uns nicht, denn es gab nur eine Straße vom Ufer bis zum Stadtzentrum. Vom Marktplatz aus konnten sie sich in jede beliebige Richtung gewendet haben. Ich fuhr wie der Teufel die verfallene Straße zur Stadt hinunter. Am Markt stieg Vera aus, um die Blumenverkäufer zu befragen. Sie versuchten, ihr Veilchen aufzuschwatzen, und streckten ihr Nelken entgegen. Ein paar Mädchen kamen zum Wagen gerannt und schoben mir lächelnd und schmeichelnd kleine Sträuße mit Miniröschen und Vergißmeinnicht durch das offene Fenster.

»*Lindas flores, jovencito. Finas rositas. Fresquitas, marchancito.*«

Sie hatten nichts gesehen. Sie interessierten sich nur für Pesos.

Von hier führten die Straßen in drei verschiedene Richtungen – eine zurück nach Mexico City, die anderen beiden hinaus aufs Land. Ich stieg ebenfalls aus, und wir hielten jeden an und fragten. Nach einer Weile wußte ich, daß es hoffnungslos war. Diese fünf Minuten hatten genauso viel Schaden angerichtet wie fünf Stunden.

Ich spielte verzweifelt mit dem Gedanken, die Polizei zu rufen, verwarf ihn aber schnell wieder. Die Gefahr für Lena war wohl tödlich, aber auch unmittelbar. Selbst wenn wir die Polizei mit unserer unwahrscheinlichen Geschichte überzeugen könnten, würde es viel zu spät werden, um das aufzuhalten, was in der hellblauen Limousine geschah oder geschehen würde.

Die einzig mögliche Spur, die ich besaß, war Hallidays Wohnung an der Calle Dinamarca. Es war zwar unwahrscheinlich, daß sie Lena dorthin bringen würden, aber irgendein Ziel war besser als gar keines. Ich startete und raste wie ein Wilder zurück nach Mexico City.

Dieser schlimme Vormittag hatte etwas Gutes bewirkt. Er hatte die letzten Spinnweben meines Verdachts gegen

Vera weggefegt. Wenn sie in dieser Sache mit Halliday unter einer Decke gesteckt hätte, würde sie meinen dringenden Hilferuf niemals so prompt befolgt haben. Oder jetzt so besorgt sein.

Unterwegs erzählte ich ihr alles, was ich wußte. Es konnte nichts schaden. Bestimmt würde ich auch nichts erreichen, wenn ich den einsamen Wolf spielte. Sie war intelligent und zeigte sich viel undramatischer in dieser Sache, als ich erwartet hatte, und ich empfand große Erleichterung, einen Verbündeten zu haben. Sie besaß einen Revolver, hatte sie gesagt – ein Überbleibsel von dem ›armen alten Mann‹, der eine neurotische Angst vor Einbrechern gehabt hatte. Wir beschlossen, ihn zu holen, ehe ich zu Hallidays Wohnung ging.

Sie wollte mich begleiten, aber das lehnte ich ab.

Auf dem Weg zu ihrem Haus kamen wir an meinem Apartment vorbei. Mein Hosenbein war immer noch unangenehm naß. Ich hielt an, um mich umzuziehen und ihr Gelegenheit zu geben, den Revolver zu holen. Als ich meine Wohnungstür öffnete, sah ich ein Stück Papier auf dem Teppich liegen. Es war die Bestätigung meines Fluges. Das Flugzeug nach New York startete morgens um halb acht. Ich sollte um halb sieben auf dem Flughafen sein.

Während ich meinen Anzug wechselte, wurde die Angst um Lena fast unerträglich. Kurz darauf ertönte die Türklingel, und Vera kam die Treppen heraufgeeilt.

»Haben Sie ihn?« fragte ich.

»Ja, ja.« Sie trat in die Wohnung und holte einen kleinen zweiunddreißiger Colt aus ihrer Handtasche. Sie gab ihn mir. »Ist das in Ordnung?«

Ich untersuchte ihn. Er war geladen. Ich ließ ihn in meine Tasche gleiten.

Währenddessen klingelte das Telefon. Ich eilte hin und nahm den Hörer ab.

»Hier Peter Duluth.«

Eine Stimme tönte am anderen Ende des Drahtes. Ich wurde steif. Es war eine sehr vertraute Stimme mit einem dicken New Yorker Näseln, und sie war fröhlich und munter wie immer.

»Peter, Gott sei Dank, daß Sie zu Hause sind!«

»Lena! Wo um Himmels willen...?«

Ich hörte Vera einen erstaunten Laut ausstoßen. Lena Snoods Stimme plapperte weiter: »Es ist mir wirklich äußerst peinlich. Ich bin ein armes Mädchen, das in der Klemme steckt. Wenn man sich über fünfzig noch Mädchen nennen kann.«

Ich sah Vera an. »Worum geht es, Lena?«

»Also, ich bin heute früh nach Xochimilco gefahren, und danach hatte ich immer noch viel Zeit; deshalb entschloß ich mich, noch die Pyramide von Tlalpam mitzunehmen. Wissen Sie Bescheid? Cuicuilco. Es steht im Reiseführer und soll sehenswert sein. Ich finde es hundsmiserabel.«

»Ja?«

»Und ich sitze hier fest, Peter. Der Fahrer hat versucht, mich übers Ohr zu hauen. Er wollte fürs Warten, während ich die elende Pyramide besichtige, den doppelten Fahrpreis haben, deshalb habe ich ihn fortgeschickt. Und jetzt kann ich kein anderes Taxi bekommen. Ich bin hier am Ende der Welt. Möglicherweise gibt es einen Bus, aber ich kann mich mit den Leuten hier nicht verständigen. Oh, ich bin ein hilfloses altes Weib. Wie wäre es, wenn Sie Vera und ihren Kombiwagen mobilisieren und mich retten kommen?«

Das war natürlich eine Lüge. Ich konnte die Gefahr rund ums Telefon förmlich knistern hören. Aber was für eine Art Lüge? Hatte meine wilde Vermutung gestimmt? War Lena von Anfang an der eigentliche Gegner gewesen? Stand sie dort mit Junior an ihrer Seite am Telefon, um uns in die Falle zu locken?

Oder stand Junior zwar auch dort – aber mit einer Revolvermündung gegen ihre Rippen gepreßt?

Ich wagte es nicht, Lena diese Frage zu stellen. Wenn sie eine Verbrecherin war, wäre es katastrophal, sie meinen Verdacht wissen zu lassen.

Vorsichtig fragte ich: »Was soll ich also für Sie tun, Lena?«

»Nur mich retten, bitte. Ich rufe hier aus einem Laden an. Weiß der Himmel, wo. Er… oh, ich kann's nicht erklären. Ich gehe am besten zurück zur Pyramide. Das ist einfacher. Ich werde an der Pyramide auf Sie warten.« Sie lachte. »Falls es dort so schön ist, komme ich vielleicht doch noch auf meine Kosten.«

»Wie finde ich das?«

»Ein Kinderspiel. Nehmen Sie die Straße nach Tlalpam. Kurz bevor Sie es erreichen, treffen Sie auf ein kleines Kaff mit Namen Peña Pobre. Genau dort ist es. Sie können jeden danach fragen.« Ihre Stimme wurde reumütig. »Peter, ich finde es scheußlich, mich so dumm anzustellen. Macht es Ihnen wirklich nichts aus?«

Ich bemühte mich, aus ihrer Stimme irgendeinen versteckten Hinweis herauszuhören, aber ohne Erfolg. Vielleicht – nur vielleicht – war ihre Fröhlichkeit etwas fieberhaft. Ich konnte es nicht mit Sicherheit sagen. Ich mußte meine Entscheidung treffen. Ich traf sie.

»Okay, Lena«, sagte ich. »Ich bin gleich da.«

»Sie sollten nicht länger als eine halbe Stunde brauchen. Ich werde auf der Pyramide warten.«

»Okay.«

»Und, Peter?«

»Ja?«

»Sie können sie von der Straße aus sehen. Sie hat eine Figur wie ich – wie ein Zimtbrötchen. Sie können sie nicht verfehlen.«

»Alles klar. Bin schon unterwegs.«

»Dem Himmel sei Dank!« Sie ließ ein quiekendes Lachen hören. »Werde ich froh sein, wenn ich überhaupt irgendwie, irgendwann zurück nach Newark komme!«

Ich legte den Hörer auf die Gabel. Dieser letzte Satz klang in mir nach: ›Irgendwie, irgendwann.‹ War das ein Hilferuf? War das der Revolver in den Rippen?

Vera sagte: »Erzählen Sie's mir.«

Ich berichtete.

»Das ist eine Falle«, stellte sie fest.

»Selbstverständlich ist es eine Falle.«

»Und sie wollen auch mich?«

»Ich schätze, man hält Sie für meine Kumpanin. Es ist gefährlich, sich mit mir sehen zu lassen.«

»Diese Snood! Sie weiß nicht, daß wir sie in Xochimilco mit diesem Jungen gesehen haben. Sie ist die ganze Zeit der

Bösewicht! Sie denkt sich diese Ausrede aus, um uns zu ködern.«

»Könnte sein. Könnte auch sein, daß man sie gezwungen hat anzurufen. Deshalb werde ich hinfahren.«

»Hinfahren? Sind Sie verrückt?«

»Vielleicht. Die Chance, daß man sie entführt hat, steht fünfzig zu fünfzig. Ich lasse die arme kleine Dame nicht ihren Kopf für mich hinhalten.«

»Aber Peter...«

»Seien Sie still!« sagte ich. »Sie bleiben hier. Ich werde Ihren Kombi nehmen.«

Sie warf das dichte schwarze Haar zurück. »Wenn Sie fahren, fahre ich auch.«

»Bitte, Vera...«

»Ich fahre, sage ich!« Sie stampfte mit dem Fuß auf. »Sie wissen, was Sie wollen. Ich weiß, was ich will. Sie brauchen einen Chauffeur. Alles mögliche kann passieren.«

»Genau. Und Ihnen darf nichts passieren.«

»Ich fahre.«

»Nein.«

»Doch.«

»Nein.«

»Wenn Sie den Wagen nehmen, schreie ich ›Dieb‹ und nach der Polizei.«

Ich wußte, wann ich geschlagen war. Und ich mochte sie deswegen. Meine neue Verbündete war verrückt, natürlich, aber sie hatte Mut.

»Okay, Zuckerpuppe, dann man los!«

»Was heißt das, diese...?«

»Schätzchen«, antwortete ich.

15

Rasch wachsende Abendwolken, wie sie sich oft über Mexico City zusammenballen, breiteten sich ungestüm über den Himmel. Das Tageslicht schwand. Als wir schließlich nach Tlalpam aufbrachen, glitt die Stadt in eine kalte, farblose Dämmerung hinein.

Vera saß am Lenker. Sie kannte die Stadt und ihre Vororte gut. Sie kannte sogar die Pyramide bei Peña Pobre, Cuicuilco.

Ich hatte einmal ein Foto davon gesehen und dabei eine Gänsehaut bekommen. Es ist nicht wirklich eine Pyramide, mehr eine niedrige, kauernde Erhebung, errichtet aus Feldsteinen mit breiten, spiralförmig hochführenden Rampen. Alle Archäologen sind sich uneinig darüber, wann oder zu welchem Zweck dieses Gebilde gebaut wurde, aber es ist das älteste Bauwerk in Amerika. Irgendeine schreckliche Kultur mußte sich hier entwickelt haben, bis sie vor Jahrhunderten ein Vulkanausbruch mit seiner Lava vernichtete. Nur diese Erhebung ist geblieben. Gelegentlich macht ein gewissenhafter Tourist einen Ausflug dorthin, doch der Ort ist nie richtig als touristische Sehenswürdigkeit anerkannt worden. Er ist zu trostlos.

Während wir durch das düstere Zwielicht den Acapulco-Highway hinunterrasten, arbeiteten wir einen Plan aus. Vera erzählte mir, daß diese Erhebung mitten in kahles Lavaland eingebettet lag. Es gab eine Holzhütte, wo der Aufseher, der von dem Amt für die Erhaltung von Nationaldenkmälern eingesetzt war, Eintrittsgelder erhob.

Sonst gab es im Umkreis von rund achthundert Metern keine anderen Gebäude. Eine einspurige Straße führte von Peña Pobre dorthin.

Da sie keinen Grund zu der Annahme hatten, daß wir sie verdächtigten, würden sie uns fast mit Sicherheit auf der regulären Straße von Peña Pobre erwarten. Doch Vera kannte noch eine andere Straße, die in weniger als vierhundert Metern Entfernung hinter der Pyramide vorbeilief. Ich entschied, Vera den Wagen dort parken zu lassen und mich dann zu Fuß zu der Pyramide zu schleichen.

Je weiter wir uns unserem Ziel näherten, um so mehr erkannte ich, wie verrückt ich war. Ich ging freiwillig in eine Falle, die noch dazu von einem bedenkenlosen Mann mit der Einstellung eines Machiavelli aufgestellt war.

Wenn ich nicht so hartnäckig meiner eigenen Fähigkeit sicher gewesen wäre, einen ehrlichen von einem unehrlichen Menschen zu unterscheiden, wäre ich wahrscheinlich umgekehrt.

Doch je mehr ich über Lena Snood nachdachte, um so mehr mochte ich sie und um so sicherer war ich mir ihrer Aufrichtigkeit. Ich mochte ihre Großzügigkeit. Ich mochte ihre Liebenswürdigkeit. Ich mochte sogar ihre unordentliche Frisur und ihren schrecklichen Geschmack bei Ansteckblumen. All das überzeugte mich, daß man sie zu diesem Telefonanruf gezwungen hatte. Ich war ebenfalls sicher, daß man sie nach dem, was sie inzwischen über die anderen wissen mußte, nur noch als Köder für Vera und mich am Leben ließ.

Ich würde nie mehr mit Iris in New York glücklich sein können, wenn Mrs. Snood, weil ich sie im Stich gelassen hatte, nicht zu ihren reizenden intellektuellen Töchtern und zu ihrem hübschen Heim in Newark würde zurückkehren können.

Wir befanden uns jetzt draußen auf freiem Gelände und fuhren durch jene staubige, häßliche Landschaft, von der ein großer Teil der Stadt umgeben ist. Die Nacht rückte näher. Lichter blinkten bereits in den verstreuten Gebäuden, die den äußersten Rand von Mexico City markierten. Es war eine graue, gestaltlose Übergangsperiode, nicht mehr Tag und noch nicht Nacht.

Rasch fielen alle Häuser hinter uns zurück. Spärliche Vegetation, büscheliges Unkraut, verkümmertes Gestrüpp und Kakteen wuchsen auf steinigem Ödland. Ein schmaler Kanal rieselte neben der Straße, und jenseits des Kanals stand ein Saum von Eukalyptusbäumen.

»Wir sind fast da«, sagte Vera.

Sie löschte die Scheinwerfer. Ungefähr eine Minute später ließ sie den Wagen im Schatten einer Gruppe von Eukalyptusbäumen ausrollen. Sie deutete über die Lavaebene, aber ich hatte Cuicuilco schon erblickt. Es ragte ein paar hundert Meter entfernt fett, bucklig und schwarz gegen den dunkelnden Himmel empor.

Ich holte den Revolver aus meiner Tasche und stieg aus dem Wagen. »Lassen Sie den Motor laufen und warten Sie.«

»Seien Sie vorsichtig – um Gottes willen!«

»Ich werde vorsichtig sein.«

Ich sprang über den schmalen Kanal und tauchte in das Buschland ein. Meine Kleidung war dunkel und verschmolz mit der undeutlichen Umgebung. Ich bezweifelte, daß jemand die Ankunft des Wagens bemerkt hatte. Ich konnte jetzt nichts anderes tun, als mich so nahe wie möglich heranzuschleichen und zu hoffen, daß Lena Snood zu sehen sein würde. Falls man sie als Köder benutzte, würde das vermutlich der Fall sein. Vielleicht konnte ich ihr mit Zeichen bedeuten, zu fliehen zu versuchen.

Nach ungefähr dreißig Metern rauhen Bodens, den ich tief gebückt überquerte, fiel der Grund in eine flache Senke ab, ähnlich einer kleinen, schmalen Schlucht. Dankbar drückte ich mich hinein. Ich konnte da unten ohne das Risiko, von der Erhebung aus gesehen zu werden, aufrecht gehen. Hier war es noch dunkler – fast Nacht. Grillen oder irgendwelche andere Abendinsekten summten um mich herum wie Telefondrähte. Es war eine trostlose, tote, bedrückende Umgebung, die zu Cuicuilco paßte.

Während ich mich vorsichtig vorwärtstastete, vorbei an den knorrigen Wurzeln verkrüppelter Bäume und heimtückisch stachligen, niedrigen Kakteen, befiel mich zum erstenmal eine nervöse Angst. Ich setzte alles auf Lena Snoods Unschuld. Wenn ich mich in ihr getäuscht hatte, konnte weiß Gott was passieren.

Die Bodensenke machte einen scharfen Bogen nach rechts, weg von der Pyramide. Sie hatte für mich keinen Nutzen mehr. Mit der Waffe in der Hand kroch ich die ansteigende Seitenwand hoch, bis der Hügel in Sicht kam. Nach meiner Schätzung lag er weniger als hundert Meter entfernt. Das ganze war nicht hoch. Nur ungefähr fünfzehn Meter. Und ich konnte keine Einzelheiten erkennen – bis auf die Wände, die die Rampen abstützten. Es sah bösartig aus. Das war das einzig passende Wort dafür.

Ich schwang mich aus der Senke, blieb flach auf dem rauhen, piksenden Gras liegen und spähte durch die Düsternis zu dem prähistorischen Koloß hinüber. Es gab keine sichtbare Bewegung außer dem lustlosen Schwanken eines dünnen, sich gegen den Himmel abzeichnenden Strauches. Ich fragte mich, was sie mit dem Aufseher gemacht hatten, oder ob der Aufseher nach Einbruch der Dunkelheit irgendwo anders hinging.

Und dann, nach einer kurzen Weile, glaubte ich eine schwache Bewegung auf der dritten, der Spitze nächsten Rampe zu erkennen. Mein Herz überschlug sich. Ich spähte intensiver und war sicher. Etwas war um die Biegung der Rampe gekommen und bewegte sich nach rechts. Plötzlich blieb es stehen. Ein Zündholz flammte auf und wurde wieder ausgemacht. Die rote Glut einer Zigarette war in der Dunkelheit zu erkennen.

Es war also ein Mensch.

Gespannt beobachtete ich, wie die glimmende Zigarettenspitze sich nach rechts bewegte. Nach der Höhe über der Rampe versuchte ich die Größe des Rauchers zu schätzen. Ich kam zu dem Schluß, daß er oder sie klein sein mußte. Lena Snood war klein. Ebenso Junior. Doch da sie eine Falle aufgestellt hatten und uns jede Minute erwarteten, würden sie nicht so dumm sein und eine angezündete Zigarette sehen lassen, es sei denn, wir sollten sie sehen.

Darauf baute ich. Obwohl ich nichts erkennen konnte als den vagen Eindruck einer Bewegung und die schwebende Zigarettenglut, war ich überzeugt, daß Lena Snood diese Zigarette rauchte.

Der Köder...

Ich wartete, bis die Zigarette um die Biegung der Rampe verschwunden war. Dann begann ich mich über das unebene Buschland vorzuarbeiten. Ich hatte im Krieg einige Erfahrungen als Dschungelkämpfer in Neuguinea gesammelt. Die Technik des lautlosen Anschleichens kam mir wieder in den Sinn. Die Grillen zirpten lauter, als bemerkten sie meine Bewegungen und gäben Alarm.

Als ich mich der Basis der Erhebung näherte, erschien die Gestalt erneut von der linken Seite her. Ich konnte ihren schwachen Umriß jetzt deutlich genug sehen, um sie als einen Menschen zu erkennen. Nach ein paar Schritten blieb sie stehen, und die Zigarette fiel zu Boden. Ich hörte ein Räuspern und den leisen Ausruf: »Ho, hm.«

Erregung prickelte in mir. Selbst in diesen bedeutungslosen, einsilbigen Lauten konnte ich die Stimme erkennen.

Es war tatsächlich Lena Snood.

Schweigend an den Boden gepreßt, faßte ich einen Plan. Lena war der Köder, sagte ich mir – eine bedauernswerte kleine Frau, die versucht hatte, soviel wie möglich für ihr Geld aus dieser Mexikoreise herauszuholen, und die jetzt von Kräften, die außerhalb ihrer Kontrolle lagen, in Lebensgefahr gebracht worden war.

Man hatte sie gezwungen, sichtbar mit ihrer Zigarette um die Rampe zu gehen. Auf dem runden Höhepunkt der Erhebung befanden sich Vertiefungen. Vera hatte mir das erzählt. Junior war vermutlich dort oben und hielt seine Waffe auf sie gerichtet. Wenn es zwei oder mehr waren, würde ein weiterer Mann auf der anderen Seite der Erhebung lauern, um die reguläre Straße von Peña Pobre abzudecken, von wo er unseren Wagen erwartete.

Ein weiteres Zündholz flammte auf und verlosch auf der Rampe. Eine weitere Zigarette glühte. Lena Snood nahm ihren Rundweg wieder auf. Ich fragte mich, was dort oben in ihrem Kopf vorgehen mochte, mit einem auf sie gerichteten Revolver und in dem Wissen, daß man sie benutzte, um ihre Freunde in eine Falle zu locken. Dachte sie gerade an mich? Oder an Newark? Oder...?

Zorn verschluckte den Rest meiner Gedanken. Sie sollte nicht hier sein. Sie sollte Daiquiris im Salon des Reforma trinken und anderen Leuten erzählen, wie teuer sie waren.

Ein großer, trostspendender Stern schien hell am Nachthimmel. Venus? Er strahlte rechts von der Erhebung. Ich setzte mich wieder in Bewegung, kroch über Strauchwurzeln und umrundete hohe, stachlige Kakteen.

Ich hatte fast den Fuß der Erhebung erreicht und fluchte lautlos. Die Archäologen hatten einen trockenen Graben durch die Lava gehauen, um die Basis der Erhebung freizulegen. Er trennte mich von der untersten Wand. Er war nicht besonders tief oder breit, aber er stellte ein echtes Risiko für Lenas Flucht dar.

In der Hoffnung, daß der Graben enden würde, dachte ich daran, mich um die Pyramide zu schleichen. Doch das war zu gefährlich. Wenn ich zu weit nach rechts kam, könnte ich in den Gesichtskreis des Mannes geraten, der die Straße von Peña Pobre überwachte.

Ich mußte das Beste aus meiner gegenwärtigen Lage machen.

Links über mir konnte ich die vagen Umrisse von Mrs. Snoods kleiner Gestalt und ihre brennende Zigarette erkennen. Verdammte Zigarette! Sie bildete ein Ziel. Sie kam auf mich zu. In wenigen Sekunden würde sie direkt über mir sein. Ich öffnete die Lippen und schluckte, um bereit zu sein, das Signal zu geben. Meinen Finger behielt ich dabei am Abzug des Colts.

Eins ... zwei ... drei ... Sie war direkt über mir, ungefähr neun Meter höher.

»Lena«, flüsterte ich. »Lena, ich bin's, Peter.«

Der Klang meiner Stimme machte mich fast taub, denn es gab ein Echo. Es nahm das Flüstern auf und warf es verstärkt um die Pyramide wie das Zischen einer riesigen Schlange.

Sie war regungslos über mir stehengeblieben.

»Laufen Sie!« flüsterte ich, in Gedanken das Echo verfluchend. »Zur Hauptstraße. Vera ist dort. Mit dem Wagen.«

Die Schlange zischte wieder. Die Luft rund um das monströse Teufelsbrötchen kochte von dem Klang meiner Stimme.

Lena stand immer noch bewegungslos über mir.

»Laufen Sie, Lena! Werfen Sie die Zigarette fort! Laufen Sie!«

Plötzlich stieß sie einen leisen Schrei aus, als ob die so lange in ihr aufgestauten Gefühle stärker seien als ihr Wille.

»Peter!« schrie sie.

Der Aufschrei klang wie das Brüllen von tausend Teufeln, das um die Pyramide rollte.

Ich konnte nichts mehr daran ändern.

»Peter!« schrie sie erneut. »Passen Sie auf! Er ist hinter Ihnen. Schnell...!«

Instinktiv reagierte ich auf ihre Warnung. Ich ließ mich flach auf den Bauch fallen. Im gleichen Augenblick knallte ein Schuß aus der Dunkelheit hinter mir. Lena hatte recht gehabt. Einer von ihnen mußte mich entdeckt haben und von hinten durch die Büsche angeschlichen sein. Ihr Schrei hatte mir wahrscheinlich das Leben gerettet.

Ich warf mich herum und antwortete mit einem Schuß in die Dunkelheit. Auf der Pyramide über mir hatte Lena die Rampe hinunterzulaufen begonnen. Sie hatte meine Warnung wegen der Zigarette nicht gehört oder ihre Bedeutung nicht verstanden. Sie hielt sie immer noch fest in der Hand und wedelte damit wie mit einem Signallicht.

»Fort mit der Zigarette!« schrie ich gellend.

Während ich schrie, knallten zwei weitere Schüsse. Diesmal kamen sie von der Kuppe der Erhebung. Ich sah Lenas Zigarette durch die Luft fliegen wie ein Leuchtkäferchen. Ein hoher, schriller Wehlaut ertönte – keine laufenden Schritte mehr.

Fröstelnd vor Besorgnis sandte ich einen zweiten Schuß in die dunklen Büsche hinter mir. Ich hörte einen unterdrückten Fluch, dann ein Rascheln. Andeutungsweise erkannte ich die Umrisse einer Gestalt, die durch die Kakteen über das Lavaland zur Straße nach Peña Pobre davonhetzte.

Ich hatte ihn verscheucht. Zwei Schüsse, und er rannte wie ein Hase. Ich schickte einen dritten Schuß hinterher, aber ich konnte ihm nicht nachjagen. Ich mußte an Lena denken – an den Wehlaut, den plötzlich aufhörenden Klang ihrer Schritte.

Ich sprang in den trockenen Graben. An rauhem Gestein hangelte ich mich zur ersten Rampe hoch. Nichts rührte sich. Kein Geräusch. Falls man das Schwirren der Grillen nicht als Geräusch rechnete. Noch zwei Rampen lagen über mir, ehe ich Lena erreichen konnte – und ein zweiter Schütze auf der Kuppe der Erhebung.

Ich erklomm die nächste Wand zur nächsten Rampe. Und schließlich auch die dritte Wand. Für den Bruchteil einer Sekunde hob ich mich gegen den Himmel ab, präsentierte mich absichtlich als Ziel.

Doch nichts geschah. Ich feuerte auf die Kuppe der Erhebung. Kein Schuß antwortete.

War auch der zweite Mann fortgelaufen?

Ohne mir deswegen weiter Sorgen zu machen, stürmte ich die Rampe hinunter zu der Stelle, wo Lena jetzt sein mußte. Der einzelne Stern strahlte hell. Er verbreitete eine Art schwaches Ersatzmondlicht. Vor mir machte die Rampe eine Kurve um die Steinwand. Etwas lag dort, in der Kurve, dunkel, an den Boden geschmiegt.

Ich rannte hin. Ich fiel auf die Knie. Ich hörte ein leises Stöhnen. Meine Hand fuhr vor und berührte Haar. Ich tastete weiter und berührte etwas anderes, weich und nachgiebig.

Die Kamelie. Die rosa Kamelie, die Lena Snood in Xochimilco gekauft hatte.

Das Herz schien mir in der Kehle steckenzubleiben.

»Lena...«

Ich legte meinen Arm um sie und hob sie sachte in eine sitzende Position. Ich konnte sie nicht sehen, nicht richtig, nur einen verschwommenen Umriß ihres Gesichts und etwas Bleiches, Herunterhängendes, eine Hand.

Sie regte sich in meinen Armen. »Peter.«

»Ja, Lena. Alles in Ordnung. Ich bin's.«

»Peter.« Die Stimme klang dünn, wie eine Geisterstimme. »Ich mußte es tun. Sie haben mich gezwungen. Sie zwangen mich, Sie anzurufen. Ich...«

»Ich weiß, Lena, ich weiß.«

Weit weg, Richtung Peña Pobre, hörte ich ein Auto starten. Eine Wut, wie ich sie nie zuvor gekannt hatte, packte mich beim Kragen und schüttelte mich. Sie hatten erwartet, daß ich wie ein Schaf in die Falle tappen würde. Weil ich mit einem Revolver gekommen war, hatte ich sie verscheucht. Jetzt flohen sie um ihr Leben, obwohl sie ihren Job erst zur Hälfte erledigt hatten. Sie hatten Lena niedergeschossen. Daran putschten sie sich auf – eine kleine Frau ohne jede Verteidigungsmöglichkeit niederzuschießen! Aber vor einem Mann mit einem Revolver rannten sie davon.

»Peter...«

Es war nicht wirklich ›Peter‹. Es war ein verwischter Ton, der wie ›Peter‹ zu klingen versuchte. Sie fiel schwer gegen meinen Arm. Ich konnte nicht sehen, wo sie getroffen war. Ich konnte nichts erkennen. Aber ich wußte, daß sie erreicht hatten, was sie erreichen wollten.

Sie würde mir nicht mehr verraten können, was sie wußte.

Mein Mund war trocken wie Lava-Asche. Ich konnte mein Zittern nicht beherrschen. Ich wollte sie umbringen. Wenn sie hiergewesen wären, hätte ich es getan, hätte sie mit bloßen Händen ergriffen und ihre Köpfe gegen die Steine geschlagen, bis sie zersplitterten.

»Lena«, brachte ich mühsam heraus, »Lena, machen Sie sich keine Sorgen. Alles ist gut.«

Doch sie antwortete nicht. Ihr Körper sackte in meinem Arm zusammen. Irgendwo, weit weg an der Straße, ertönte ein Schuß. Ich hörte ihn kaum. Jedenfalls dachte ich nicht darüber nach.

Ich riß ein Zündholz an. Doch bevor es Lena Snoods Gesicht beleuchten konnte, schüttelte ich es aus.

Was hatte es für einen Sinn, sie anzusehen?

Ich mochte nicht eine Frau ansehen, von der ich wußte, daß sie tot war.

16

Doch ich mußte sie natürlich ansehen. Ich riß ein zweites Zündholz an. Die schwache Flamme flackerte. Während ich hinunterblickte, zwang ich mich, nichts zu empfinden. Beide Schüsse hatten sie erwischt, einer in der Herzgrube, der andere etwas tiefer. Glückstreffer.

Glückstreffer!

Ich sah mich um. Der Kriminalroman war nicht da. Auch nicht die Nelken. Sie hatten sie natürlich zuerst an einen anderen Ort gebracht, wo sie gezwungen worden war, mich anzurufen. Sie hatten jetzt das Buch. Sie hatten Lena nur hergebracht, um uns in die Falle zu locken.

Und sie waren zu feige gewesen, sich wirklich anzustrengen und uns zu schnappen. Zwei Schüsse von einem Mann im Dunkeln hatten genügt, sie in die Flucht zu schlagen.

Ich ließ das Zündholz ausbrennen. Zorn stieg wieder in mir hoch, schnürte mir fast die Luft ab. Ich hatte getan, was ich konnte. Doch was hatte es für einen Sinn, das zu sagen? Vielleicht hatte ich sie getötet. Vielleicht hätten sie Lena am Leben gelassen, wenn ich nicht gekommen wäre.

Ich dachte: ›Hier liegt sie nun auf einer alten, verlassenen mexikanischen Pyramide. Sie wird nie wieder nach Newark zurückkommen.‹

Aber selbst mein Mitleid für sie konnte in der Hitze meiner Wut nicht wurzeln.

Und langsam, während ich in der Dunkelheit kauerte und die Grillen um mich herum geigten, erlangte ich so etwas wie Selbstbeherrschung wieder und erinnerte mich an den Schuß, der von der Straße herübergeklungen war. Sie mußten auf Vera geschossen haben. Das war die einzige Erklärung. Es war typisch für sie, auf eine unbewaffnete Frau zu schießen, während sie vor mir davonrannten.

Ich sprang auf, von einer neuen Sorge zum Handeln gezwungen. Es gab nichts mehr, was ich für Lena tun konnte. Vera brauchte mich jetzt dringender. Ich schwang mich über die Kante der Wand und ließ mich auf die Rampe darunter fallen. Ich kletterte die beiden anderen Rampen hinunter, zog mich aus dem Graben darunter und fing an, stolpernd und strauchelnd quer über die Kakteeneinöde zur Straße zu rennen.

Ich dachte nicht nach. Dazu hatte ich viel zuviel Haß und Wut in mir. Gegen den Himmel vor mir konnte ich die Gruppe Eukalyptusbäume erkennen, die den Straßenrand markierten. Ich erreichte sie. Der dunkle Wagen parkte dort, wo ich ihn verlassen hatte. Vera saß nicht am Lenkrad.

In zunehmender Angst rief ich: »Vera!«

Ihre Stimme antwortete sofort von hinter dem Wagen. Ich lief herum und fand sie, am Hinterrad hockend. Ein Wagenheber und ein Rad lagen neben ihr auf der Straße. Sie stand auf und lief auf mich zu.

»Sie haben im Vorbeifahren auf den Wagen geschossen. Sie wollten den Reifen treffen, damit wir sie nicht verfolgen können. Aber ich habe das Rad gewechselt. Ist schon fertig.«

»Aber Ihnen ist nichts zugestoßen?«

»Nein, nein. Aber der Schrei, die Schüsse...?«

Die Erleichterung, daß sie lebte, war im Augenblick stärker als mein Entsetzen über Lenas Tod. »Wer saß in dem Wagen?«

»Der Junge, Junior; er saß am Lenkrad. Aber da ist noch ein anderer. Auf dem Rücksitz. Ich habe den Hut von dem Mann gesehen. Mehr nicht. Er hat geschossen.«

»Halliday.«

»Aber Lena?«

»Lena ist tot«, antwortete ich. »Sie rief, um mich zu warnen. Sie hat mir das Leben gerettet. Sie lief mit einer Zigarette in der Hand. Sie haben Lena erschossen.«

Jetzt, in meiner lähmenden Wut, war ich von dem Gedanken an Halliday besessen. Warum hatte ich jemals versucht, die Dinge zu komplizieren? Die Wahrheit war immer einfach gewesen. Deborah Brand war vor Halliday geflohen. Er hatte sie bis nach Chichén verfolgt. Er hatte den Kriminalroman haben wollen. Sie hatte ihn ihm nicht gegeben. Er hatte sie umgebracht.

Und jetzt hatte er Lena ermordet.

Plötzlich konnte ich mich nicht länger beherrschen. Ich begann zu zittern. »Sie haben sie abgeknallt wie einen tollen Hund. Sie hatte überhaupt keine Chance. Und ich bin daran schuld. Ich – ich ...«

»Peter.« Vera nahm meinen Arm. »Sie haben keine Schuld. Wer sind Sie! Die Johanna von Orléans, daß Sie die Welt retten müssen? Sie haben getan, was Sie konnten. Sie haben Ihr eigenes Leben riskiert.«

Doch ich konnte nur an Lena denken, wie sie dort hingestreckt auf dem Rücken in der Wildnis auf diesem gottlosen Hügel lag, allein und nur mit einer rosa Kamelie anstelle eines Kranzes. »Ich muß wieder zurück zu ihr«, sagte ich.

»Nein!« Veras Stimme klang scharf. »Lassen Sie sie liegen.«

Ich riß meinen Arm los und ging rasch auf die Bäume zu. Sie lief hinter mir her. »Peter, Sie sind halb verrückt vor Schock. Was können Sie tun? Die Leiche zur Polizei bringen? Denken Sie, man glaubt Ihnen, wenn Sie mit einer Leiche und Ihrer Geschichte ankommen? Lassen Sie sie liegen, sage ich.«

»Ich kann sie nicht liegenlassen.«

»Aber sie ist tot. Es ist schrecklich, aber wahr. Ist wie mein armer, alter Mann auf dem Friedhof. Kann er die Lilien riechen, die Tuberosen? Kommen Sie!« Sie zog mich zurück zum Wagen. »Später, wenn wir wieder in der Stadt sind, rufe ich von der Telefonzelle aus an und sage, wo man sie finden kann, damit man sich um sie kümmert. Aber gehen Sie jetzt nicht zurück.«

Ich verstand sie gut genug, um zu begreifen, daß ich

mich wie ein Clown aufführte. Es gab absolut nichts zu gewinnen, wenn ich dorthin zurückging, wo Lena lag. Und mit unserer komplizierten und unwahrscheinlichen Geschichte zu einer ausländischen Polizei zu gehen, die ein angeborenes Mißtrauen gegen alle Nordamerikaner hegte, hatte wenig Sinn.

Die Sache war weit über den Punkt hinausgewachsen, wo man sie der Polizei übergeben konnte.

Ich fühlte mich so erschöpft, als wäre ich unendlich weit gelaufen. Aber ich war wieder zur Vernunft gekommen. Ich hob das platte Rad und den Wagenheber auf und packte sie in den Wagen. Dann folgte ich Vera und stieg ein. Während sie den Wagen zur Rückfahrt in die Stadt startete, lauschte ich nur mit halbem Ohr ihrer unaufhörlich drauflosredenden Stimme. Ich wußte, daß sie nur redete, um mich von meinen Gedanken abzulenken. Doch ich war jetzt ruhig und wußte, was ich zu tun hatte.

Sobald wir wieder in Mexico City wären, würde ich zu Hallidays Apartment gehen und ihn ausräuchern. Die Zeit war gekommen, um den Spieß umzudrehen, zur Abwechslung einmal selbst den Jäger und nicht den Gejagten zu spielen.

»Peter.« Veras Stimme unterbrach meine Gedanken.

»Ja, Vera.«

»Hören Sie zu!«

»Ich höre.«

»Von Mrs. Snood haben sie dieses Buch, und dennoch wollten sie uns in diese Falle locken. Warum?«

»Um uns zu töten.«

»Nein. Wenn sie uns töten wollten, warum haben sie

mich dann nicht getötet, als ich allein im Wagen saß? Oder Sie an der Pyramide? Oder davor im Kloster? Es ist etwas anderes. Selbst mit dem Buch haben sie noch nicht, was sie wollen. Es ist mehr.«

»Mehr?«

»Sie glauben, Sie wissen mehr. Darum wollte man Sie zur Pyramide locken. Um Sie zu schnappen und zum Reden zu zwingen. Überlegen Sie, Peter. Diese Deborah Brand, sind Sie sicher, daß sie Ihnen nichts anderes erzählt oder gegeben hat?«

»Ganz sicher.«

»Denken Sie nach! Erzählen Sie mir alles! Fangen Sie ganz am Anfang an! Alles. Wir versuchen zu überlegen.«

Damit hatte ich eine Beschäftigung, die mich von dem Gedanken ablenkte, wie sehr ich Halliday umzubringen wünschte. Während wir durch die dunklen Vororte fuhren, versuchte ich alles zu rekonstruieren, was Deborah mir seit dem ersten Kennenlernen und bis zu der Zeit, da sie mir den Rücken eingerieben und dann die Nacht in meinem Zimmer verbracht hatte und schließlich mit mir zum *cenote* gegangen war, alles erzählt hatte.

Vera hörte nicht auf, mich mit Fragen anzuspornen.

»Hat sie Ihnen gesagt, daß sie nach Mexico City wollte?«

»Genau das hat sie gesagt.«

»Aber Sie haben nie die Flugscheine gesehen?«

»Nein. Sie waren auch nicht in ihrer Handtasche.«

»Dann hat sie vielleicht gelogen?«

»Sicher.«

»Sie hat ihren Vater erwähnt, den Finnen, den Archäologen in Peru. Sie hat ihre amerikanische Mutter erwähnt, die gestorben ist. Hat sie nie erwähnt, wen sie besuchen wollte? Den Bruder, die Schwester, die Tante, den Onkel?«

Als sie ›Onkel‹ sagte, regte sich eine schwache Erinnerung. Ich bemühte mich, sie zu fassen. Dabei hatte ich das quälende Gefühl, daß da etwas in meinem Unterbewußtsein auf die Entdeckung wartete. Und plötzlich, scheinbar ohne den geringsten Grund, sprang mir eine Bemerkung, die Vera vor ein paar Minuten gemacht hatte, wieder ins Bewußtsein.

›Wer sind Sie? Die Johanna von Orléans...?‹

Johanna von Orléans – Onkel. Die verrückte Verbindung beider Vorstellungen blieb haften. Ich wußte plötzlich, warum. Ich erinnerte mich, wie Deborah unter dem Moskitonetz des anderen Bettes in Chichén-Itzá lag. Wie Deborah, halb im Schlaf, wie ich gedacht hatte, wirres Zeug murmelte: ›Vögel auf der Straße. Warten auf ihre Geliebten.

Johanna von Orléans krönte ihn 1462.‹ (Das war das Datum gewesen, nicht wahr?)

›Krönte wen?‹

›Meinen Onkel.‹

›Das muß schön für ihn gewesen sein.‹

›Das war es. Eine neue Johanna von Orléans. Verraten Sie's nicht. Niemals. Es ist ein Geheimnis.‹

Vera blickte mich erwartungsvoll an. »Was ist los? Fällt Ihnen was ein?«

»Vielleicht. Es ist verrückt. Sie hat etwas gesagt, als ich dachte, sie schliefe schon halb. Sie hat eine Menge Unsinn geschwafelt. Und dann sagte sie es.«

Ich erzählte es Vera. Sie blickte verständnislos. »Die neue Johanna von Orléans krönt den Onkel? Was soll das? Das ist albern.«

Erregung packte mich. »Wen hat Johanna von Orléans gekrönt?«

»Was weiß ich schon von dieser Johanna von Orléans?«

Ich wußte es. »Sie hat den Dauphin von Frankreich gekrönt. Sie hat ihn in Orléans gekrönt. Eine neue Johanna von Orléans. In New Orleans gibt es eine Dauphine Street.«

Jetzt war auch sie erregt. »Ja? Aber was...?«

»1462. Ich kann mich nicht genau erinnern, wann Johanna von Orléans ihn gekrönt hat, aber nicht 1462. Es war irgendwann im dreizehnten Jahrhundert. ›Erzählen Sie's niemandem‹, hat sie gesagt. ›Es ist ein Geheimnis.‹ Vielleicht haben wir's gelöst. Vielleicht hat sie mir verraten wollen, was ihr eigentliches Ziel war – ihr Onkel, Mr. Brand, Dauphine Street 1462 in New Orleans.«

»Aber warum dies Rätsel? Wenn sie's Ihnen erzählen wollte, konnte sie's doch. Warum so kompliziert mit dieser Johanna von Orléans?

Ich glaubte es zu erkennen. »Vielleicht sollte es mir damals noch nichts bedeuten. Deborah wußte, daß sie in großer Gefahr war. Vielleicht kam es ihr plötzlich in den Sinn, als sie so dalag, daß es eine gute Idee wäre, mich für den Fall, daß sie es nicht schaffen würde, als möglichen Ersatzmann aufzubauen.«

»Aber warum das Rätsel?« wiederholte Vera.

»Weil sie auf diese Weise nichts verraten hätte, falls sie mich nicht brauchen würde. Doch falls sie mich später gebraucht, mir den Kriminalroman gegeben und ich ihn untersucht haben würde, wäre mir vielleicht die ganze Johanna-von-Orléans-Geschichte klargeworden.«

»Und das erklärt, warum alle die ganze Zeit so scharf darauf gewesen sind, Sie zu kidnappen? Und warum sie jetzt davonlaufen, wenn Sie mit einem Revolver kommen? Sie sind keine Feiglinge. Sie wollen Sie lebend. Sie haben Angst, Sie zu töten, wenn sie schießen.«

»Möglicherweise.«

»Sie haben das Buch, aber ohne diese Information ist das Buch nichts wert. Sie kennen die Adresse nicht. Sie wissen nicht, wo Deborah Brand hinwollte.«

Ich war mir zunehmend sicherer, daß wir über die Wahrheit gestolpert waren. Auf diese Weise bekam alles, was Deborah gesagt hatte, einen Sinn. Etwas ungemein Bedeutendes stand auf dem Spiel. Ich hatte das erkannt, seit Halliday damit begonnen hatte, mir das Leben zu vergällen. Deborah, hin und her gerissen zwischen der Notwendigkeit, jedem zu mißtrauen, und der Erkenntnis ihrer eigenen großen Gefährdung, hatte das einzige getan, was sie hatte tun können. Sie hatte dem einzigen verfügbaren Menschen etwas anvertraut, das diesem nichts bedeutet hätte, bis sie sich später vielleicht entschlossen haben würde, ihm das Buch auszuhändigen. Sie hatte mich für den Notfall aufgebaut.

Dieser Notfall war eingetreten.

Und wenn ich klüger gewesen wäre und das Buch *Der falsche Mord* untersucht hätte, bevor Lena es mitnahm, hätte ich vielleicht Deborahs Vertrauen in mich gerechtfertigt.

Und Lena hätte nicht sterben müssen.

Wir kamen jetzt in die Stadt. Deborahs trauriger, silberhaariger kleiner Geist schien mir sehr nahe zu sein. Ich hatte immer noch nicht die geringste Vorstellung, was sie vorgehabt hatte, aber nachdem ich ihre Feinde kennengelernt hatte, war ich auf ihrer Seite. Daran gab es keinen Zweifel.

Während der Wagen weiterraste, nahm eine neue Idee Gestalt an. Gab es nicht immer noch eine Möglichkeit für mich, etwas zu tun, was sie von mir erwartet hatte, oder zumindest, um Hallidays Pläne zu durchkreuzen? New Orleans lag auf meiner Flugroute nach Hause. Wenn ich dort einen Zwischenstopp für ein paar Stunden einlegte, könnte ich Mr. Brand aufsuchen. Ich konnte ihm nichts geben und kaum mehr sagen, aber ich konnte ihn wenigstens warnen und ihm berichten, was seiner Nichte zugestoßen war.

Ich hatte mich entschieden. »Vera«, sagte ich, »morgen fliege ich nach New Orleans.«

Sie nahm es so ruhig auf, als hätte sie erwartet, daß ich das sagen würde. »Und ich komme mit«, erklärte sie.

»Sie?«

»Ich habe angefangen. Ich bleibe bis zum Schluß.«

»Bitte, Vera...«

Ihre Augen sprühten. »Immer dasselbe: ›Bitte, Vera.‹ Sie wollen nicht Liebe mit mir. Das weiß ich. Sie lieben nur diese... diese Frau in New York. Aber Sie denken wohl, ich bin wie ein Hund? Erst ein Klaps auf den Kopf, dann ein Tritt in den Hintern, wie? Ich habe angefangen. Ich bleibe bis zum Schluß.«

Ich machte den Mund auf, aber sie ließ mich nicht zu Wort kommen.

»Wenn Sie jetzt wieder ›Bitte, Vera‹ sagen, schreie ich. Hier in Mexiko bin ich auch in Gefahr. Ihretwegen schießt man auf mich. Wollen Sie mich hierlassen, damit ich totgeschossen werde wie die arme Mrs. Snood? Puff!«

Ich machte keine Einwände mehr, weil mir bewußt wurde, daß ich sie dabeihaben wollte. Wenn ich erst einmal New York erreicht hätte, würde ich sie wahrscheinlich nie wiedersehen. Diese Vorstellung gefiel mir immer weniger. Auf diese Weise gäbe es wenigstens noch ein Morgen.

»Aber wie wird das als Mexikanerin mit Ihrem Visum? Können Sie es schnell genug bekommen?«

»Wer sagt, daß ich Mexikanerin bin? Durch den Mann, ja. Das ist alles.«

»Dann das Visum als Russin, oder Ukrainerin, oder was Sie sonst sein mögen.«

Sie ließ ein lustiges, gurgelndes kleines Lachen hören. »Ich habe schon einen Paß. Ich brauche kein Visum. Ich bin Amerikanerin.«

»Amerikanerin?«

Mit einem reizenden Lächeln drehte sie mir das Gesicht zu. »Sie glauben, alle Ballerinen kommen aus Rußland? Ich bin geboren in Queens.«

Einen Augenblick lang schaute ich sie verblüfft an. Die Kosakenmütze. Der Scheherazade-Effekt. Der Lynn-Fontanne-Akzent. Der ganze kitschige Reiz. Ich hätte wissen müssen, daß alles nur aus der sentimentalen Klamottenkiste stammte.

Plötzlich liebte ich sie deswegen.

Sie lächelte immer noch. Und dann begann sie in einer haarsträubenden russischen Imitation des Brooklyn-Akzents zu singen:

»East side, west side,
All around the town...«

17

»Warum haben Sie den Akzent eingeführt? Als Täuschung?«

»Eingeführt? Akzent? Die Art, wie ich rede, ist echt.«

»Wirklich?«

»Meine Mutter, sie ist auch Tänzerin. Als ich geboren wurde, war sie in New York. Als ich vier war, gingen wir nach Buenos Aires.« Sie sah mich zweifelnd an. »Sie mögen ihn nicht, den Akzent? Ich langweile Sie?«

»Er ist phantastisch!«

»Ich versuch' ja«, sagte sie zerknirscht. »Die ganze Zeit versuch' ich, mich zu verbessern. Es ist schwer. Wo ich doch immer nur Spanisch rede.«

Wir hatten das Herz der Stadt erreicht. Wir kamen an einem Rummelplatz vorbei, beleuchtet mit bunten Lichtergirlanden. Ich las ein Straßenschild: Calle Merida. Wir waren fast zu Hause.

Ich hatte meine Wut jetzt besser unter Kontrolle. Lena Snood beherrschte immer noch meine Gedanken. Ich würde sie nie vergessen. Doch die Aussicht auf New Orleans hatte mich gefestigt. Vielleicht kam die Geschichte dort zu einem Ende. Zumindest könnte ich einiges von Mr. Brand erfahren. Doch ich war noch nicht in New Orleans. Hier war immer noch Mexiko. Ich hatte immer noch eine Rechnung mit Halliday zu begleichen.

Im Hotel Reforma gibt es Telefonkabinen. Vera ging hinein, machte ihre anonyme Anzeige bei der Polizei und kam eilig wieder heraus. Wir fuhren zu meiner Wohnung. Ich ging in die Küche, um uns Drinks zu machen. Wir brauchten sie. Ich fand noch etwas gekochten Schinken und Ziegenkäse und Brot. Daraus machte ich Sandwiches, denn wir hatten den ganzen Tag noch nichts gegessen.

Als ich sie ins Wohnzimmer brachte, kämmte Vera ihr Haar vor dem Spiegel über dem Kamin aus. Es war eigenartig, wie viele Male sich meine Vorstellung von ihr in so wenigen Stunden geändert hatte. Zuerst war sie das auf Abenteuer erpichte Glamourgirl mit dem Vogelhirn gewesen. Dann die verschlagene, fintenreiche Sirene. Jetzt war es vollkommen natürlich, sie hier in meiner Wohnung zu sehen, wie sie mit einer Haarnadel zwischen den Lippen stirnrunzelnd in den Spiegel schaute. In weniger als einem Tag war sie ein akzeptierter Teil meines Lebens geworden, als hätte sie schon immer dazugehört.

Wir setzten uns zusammen auf die Couch, aßen die Sandwiches und tranken unsere Drinks. Wir redeten kaum, aber ihre Gegenwart entspannte mich. Ich hatte noch nie eine Frau gekannt, die so exotisch aussehen und gleichzeitig so beruhigend sein konnte.

Als ich meinen Drink ausgetrunken hatte, sagte ich ihr, sie solle lieber den Flughafen anrufen und den ersten Flug morgen früh buchen. Während sie durchzukommen versuchte, ging ich aus dem Zimmer und schlüpfte aus der Wohnung. Ich wollte sie nicht wissen lassen, daß ich Halliday aufsuchte. Sie war dickköpfig genug, um auf jeden Fall mitkommen zu wollen, und diesmal wollte ich keine Frau dabeihaben.

Die Calle Dinamarca war nur ein paar Häuserblocks weiter. Ich ging zur Plaza Washington. Alle Geschäfte hatten zur Nacht die eisernen Rolläden heruntergelassen. Ich bog in die Dinamarca ein und stand bald vor dem Mietshaus mit Hallidays Wohnung.

Ich blickte an der Fassade hoch zu Apartment drei. Licht fiel durch die halbgeöffneten Zebravorhänge.

Er war zu Hause. Vielleicht war auch Junior anwesend. Mir war das egal. Ich hoffte fast, daß er da sein möchte.

Ich wollte ihnen mein Kommen nicht ankündigen. Ich drückte die Klingel für Apartment eins im Erdgeschoß. Als der Summer die Verriegelung löste, schlüpfte ich durch die futuristische Halle und um die Ecke zur Treppe, ehe der Besitzer der Wohnung Gelegenheit hatte, mich zu sehen.

Ich erreichte den Absatz im ersten Stock und ging zur Wohnungstür mit der Nummer drei. Ich holte den Colt aus der Tasche und hielt ihn mit der Mündung in Höhe des Schlüssellochs. In den meisten modernen mexikanischen Mietshäusern sind die Wände dünn wie Sperrholz. Ich wartete einen Moment und lauschte auf den Ton von Stimmen. Ich hörte nichts. Ich drückte den Klingelknopf.

Schritte näherten sich schlurfend der Tür. Ich beobachtete, wie der Griff sich bewegte. Ich hielt den Colt weiter gezielt ausgerichtet. Die Tür öffnete sich. Ein Mexikaner, den ich noch nie gesehen hatte, stand auf der Schwelle. Er war beleibt und mittleren Alters. Er trug Pantoffeln und einen modischen, blauseidenen Bademantel.

»Ja?« fragte er auf Englisch. Dann sah er den Revolver, und die Augen traten ihm aus den Höhlen.

»Nehmen Sie die Hände hoch und treten Sie rückwärts zurück«, sagte ich.

Sein Doppelkinn begann zu wabbeln. Er streckte die Hände über den Kopf und bewegte sich zögernd rückwärts in die Wohnung.

»Was ich getan?« stammelte er. »Bitte. Ich im Recht. Ich habe Vertrag. Bitte.«

Ich folgte ihm hinein und stieß die Tür hinter mir mit dem Fuß zu. Die bekannten gelben Polstermöbel schimmerten opulent. Die Vase mit den Nelken stand noch auf dem Couchtisch. Koffer lagen überall herum. Ein paar davon standen offen. Kleidungsstücke, Nippsachen, zusammengeknülltes Zeitungspapier lagen auf dem Teppich verstreut.

Von Halliday keine Spur.

Ich riß die Waffe hoch und zielte auf den Mann im Bademantel. »Ins Schlafzimmer!«

Schweiß lief ihm das Gesicht hinunter. Sein Mund stand immer noch offen, aber er schien die Sprache verloren zu haben. Unbeholfen tappte er rückwärts zwischen den Koffern hindurch zum Schlafzimmer. Ich folgte ihm. Aus dem Zimmer hinter ihm ertönte ein schriller weiblicher Schrei.

Ich trat in das Schlafzimmer. Im selben Bett, in dem ich letzte Nacht geschlafen hatte, saß eine mollige Frau mit in den Rücken gestopften Kissen. Sie hatte gerade in einer Zeitschrift gelesen, die jetzt über ihre Knie gefallen war. Sie spähte um ihren massigen Mann herum zu mir herüber, das Gesicht in entsetzte Falten gelegt.

Zwei Schrankkoffer und noch mehr Reisekoffer standen hier herum. Kleidungsstücke lagen ordentlich auf dem anderen Bett angehäuft. Die Kleiderschränke standen offen.

»Was wollen Sie?« Die Worte sprudelten plötzlich aus dem Mann heraus. »Ist Geld? Ich gebe Geld. Bitte. Ich geben alles, wir haben. Aber nichts tun Frau. Bitte nichts tun Frau...«

Indem ich weiter die Waffe auf ihn gerichtet hielt, ging ich zum Badezimmer, stieß die Tür mit dem Fuß auf und schaute hinein. Es war leer.

Die Frau wimmerte. Sie trug so etwas wie eine rosa Bettmütze, die ihr über ein Auge gerutscht war. Sie begann auf Spanisch auf ihren Mann einzureden. Er antwortete ihr, vermutlich um sie zu trösten.

Ich begann mir irgendwie blöd vorzukommen.

»Okay.« Ich deutete mit dem Kopf zum Wohnzimmer. »Dort hinein.«

Weiter auf die Frau einredend, wieselte der Mann ins Wohnzimmer zurück. Ich folgte. Ich warf einen Blick in die Küche. Sie war ebenfalls leer. Ich setzte mich auf eine Sessellehne und fragte: »Wann kommt Halliday zurück?«

Der Mann blinzelte. »Halliday?«

»Ich will Halliday. Ich...«

»Oh.« Ein hoffnungsvolles Lächeln breitete sich über sein Gesicht. »Ist der andere Mieter. Der Amerikaner, der heute früh fort ist?«

Die Koffer, die Frau im Schlafzimmer... alles wurde mir peinlich klar.

»Er fortgegangen«, erklärte der Mann. »Ich nicht weiß den Namen. Aber dieser Mann heute früh ist ausgezogen. Seit Monaten wir suchen nach möblierter Wohnung, die Frau und ich. Endlich wir sie bekommen. Ich zahlen hundert Pesos an den *portero*. Gleich diesen Nachmittag wir eingezogen. Und jetzt...«

Es hatte keinen Sinn, so weiterzumachen. Ich wußte, wann ich verloren hatte. Ich hätte wissen müssen, daß dieser Ort wertlos für Halliday geworden war, nachdem ich ihn einmal gesehen hatte. Ich fragte mich nicht einmal, ob dieser Mann im blauseidenen Bademantel log. Er log sicher nicht. ›Unschuldiger Wohnungsinhaber‹ stand deutlich auf seinem bibbernden Doppelkinn geschrieben.

Ich steckte den Revolver in die Tasche. Er konnte es kaum glauben. Seine Hände hielt er immer noch ausgestreckt in die Luft.

»Es tut mir leid«, sagte ich. »Entschuldigen Sie mich bei Ihrer Frau.«

Er machte den Mund auf, brachte aber kein Wort heraus.

»Sie wissen wohl nicht, wo er hingegangen ist?«

Er schüttelte den Kopf.

Ich grinste. »Sehen Sie's mal von dieser Seite: Sie haben jetzt etwas, worüber Sie mit Ihren Freunden reden können.«

Während ich fortging, rief er ungläubig: »*Mamá, mamá, está bien. El loco americano se fue.*« Ich hörte schwere Schritte zum Schlafzimmer tappen.

Schnell flitzte ich die Treppen hinunter. Zwar nahm ich nicht an, daß er die Polizei rufen würde, doch ich wollte kein Risiko eingehen. Ich schlüpfte hinaus auf die Straße. Ein elendes Gefühl der Hilflosigkeit erfaßte mich. Irgendwo im Dunkel dieser weiten Stadt befanden sich Halliday und sein hübscher kleiner Handlanger. Irgendwo. Wo? In weiteren acht Stunden würde ich abgereist sein. Die Chance, Halliday jetzt noch zu finden, war nicht einmal eins zu einer Million – es sei denn, er stellte mir wieder nach.

Seit der letzten Nacht hatte das Rad sich einmal voll um sich selbst gedreht. Ich ging in der Hoffnung nach Hause, die hellblaue Limousine vor meinem Haus geparkt zu sehen.

Doch sie war nicht dort.

Quälende Bilder von Lena Snood tauchten wieder in mir auf. Ob sie immer noch dort draußen in der Dunkelheit auf jener gottverlassenen Pyramide lag, oder war die Polizei inzwischen eingetroffen? Ich hatte sie wegen der Chance verlassen, Halliday zu erwischen.

Und dann war dies passiert.

Ich versuchte, mich mit Gedanken an New Orleans aufzurichten. Doch in meiner düsteren Stimmung schien selbst diese Hoffnung ziemlich fruchtlos zu sein. Natürlich konnte ich Deborahs Onkel aufsuchen. Aber was hatte ich ihm zu bieten? Der einzig wichtige Gegenstand – das Buch – war verschwunden. Alles, was ich ihm bringen konnte, war die Nachricht vom Tod seiner Nichte.

Und eine Warnung vor Halliday.

Während ich die Treppe hinaufstieg, wandten meine Gedanken sich Vera zu, und ich fühlte mich besser. Wenigstens etwas war aus dieser Katastrophe hervorgegangen. Vera war da.

Ich kam an meine Wohnungstür und kramte nach meinem Schlüssel. Während ich ihn hervorzog, drang von innen eine Stimme an mein Ohr. Meine Nerven schalteten auf Alarm. Hatte man mich erneut zum Narren gehalten? Hatten Halliday oder Junior mich hinausgehen sehen und waren hinaufgeschlüpft, um sich Vera zu schnappen? Ich zog den Colt aus der Tasche. Ich neigte mich dichter an die Tür.

Ich hörte Vera sprechen. Ich erkannte sie am Klang ihrer Stimme, konnte aber nicht verstehen, was sie sagte.

Vorsichtig ließ ich den Schlüssel ins Schloß gleiten. Ich drehte ihn, drehte zentimeterweise den Türknopf und öffnete lautlos die Tür einen kleinen Spalt.

Veras Stimme klang deutlich. Als erstes verspürte ich Erleichterung. Sie sprach am Telefon. Ich weiß nicht, wieso, aber man merkt es immer gleich, wenn jemand am Telefon redet.

Doch die Erleichterung schwand, fast bevor sie gekommen war. Eine Art lähmender Schock trat an ihre Stelle. Weil ich verstand, was sie sagte.

»Er hat nichts gesagt, aber ich glaube, er ist zu deinem Apartment in der Dinamarca gegangen.«

Sie ließ ein kleines, glucksendes Lachen hören.

»Oh, er ist wütend – wütend auf dich, weil du die Snood getötet hast. Aber keine Sorge. Ist alles okay. Endlich vertraut er mir. Er fliegt nach New Orleans und nimmt mich mit...«

18

Eine Pause trat ein. Sie hörte zu, was Halliday auf der anderen Seite des Drahtes zu sagen hatte. Mein Herz hämmerte. Nur mit Mühe konnte ich mich zurückhalten, in die Wohnung zu stürmen und sie auf frischer Tat zu ertappen.

»Okay«, sagte sie. »Dann ist es also abgemacht. Auf Wiedersehen – Mr. Halliday.«

Sie sprach den Namen mit ironischer Betonung aus und kicherte.

Der Hörer klickte zurück auf die Gabel.

Nach einem Tag gewalttätiger Anschläge und Auseinandersetzungen war dies der schlimmste Augenblick. Zu erfahren, daß Vera mich vollkommen getäuscht hatte, ließ fast alles zusammenbrechen. Ich hatte ihr vertraut, mochte sie. Vielleicht hatte ich mich fast in sie verliebt. Das wog schwer. Aber noch schwerer wog, daß sie die Adresse von Mr. Brand in New Orleans kannte. Nachdem ich den Kriminalroman verloren hatte, war die Adresse mein einziger Vorsprung gegenüber Halliday gewesen.

Indem ich sie Vera gesagt hatte, hatte ich sie ihm verraten.

Sehr viel hing davon ab, was ich in den nächsten paar Minuten tun würde. Ich stand vor der spaltbreit geöffneten Tür und überlegte. Mir wurde klar, daß ich natürlich nur eines tun konnte. Der einzige Vorteil, der mir geblieben war, lag in dem Umstand, daß Vera nichts von meiner Entdeckung wußte, daß sie Hallidays Komplizin war. Wenn ich diesen Vorteil verlor, hatte ich nichts mehr.

Es würde schwer sein, genauso weiterzumachen wie vorher, obwohl ich sie mit Freuden an ihrem weißen Hals hätte packen und erwürgen können.

Doch es blieb mir nichts anderes übrig.

Ich ging auf Zehenspitzen von der Tür zum Treppenabsatz zurück. Sie durfte auf keinen Fall Verdacht schöpfen, daß ich den Anruf mitgehört hatte. Ich wartete in dem schwach beleuchteten Gang, bis meine Uhr mir anzeigte, daß drei Minuten vergangen waren. Dann ging ich zurück zu meiner Wohnung, steckte den Schlüssel schrammend ins Schloß und trat in den kleinen Korridor.

Ihre Stimme tönte aus dem Wohnzimmer.

»Peter, sind Sie's?«

»Ja, ich bin's.«

Ich trat ins Wohnzimmer. Sie saß auf der Couch und rauchte eine Zigarette, kühl wie ein Rum Collins. Als sie mich sah, stand sie auf. Sie machte ein besorgtes Gesicht – tat jedenfalls besorgt.

»Wo sind Sie gewesen? Ich hatte so Angst. Wo waren Sie, ohne zu sagen?«

Ich kochte innerlich noch vor Wut, aber ich stellte fest, daß ich völlig ruhig scheinen konnte. Es würde einfacher sein, als ich gedacht hatte.

»Ich wollte Halliday besuchen.«

»Halliday? So viel Gefahr? Sie sind... allein gegangen?«

»Er war nicht da.«

»Ausgegangen?«

»Abgehauen. Ein neuer Mieter ist bereits eingezogen.«

Ihr Mund formte sich zu einem Lächeln sympathischen Verstehens. »Armer Peter! Sie sind so wütend. Sie wollen kämpfen mit ihm, Rache für Lena Snood? Sie fühlen sich schlecht, nicht?«

»Klar fühl' ich mich schlecht.«

»Nicht Sorgen machen. Ist besser, der Gefahr auszuweichen, wo wir doch jetzt nach New Orleans wollen, nicht?«

»Ich glaube schon. Haben Sie Ihre Flugreservierung?«

»Ich habe grad das Telefon aufgelegt, kurz bevor Sie kamen. Das erste Mal bin ich nicht durchgekommen. War besetzt, immer besetzt. Aber ist alles okay jetzt. Ich habe auch für Sie umgebucht. Habe gesagt, daß Sie einen Stopp in New Orleans einlegen.«

Sie war so gerissen! Da es vielleicht eine millionstel Chance gab, daß ich sie noch am Telefon hatte reden hören, hatte sie eine Erklärung parat, die mich befriedigen mußte.

»Fein«, sagte ich. »Wie wär's mit einem Drink?«

Sie schüttelte den Kopf. »Ich gehe besser. Ist schon spät. Müssen morgen schon so früh raus. Muß noch so viele Sachen packen.«

Sie wußte, wo Halliday war. Vermutlich war sie mit ihm verabredet. Deshalb wollte sie weg. Ich überlegte, ob ich ihr folgen sollte. Aber wie? Sie hatte ihren Wagen. Um diese Zeit waren Taxis selten in einem Wohnbezirk wie der Calle Londres. Bis ich ein Taxi gefunden hätte, wäre sie längst über alle Berge, und ich hätte nicht die geringste Chance, sie wieder aufzuspüren.

Was dann? Versuchen, sie die ganze Nacht über hierzubehalten? Ich erwog, ihr eine Liebesszene vorzuspielen, doch ich wußte, daß dies nicht gelingen würde. Da wir nach New Orleans wollten, mußte sie tatsächlich packen.

Ich hatte auch noch nicht gepackt. Wenn ich ihr anbot, mit nach Hause zu gehen und die Nacht bei ihr zu verbringen, ohne selbst gepackt zu haben, würde sie wissen, daß ich sie verdächtigte.

Ich würde sie gehen lassen müssen. Etwas anderes konnte ich nicht tun. Ich fragte mich, was sie wohl mit Halliday ausknobeln wollte. Würden Sie mich daran zu hindern versuchen, nach New Orleans zu fliegen? Das glaubte ich nicht, denn am Telefon hatte Vera so darüber gesprochen, als paßte es in ihre Pläne, wenn ich dorthin käme. Sie würden mich wahrscheinlich als eine Art Gefangenenwächter begleiten. Fast mit Sicherheit würde Halliday auch in New Orleans sein. Falls es einen Nachtflug gab, würde er den vermutlich nehmen.

Nach New Orleans fliegen hieß nicht, der Gefahr auszuweichen, sondern sich von neuem mitten hinein zu begeben.

»Wollen Sie wirklich keinen Schlummertrunk mehr?« fragte ich.

»Nein, wirklich nicht. Ich gehe.« Die großen Augen musterten mich ernst. »Heute nacht werden Sie mich vermissen, wenn ich gehe?«

»Das wissen Sie doch.«

»So lieb bin ich heute gewesen, nicht?«

»Nonplusultra.«

Sie schürzte die Lippen. »Was ist das, nonplusultra?«

Dies ›Was ist das‹-Spielchen war die charmanteste Sache an ihr gewesen. Jetzt ging mir auf, daß auch dies nur ein Teil ihrer Theaterposse war.

»Perfekt«, erklärte ich, indem ich mitspielte.

»O Peter, ich bin so glücklich. Ist dumm, glücklich zu sein, weil ein verheirateter Mann mich ein bißchen vermißt, ich weiß. Ist aber wahr.«

Sie schlang die Arme um mich und drückte ihre Lippen auf meine. Sie waren warm – und überzeugend. Das ganze Panorama ihrer Täuschungen breitete sich vor mir aus: das Liebeswerben, das kluge, schrittweise Gewinnen meines Vertrauens, das andauernde schlaue, stochernde Fragen zum Herauslocken von Informationen aus mir. Ich hätte sie am liebsten herumgerissen und ihr in den Hintern getreten. Doch ich küßte sie zurück, tastete mit meinem Mund von ihren Lippen zu ihren Wangen und hoch zu ihren Augen.

Sie ließ ihr kleines, warmes Kichern hören – das Kichern, das sie am Telefon Halliday hatte hören lassen. Sie wand sich aus meinen Armen.

»Nein, Peter. Ich muß gehen.«

Sie nahm mich an der Hand und zog mich zur Tür. Dann sagte sie beiläufig, als sei es ihr gerade eingefallen: »Oh, der Revolver. Ich nehme ihn wieder mit, ja?«

Das war das erste Mal, daß sie sich verriet.

Ich lächelte. »Nein, ich werde die Waffe behalten.«

Sie mußte ihren Fehler erkannt haben, denn sie stimmte sofort zu. »Ja, ja, das ist viel besser, natürlich. Also« – ihre Hand kam hoch und streichelte mein Ohr – »gute Nacht, Peter. Wir treffen uns morgen früh um halb sieben am Flughafen.«

»Gute Nacht, Vera.«

»Und machen Sie sich keine Sorgen. Keine morbiden Gedanken mehr an Lena. Versprochen?«

»Versprochen.«

Sie ging. Ich machte die Tür hinter ihr zu. Sie hatte eine Sicherheitskette, die ich noch nie benutzt hatte. Jetzt legte ich sie vor.

Ich eilte ans Fenster. Kurz darauf kam sie aus der Haustür, sprang in ihren Wagen und fuhr davon.

Ich ging in die Küche, um mir einen Drink zu holen. Jetzt, da ich allein war, flammte die Wut wieder in mir auf. Meine Hand zitterte, als ich den Rum einschenkte. Ich nahm das Glas ins Wohnzimmer mit. Ich mußte noch packen. Viel war es nicht – nur was ich in Yucatán mitgehabt hatte und einen großen Koffer. Die meisten Sachen hatte ich Iris mitgegeben.

Ich ließ mich auf die Couch fallen und machte eine Bestandsaufnahme meiner Lage. Bis zu diesem letzten Zwischenfall hatte mein geplanter Besuch bei Mr. Brand den Charakter von nicht viel mehr als einer Formalität gehabt. Jetzt war er unbeschreiblich wichtig geworden. Ich mußte ihn erreichen und irgendwie warnen, ehe Halliday bei ihm auftauchte.

Während der Drink mich langsam erwärmte, begann ich einzusehen, daß Vera immer noch ein Aktivposten sein konnte. Sie brachte mich als ihren Gefangenen nach New Orleans. Aber ich konnte sie ebenfalls benutzen, und zwar als Geisel. Die ganze Sache war zu einem phantastischen Katz-und-Maus-Spiel geworden.

Meine Aufgabe war es, Vera zur Maus zu machen.

Ich packte meine Kleider ein und rasierte mich, um am Morgen mehr Zeit zu haben. Als ich fertig war, räumte ich den Inhalt des Badezimmerschränkchens aus und packte alles in meine Gabardinetasche aus Yucatán. Der Hausverwalter besaß einen Satz Schlüssel für meine Wohnung. Es bestand keine Notwendigkeit, meine dem *portero* abzuliefern. Ich steckte sie in einen Umschlag und legte sie auf den Tisch im Flur. Es war nicht spät – erst elf Uhr. Aber ich mußte früh aufstehen. Es wäre besser, noch etwas zu ruhen. Ich zog mich aus, stellte den Wecker auf Viertel nach fünf und stieg ins Bett. Das andere Bett, in dem meine Frau sonst schlief, sah trostlos und leer aus. Iris und New York schienen sehr weit weg zu sein.

›Keine morbiden Gedanken mehr an Lena.‹

Das hatte Vera gesagt. Das waren ihre letzen Worte gewesen, ehe sie ging, um sich mit Lenas Mörder zu treffen.

Ich drückte meine Zigarette im Aschenbecher aus. Ich hätte sie gern in Veras Gesicht gedrückt.

Ich drehte das Licht aus, fühlte mich aber nicht schläfrig. Während ich im Dunkeln lag, klickten meine Gedanken im Kreis wie ein Zahnrädchen. Vera gehörte dieses große Haus. Sie war reich, eine Person in gehobener gesellschaftlicher Position. Halliday konnte sich jede Menge Burschen wie Junior leisten. Solche Burschen bekommt man in Mexiko ein Dutzend für zehn Cent. Doch wie hatte er es fertiggebracht, Vera anzuheuern? Vielleicht war sie gar nicht angeheuert? Vielleicht war sie eine vollwertige Partnerin?

Doch was immer sie sein mochte, ihre Rolle war mir jetzt klar. Halliday hatte zwei Methoden gleichzeitig gegen mich angewendet – die direkte und die indirekte Methode. Junior verkörperte die direkte Methode. Vera verkörperte die indirekte, die simple, uralte Methode der Dalila.

Sie hatte aber auch einen Teil der direkten Methode gespielt. Sie war beauftragt gewesen, mich im Friedhof aufzugabeln und nach Los Remedios zu fahren, wo Junior mich erwischen konnte. Als der Raub meiner Kleider ihnen nichts gebracht hatte, war sie beauftragt worden, mich in eine dunkle Straße zu manövrieren, wo Junior mich in seiner hellblauen Limousine kidnappen konnte.

Manchmal mußten ihr die Versuche, mein Vertrauen zu gewinnen, unangenehme Momente bereitet haben. Ihre schnelle Reaktion auf meinen Telefonappell zum Beispiel hatte zwar meinen letzten Verdacht gegen sie zerstreut, aber auch fast ihren Plan zur Entführung von Lena Snood in Xochimilco durchkreuzt.

Aber nur fast, natürlich. Von Anfang an hatten sie perfekt zusammengearbeitet. Gewiß hatten sie alles aus mir herausgeholt, was sie haben wollten.

Oder doch nicht?

Ich begann mich zu fragen, warum sie mich an diesem Abend nach Cuicuilco gelockt hatten. Ich wußte jetzt, warum sie Lena Snood auch nach Vera hatten fragen lassen. Sie hatten Vera nur deshalb scheinbar bedroht, um mein Vertrauen in sie zu bestärken. Aber warum hatten sie mich gewollt?

Ich war fast sicher, daß sie mich nie für einen Touristen gehalten hatten, der rein zufällig in ihr Gemetzel gestolpert war. Das wäre für so verschlagene Hirne wie ihre eine zu einfache Erklärung gewesen. Für sie war ich immer noch der Verbündete von Deborah Brand, der sich als Grünschnabel tarnte. Und so war es möglich, daß sie dachten, ich hätte Brands Adresse schon immer gewußt, und daß sie, wenn sie mich erst gefangen hätten, diese mit Gewalt herauspressen könnten.

Doch war das alles, was sie hatten haben wollen? Nur Brands Adresse? Als Halliday Deborah tötete und ihre Handtasche stahl, mußte er ihren Flugschein nach New Orleans darin gefunden haben. Wenn das aber so war, hatte er schon immer ihr wahres Ziel gewußt. War es dann nicht unwahrscheinlich, daß ihr ausgeklügelter Entführungsversuch nur inszeniert worden war, um Mr. Brands Straßennummer zu erfahren, die ebensogut dem Telefonbuch von New Orleans hätte entnommen werden können?

Ich hatte jetzt jedenfalls den Eindruck, daß ein Kriminalroman mit irgendeiner Botschaft darin und eine Adresse nicht genügten, um eine so gewaltige Verschwörung zu rechtfertigen, wie es diese zu sein schien. War es nicht wahrscheinlicher, daß es noch etwas anderes gab, was ihnen fehlte, etwas, das ich ihrer Meinung nach besitzen mußte, etwas von Deborah, das vielleicht der wichtigste Gegenstand von allen sein mußte?

Ich spielte ergebnislos mit dieser neuen Idee, bis meine Gedanken zu verschwimmen begannen und ich einschlief.

Meine Träume waren schlecht. Lauter Frauen spukten darin herum – Vera García, Lena Snood, Deborah Brand. Deborah war ein Geist. Lena war eine Leiche.

Vera war eine gefiederte aztekische Schlange mit einem wunderschönen Frauengesicht.

19

Das schrille Klingeln meines Weckers ließ mich im Morgendunkel hochschrecken. Ich stand auf, zog mich an und steckte den Colt in meine Tasche. Im Kühlschrank befand sich noch Orangensaft. Ich brühte mir Kaffee auf. Nachdem ich gefrühstückt hatte, nahm ich meinen Koffer und meine braune Gabardinetasche und ging hinunter auf die Straße.

Die Morgendämmerung war angebrochen und ein dünnes graues Licht brachte der Stadt den Tag zurück. Die Straße lag verlassen da. Ich ging die paar Häuserblocks bis zum Paseo hinunter und erwischte fast sofort ein Taxi vor dem Hotel Reforma.

Es setzte mich noch vor halb sieben am Flughafen ab – zu früh, um mein Gepäck einzuchecken. Vera war noch nicht da. Ich ließ meinen Flugschein auf meinen Zwischenstopp in New Orleans umschreiben und buchte optimistisch einen Platz auf einer Maschine nach New York, die New Orleans noch am selben Abend um zehn Uhr verlassen sollte. Ich erkundigte mich, ob in der vergangenen Nacht nach zehn Uhr noch ein Flugzeug nach New Orleans abgeflogen war. Ich erfuhr, daß der reguläre Abflug wegen Reparaturen aufgehalten und erst um Mitternacht gestartet war. Das bedeutete fast mit Sicherheit, daß Halliday sich bereits in New Orleans befand.

Ich kam mir schon vor dem Abflug geschlagen vor. Meine Chancen, Iris noch an diesem Abend wiederzusehen, schienen in unendliche Ferne gerückt. Ich setzte mich auf meinen Koffer, um auf Vera zu warten.

Ein Junge mit nackten Füßen und einer Schramme kam ziellos vorbei und bot die gestrige Ausgabe des *Mexican Herald* feil, der englischsprachigen Lokalzeitung. Ich kaufte eine, warf einen Blick auf die Schlagzeilen und legte sie auf meine Knie.

Diese Atmosphäre unpersönlicher Tüchtigkeit, die alles, was mit Flugbetrieb zu tun hat, zu umgeben scheint, war mir schon immer zuwider. An diesem Morgen fand ich den Flughafen besonders deprimierend. Nervöse Passagiere, die Schultern gegen die Morgenkälte hochgezogen, liefen wie üblich durch die Gegend, suchten Gepäckstücke, die nicht verlorengegangen waren, riefen einander überflüssige Instruktionen zu und verlangten Auskünfte an den falschen Schaltern. Eine Stewardeß von metallischer Schönheit und dem uniformen Aussehen ihrer Berufsklasse kam lachend und mit zwei Piloten flirtend vorbei. Ein weißbemantelter Saubermann fegte unlustig Zigarettenkippen und Bonbonpapiere zu einem staubigen Haufen zusammen.

Meine Überlegungen vom Vorabend begannen mich erneut zu plagen. Hielten sie mich immer noch für nützlich in ihrem Sinne? Wenn nicht, warum ließen sie mich dann nach New Orleans fliegen? Mit vereinten Kräften hätten sie wenigstens versuchen können, mich aufzuhalten. Hatte ich recht? Glaubten sie immer noch, daß ich im Besitz von etwas wäre, ohne das sie aufgeschmissen sein würden?

Die Minuten zogen sich hin. Da ich nichts Besseres hatte, um meine Gedanken abzulenken, begann ich den *Herald* zu lesen. Da er von gestern war, wußte ich, daß er keinen Bericht über die Entdeckung von Lenas Leiche enthalten konnte. Ich las, daß jemand sich von jemandem hatte scheiden lassen, daß irgend etwas in Paraguay passiert war, daß Miss Lena Sowieso, die glänzende Sängerin, direkt von Da-und-da eingetroffen war, um ihr sensationelles Debüt in Mexiko an der…

Mein Blick blieb auf einem kleinen Absatz am Fuß der dritten Seite haften:

Ich las:

AMERIKANISCHER ARCHÄOLOGE VERMISST

Lima (Peru) – Aus dem Lager der archäologischen Expedition Brand-Liddon, tief im peruanischen Hinterland, kam heute die Nachricht, daß der bekannte finnisch-amerikanische Archäologe Mr. Joseph Brand vermißt wird. Er verschwand letzte Nacht aus dem Lager, und obwohl Suchtrupps nach ihm ausgeschickt wurden, hat man bis jetzt keine Spur von ihm gefunden. Es wird befürchtet, daß er im Dschungel einen Unfall gehabt hat oder möglicherweise sogar von primitiven Indios aus der Nachbarschaft gefangengenommen worden ist. Mr. Brand und Mr. Liddon haben versucht, eine bis jetzt unentdeckte Inkastadt zu finden, die im Dschungel vergraben sein soll. Mr. Frank Liddon, der zusammen mit Mr. Brand die Expedition leitet, war zur Zeit des Verschwindens seines Partners nicht anwesend, da er in der vorangegangenen Woche nach Argentinien abgereist ist.

Ich las die Meldung noch einmal. Sie bewies schlagend, daß Deborah die Wahrheit gesagt hatte, zumindest über den

Beruf und Aufenthalt ihres Vaters. Sie eröffnete aber auch neue und alarmierende Perspektiven.

Gegen welche Gegnerschaft war ich angetreten, wenn Deborahs Vater in Peru entführt werden konnte, während Halliday sie in Yucatán umbrachte?

Eine Stimme hinter mir rief: »Peter!«

Ich warf die Zeitung auf den Zementboden und drehte mich um. Vera kam zwischen den kleinen Gruppen von Passagieren hindurch auf mich zu. Ein Gepäckträger folgte ihr mit einem eleganten Schweinslederkoffer. Sie sah sensationell aus in einem tomatenroten Kostüm, dem Silberfuchs-Cape und mit einem kleinen schwarzen Strohhut auf dem Kopf. Die Leute starrten sie an. Ich konnte sehen, daß sie sich im Vergleich zu ihr schäbig vorkamen. Sie hielten Vera für irgendeine Berühmtheit – einen mexikanischen Filmstar vielleicht. Und das hätte sie sein können; sie hatte diesen Hauch von Glamour. Sie strahlte ihn schon immer aus.

Ich fragte mich, ob sie jemals eine Ballerina gewesen war oder ob sie sich diese Geschichte auch aus den Fingern gesogen hatte.

Sie lächelte strahlend. Ich lächelte zurück.

»Guten Morgen, Peter.«

»Guten Morgen, Vera.«

Der Gepäckträger stellte ihren Koffer neben meinen und entfernte sich. Sie war lebhaft, beinahe schalkhaft.

»Ich bin pünktlich, oder? Gefall' ich Ihnen heute? Bin ich schick?«

»Wo ist der Küchenherd?«

»Küchenherd?« Sie sah mich argwöhnisch an. »Sie verspotten mich, nicht? Bin ich zu elegant? Zu sehr aufgedonnert wie immer?«

»Im Gegenteil. Sie sind elegant. Sie haben Pfiff.«

»Was ist das, dies…?« Sie unterbrach sich und grinste. »Pfiff haben. Ich weiß. Es bedeutet elegant.« Sie wurde plötzlich ernst. »Sie haben einen Plan, was wir in New Orleans tun?«

Am liebsten hätte ich gefragt: ›Und was hast du für Pläne, Süße?‹

Aber ich sagte: »Nur diesen Brand aufsuchen, denke ich. Was könnten wir sonst tun? Haben Sie irgendwelche Vorschläge?«

»Ich?« Sie schob schmeichelnd ihre Hand unter meinen Arm. »Sie sind hier der Kopf. Ich bin doch nur die dumme Gans, die gehorcht.«

Jemand plärrte etwas durch die öffentlichen Lautsprecher, zuerst auf spanisch, dann auf englisch. Es hatte nichts mit uns zu tun. Die Stewardeß kam zurück, diesmal ohne die Piloten, strich ihr Haar am Hinterkopf glatt und machte ein Gesicht, als habe sie die beiden zum Frühstück vernascht.

»Peter?«

»Ja, Vera.«

»Ich überlege gerade.«

Ich wurde sofort wachsam. So begann sie immer, wenn sie etwas herausbekommen wollte.

»Und was überlegen Sie, Vera?«

»Sie glauben, es ist nur dieses Buch – dieser Kriminalroman? Sie glauben, es ist nicht noch etwas?«

Mein Herz schien sich zu überschlagen wie ein springender Fisch auf dem Trockenen. Sie fragte mich, ob es noch mehr gab als dieses Buch! Das bedeutete, daß meine früheren Vermutungen richtig gewesen waren. Sie und Halliday vermißten immer noch etwas von Deborah Brand. Natürlich hieß das noch nicht, daß ich es besaß. Es bedeutete lediglich, daß sie dachten, ich hätte es. Aber...

»Was denn zum Beispiel, Vera?«

»Oh«, sie zuckte mit den Schultern, »ich weiß nicht. Es scheint nur so wenig zu sein. All dieser Lärm um den Kriminalroman, die Adresse...«

Der Saubermann fegte mit seinem Besen um unser Gepäck herum und entfernte sich. Ein kleines Mädchen, das mit einem großen Mann unterwegs war, wurde bei einem Flechtkorb dicht neben uns abgesetzt und begann zu heulen. Eine Amerikanerin mit einer scharfgeschnittenen Nase und einem männlich-kurzen Haarschnitt schritt auf den Flugschalter zu.

Sie war offensichtlich gerade aus Acapulco zurückgekommen, ihr Gesicht flammte hochrot, die scharfgeschnittene Nase pellte sich prachtvoll. Es war ein Sonnenbrand, der alle Sonnenbrände in den Schatten stellte.

Vera kicherte. »Himmel! Was für ein Anblick! Wie ein rohes Steak, nicht? Der Sonnenbrand...«

Ich hörte das Ende des Satzes nicht mehr. *Sonnenbrand.* Das Wort schoß in meinen Kopf wie eine Rakete. Etwas, das Deborah Brand mir gegeben hatte! Sie war in Chichén-Itzá mit der Dose Creme gegen Sonnenbrand in mein Zimmer gekommen. Und nachdem sie mir den Rücken eingerieben hatte, hatte sie die Dose auf meinem Nachttisch stehenlassen – ihre Dose Sonnenbrandcreme!

Schon vorher im Wagen hatte Deborah das Thema meines Sonnenbrandes angeschnitten. Sie war es auch gewesen, die vorgeschlagen hatte, mir ihre Creme zu leihen. Ich dachte an den ersten Vorfall, der mich Verdacht schöpfen ließ, daß sie nicht nur eine Touristin war – ihr nervöser Blick über die Schulter nach ihrem Reisegepäck. Hatte ihre Furcht der Dose Sonnenbrandcreme gegolten? War der wirklich wichtige Gegenstand immer darin versteckt gewesen? Hatte sie sich auf meinen Sonnenbrand als plausible Erklärung dafür gestützt, um die Dose in meinen Besitz zu schmuggeln, wo sie sicher sein würde, was auch immer später in ihrem eigenen Zimmer geschehen mochte?

Meine phantastischen Theorien kehrten zurück. Ein Schmuckstück. Ein Schmuckstück ließ sich in einer Dose Creme verstecken.

Ich hatte von dem Moment an, da Deborah die Dose Creme auf meinen Nachttisch gestellt hatte, bis jetzt nie wieder daran gedacht. Aber vermutlich hatte ich sie mit dem übrigen Kram eingepackt, als ich Chichén-Itzá verließ. Vermutlich hatte sie seit meiner Rückkehr nach Mexico City in meinem Badezimmerschränkchen gestanden. Und da ich letzte Nacht alles aus dem Schränkchen ausgeräumt hatte, war die Dose wahrscheinlich auch wieder in meiner Gabardinetasche gelandet.

Als meine Wohnung durchwühlt worden war, hatte man das Badezimmer nicht angerührt. Vielleicht hatte Hallidays Mann keine Lust gehabt, es zu durchsuchen, vielleicht war er auch von irgend etwas vertrieben worden, ehe er seine Aufgabe erledigt hatte. Das spielte keine Rolle.

Wichtig war nur, daß sie das Ding offensichtlich nicht gefunden hatten – denn sonst hätte Vera mich nicht nach ›noch etwas‹ gefragt.

Ich versuchte verzweifelt, mir die Szene in der letzten Nacht genau in Erinnerung zu rufen, als ich meine Toilettenartikel eingepackt hatte. Ich konnte mich nicht daran erinnern, ob ich die Dose gesehen hatte oder nicht.

Aber sie mußte dagewesen sein, und ich mußte sie mitgenommen haben.

Sie mußte in der Gabardinetasche liegen, die jetzt zwischen Veras und meinen Füßen am Boden stand.

Die Gabardinetasche, die sich nicht einmal abschließen ließ.

Diese Gedanken überstürzten sich in wenigen Sekunden in meinem Kopf. Ich sah immer noch zu der Frau mit der sich schälenden Nase hinüber. Ich wandte den Kopf zu Vera und sah, daß auch sie die Frau noch beobachtete.

Sie war völlig in sich versunken. Sie bemerkte nicht, daß ich sie anschaute. Ein eigenartiger, spekulativer Schimmer blinkte in ihren Augen, der sich plötzlich in einen Ausdruck kontrollierter Begeisterung verwandelte.

Er verschwand so rasch, wie er gekommen war. Doch er hatte alle ihre Gedanken so deutlich verraten, als hätte sie sie laut ausgesprochen.

Ich hatte ihr von der Sonnenbrand-Episode in Yucatán erzählt. Sie hatte wie ich die Frau beobachtet, und ihr Verstand hatte denselben Sprung gemacht wie meiner.

Ihr war ebenfalls die Dose Sonnenbrandcreme eingefallen.

Ich kam mir vor wie ein Stück Gummiband, das bis an

die äußerste Grenze seiner Haltbarkeit gezogen war. Ich hatte geplant, mich mit einer Entschuldigung zu verdrücken und die Reisetasche im Waschraum zu untersuchen. Das konnte ich jetzt vergessen. Alles, was ich tat und was irgend etwas mit meinem Gepäck zu tun hatte, würde Vera verraten, daß ich die Bedeutung der Sonnenbrandcreme erkannt hatte.

Die Gabardinetasche zu meinen Füßen brannte förmlich in meinen Gedanken. Mir war, als ob alle Menschen im wimmelnden Flughafen nur auf sie schauten.

Vera spielte die Super-Nonchalante. Das war ihre Art der Tarnung. Sie kramte in ihrer Handtasche und brachte eine Schachtel Zigaretten und ein Zündholzbriefchen zum Vorschein. Sie steckte sich eine Zigarette in den Mund, riß ein Zündholz an und stieß einen leisen Schrei aus. Das Zündholz hatte alle übrigen in Brand gesetzt, und einen Moment lang flammte das ganze Briefchen lichterloh in ihrer Hand.

»Verdammt!« Sie warf das Briefchen auf den Boden und trat darauf.

Ich durchschaute ihr Spiel. Ich erkannte es so deutlich, als hätte ich es selbst erdacht. Ich geriet ein wenig in Panik.

Sie fuhr zu mir herum und hielt mir einen rauchgeschwärzten Finger entgegen. Ihre Augen blitzten in pseudorussischem Zorn. »Verdammt! Verdammt! Wie kann ich nur so dumm sein? Peter, bitte, es brennt, brennt. Haben Sie nicht etwas in Ihrer Reisetasche? Etwas zum Lindern?«

»Warten Sie«, sagte ich. »Drüben ist ein Drogerieshop. Ich werde eine Salbe holen.«

»Nein, es ist noch nicht geöffnet, zu früh, Peter. In Ihrem Bad habe ich etwas gesehen. Sie haben sicher noch dieses Zeug gegen die Sonne. Die Sonnenbrandcreme. Sie ist gut. Ist in Ihrer Reisetasche, ja?«

Ich hätte nein sagen können. Ich hätte behaupten können, alle Toilettensachen in der Wohnung gelassen zu haben. Damit wäre Vera wohl aus meinem Leben verschwunden. Der Himmel allein mochte wissen, wie sie es geschaukelt hätte, aber sie hätte es sich nicht leisten können, ins Flugzeug zu steigen und die Cremedose zurückzulassen.

In den wenigen Sekunden, die mir für eine Entscheidung blieben, spielte ich mit dieser Idee, in Versuchung geführt von dem Gedanken an die inneren Qualen, die es ihr bereiten würde. Doch ich verwarf sie gleich wieder, da ich wußte, ich würde Halliday in New Orleans gegenübertreten müssen. Es war besser, Vera bei mir zu behalten, selbst wenn ich sie dafür die Sonnenbrandcreme sehen lassen müßte.

Es war besser, die Geisel zu behalten.

»Peter!« rief sie schrill. »Bitte! Es tut weh. Schauen Sie in die Tasche. Bitte!«

Ich hockte mich auf die Fersen und zog den Reißverschluß der Gabardinetasche auf. Ich tastete suchend durch Hemden, fühlte den Griff meines Rasierapparates, die steifen Borsten meiner Haarbürste.

War sie da, oder war sie nicht da? Wenn sie nicht da war, hatten wir beide, hatten Vera und ich verloren. Wenn sie da war, hatte ich trotz außerordentlicher Gefahr immer noch eine Chance auf den Sieg.

Meine Finger berührten etwas Glattes und Rundes. Ich zog es heraus.

Es war tatsächlich die Dose Sonnenbrandcreme.

Sie lag in meiner Hand.

New Orleans

20

Ich hatte sie mir vorher noch nie richtig angesehen. Sie hatte das Format einer großen Dose Hautcreme. Es war eine amerikanische Marke, das Etikett war jedoch in spanischer Sprache gedruckt.

Sie war schwer. Ich bemerkte das mit einem jähen Gefühl der Erregung. Schwerer, als man das von einer Cremedose erwartete.

»Schnell, Peter!« rief Vera quengelig. »Geben Sie sie mir doch!«

Ich sah sie an. Ob ich wollte oder nicht, ich bewunderte sie. Ihr tollkühner Plan würde Erfolg haben, wenn diese Dose aus meiner Hand in ihre wechselte, aber ich hätte das nie von ihrem Gesicht ablesen können. Ihr Ausdruck war genau richtig, ein wenig ängstlich und ein wenig pikiert wegen ihrer eigenen Dummheit und meiner Langsamkeit.

»Ich mach' das schon«, erwiderte ich. »Ich bin nämlich sehr gut in erster Hilfe. Strecken Sie Ihre Hand aus.«

Sie hielt ihre Hand hin. Die Verbrennung betraf nur einen Finger. Ich schraubte den Dosendeckel ab. Sie mußte voll gewesen sein, als Deborah meinen Rücken damit einrieb, denn es fehlte nur wenig. Es war unerträglich zu wissen, daß die Lösung so gut wie sicher in meiner Hand lag und ich nichts dazu tun konnte.

Ich schmierte Creme auf ihren Finger. Ihre Hand zitterte. Die Dose festhaltend, durchsuchte ich mit der anderen Hand die Tasche und fand ein Heftpflaster. Ich klebte es ordentlich über die Verbrennung.

»Na bitte. So gut wie neu.«

Ich schraubte die Dose wieder zu. Vera lachte.

»Wie dumm ich doch bin! So ungeschickt. Geben Sie mir die Dose, Peter. Ich bewahre sie in meiner Handtasche auf, ja?«

Darauf hatte ich gewartet. »Machen Sie sich deswegen keine Gedanken. Dieses Zeug ist nur gut gegen Sonnenbrand. Bis Brownsville sollte es aber reichen. Dort kaufen wir dann eine richtige Brandsalbe.«

Ich wußte, daß sie dagegen nichts einwenden konnte. Sie würde es nicht wagen, eine Streitfrage daraus zu machen und zu riskieren, meinen Verdacht zu wecken.

Eine durchdringende, spanische Stimme verbreitete etwas über die öffentlichen Lautsprecher. Dann auf Englisch: »Die Passagiere für Flug Nummer 564 nach Brownsville, New Orleans und New York werden gebeten, ihr Gepäck an ihrem Flugschalter einzuchecken.«

Wieder mußte ich in Sekundenbruchteilen eine Entscheidung fällen. Sollte ich die Dose bei mir behalten oder in die Tasche zurückstecken? Für meine Anzugtaschen war sie zu groß. Wenn ich sie behielt, würde Vera ihre Handtasche zur Aufbewahrung anbieten. Vernünftigerweise würde ich einen so praktischen Vorschlag nicht zurückweisen können. Also war es besser, sie in der Tasche zu lassen, die Tasche einzuchecken und den Gepäckschein dafür selbst in Verwahrung zu nehmen.

Ich steckte die Dose wieder in die Gabardinetasche und

zog den Reißverschluß zu. Dann schob ich sie mir unter den Arm und nahm Veras Koffer in die eine und meinen Koffer in die andere Hand.

»Kommen Sie.«

Nachdem unser Gepäck gewogen und mit Anhängern versehen war, gab man mir drei Gepäckscheine. Der Schein für ihren Koffer differierte nur um eine Zahl von dem für meine Gabardinetasche. Ich fürchtete, wenn sie ihn hatte, würde sie in New Orleans einen Austausch vornehmen. Deshalb behielt ich alle drei Scheine. Ich wußte, daß sie dagegen keinen Einwand erheben konnte. Es ist normal, daß ein Mann, der mit einer Frau reist, sich um das Gepäck kümmert.

Wenn man ein Land verläßt, ist der Zoll eine reine Formalität. Während der Beamte beiläufig in das Gepäck schaute, blieb ich in der Nähe der Gabardinetasche. Dann sah ich, wie ein Gepäckträger die drei Stücke zum Flugzeug karrte.

Bis wir in Brownsville ankamen, war die Cremedose so sicher wie in einem Banksafe.

Ich kaufte einen Stapel Zeitschriften, hauptsächlich als Vorwand, um nicht im Flugzeug mit Vera plaudern zu müssen. Doch sie tat vielleicht noch eifriger als ich, als ob sie lesen wollte. Während das Flugzeug abhob, an Höhe gewann und sich in weitem Bogen von der hingebreiteten großen Stadt Mexico City entfernte, entwickelte sie ein intensives Interesse für ein Magazin, das jedem vormachte, wie er sein Heim für vierzig Dollar die Woche noch viel schöner gestalten könnte als das jedes anderen.

Sie hob kaum ihre Nase daraus, bis das Flugzeug sich

über der Grenzstadt Brownsville in die Anflugkurve legte.

Es war schlimmer für sie als für mich. Diese Erkenntnis verschaffte mir eine Art grimmige Genugtuung. Zumindest besaß ich die Kontrolle über die Cremedose. Für Vera war das wie die Karotte, die man dem Esel vor die Nase gebunden hat.

Sie hatte reichlich Zeit gehabt, einen Plan zu entwickeln, wie sie mich in Brownsville hinters Licht führen könnte. Ich war doppelt auf der Hut. Doch sie machte keinen Versuch. Die Gepäckstücke kamen durch den Zoll, wurden von Eastern Airlines neu gewogen, mit neuen Aufklebern versehen und zu dem Flugzeug gebracht, das uns nach New Orleans fliegen sollte. Ich hatte die drei neuen Gepäckscheine in meiner Brieftasche.

Bis jetzt hatte ich gewonnen. Natürlich war es kein großer Sieg. Die wirkliche Gefahr würde mit Halliday in New Orleans beginnen.

Ehe das Flugzeug startete, kaufte ich etwas Brandsalbe und Heftpflaster und verarztete Veras Finger neu. Kaum waren wir in der Luft, versenkte sie sich wieder in eine andere Zeitschrift. Dann und wann plauderte ich ein wenig mit ihr, um natürlich zu wirken, aber die meiste Zeit verbrachte ich damit, über New Orleans nachzudenken. Wenn ich direkt zu Mr. Brand ginge, würde Vera mitkommen wollen, und da sie offiziell immer noch meine Verbündete war, konnte ich sie nicht davon abhalten. Es wäre besser, zuerst Hotelzimmer zu buchen. Im Hotel könnte ich vielleicht etwas in die Wege leiten.

Während die Maschine über die einförmige Landschaft

von Texas dröhnte, nahm langsam ein Plan Gestalt an. Aber der Plan befaßte sich nur mit Vera; er traf keine Vorsorge für die sichere Aufbewahrung der Cremedose. Nach allem, was ich wußte, hatte Halliday Mr. Brand ebenso umgebracht wie Deborah und Lena. Wenn ich die Dose in die Dauphine Street 1462 brachte, würde ich sie vielleicht direkt dem Feind in die Hand spielen.

Ich wurde bei dem Versuch, einen Weg zu finden, immer nervöser. Nachdem wir die einsamen Bayous von Louisiana hinter uns hatten und schon zum Sinkflug Richtung Flughafen ansetzten, war mir immer noch keine passende Lösung eingefallen. So etwas wie Panik ergriff mich, als wir die Gangway hinuntergingen.

Vera machte einen verdächtig ruhigen Eindruck, nachdem wir gelandet waren. Sie hakte sich bei mir ein und sagte mit falsch klingender Fröhlichkeit: »Nun, Peter, was tun wir als erstes?«

»Ein Hotel suchen, würde ich sagen. Wir brauchen eine Operationsbasis.«

»Ja, ja. Ins St. Charles, ja?«

Sie rückte etwas zu schnell damit heraus. Das Hotel St. Charles hatte sie wahrscheinlich Halliday als unser hiesiges Domizil angegeben.

»Gehen wir lieber ins Montedoro«, entgegnete ich. »Ich pflege immer dort abzusteigen.«

»Aber das St. Charles ist...«

Ihre Stimme verlor sich. Wieder fürchtete sie, zu sehr auf etwas zu bestehen. Ihre Angst, mich argwöhnisch zu machen, band ihr die Hände. Ich war immer noch auf der Gewinnerseite.

Ich hatte mich so lange in Mexiko aufgehalten, daß ich mich an die spanischen Stimmen, das bunte Kitsch-Ambiente, die Ungezwungenheit gewöhnt hatte. Es war eigenartig, zurück zu sein in einer Umgebung, wo es keine Bettler gab und keine scheuen Hunde abfallsuchend herumstreunten. Wir bewegten uns durch eine lebhafte Menschenmenge, die phänomenal weltgewandt und wohlhabend zu sein schien. In einer Bar servierte ein amerikanischer Barmixer amerikanische Drinks. Ich hätte gut einen Schuß Whisky brauchen können, aber unser Gepäck mußte jeden Augenblick erscheinen.

Mit Vera am Arm machte ich mich zum Gepäckraum auf. Unauffällig hielt ich nach Halliday Ausschau, auch wenn ich mir nicht vorstellen konnte, daß er so primitiv sein würde, sich am Flughafen sehen zu lassen. Es gab keine Spur von ihm.

Aber ich war mir immer noch hoffnungslos unklar darüber, was ich mit der Cremedose tun sollte. Sie war zu groß, um sie in meiner Hosentasche zu tragen. Wie vorsichtig ich auch sein mochte, wenn wir erst im Hotel waren, würde Vera vielleicht eine Gelegenheit finden, sie mir zu stehlen.

Ein farbiger Gepäckträger trat heran und fragte: »Koffer, Sir?«

»Ja.« Ich zog meinen Arm aus Veras Hand. »Warten Sie hier. Ich bin gleich zurück.«

Ich gab dem Träger die Abholscheine, und er machte sich auf den Weg zum Gepäckraum. Ich ging ihm nach, Vera ebenfalls. Eine ziemliche Menge Leute hatte sich um die Ausgabe herum versammelt. Mehrere andere Flugzeuge mußten kürzlich gelandet sein. Durch eine Hintertür wurden Koffer in den Gepäckraum gebracht. Leute riefen und deuteten auf ihre Koffer, wodurch das übliche Durcheinander entstand.

Veras Schweinslederkoffer kam herein und wurde beim Ausgabetisch hingestellt.

»Das ist einer«, sagte ich zu dem Gepäckträger.

Er schaufelte ihn auf, ohne den Schein zu konsultieren. Mein großer Koffer erschien danach. Ich zeigte ihn ihm, und er nahm auch den. Eine neue Gepäckladung kam hereingetrudelt. Ich erkannte die Gabardinetasche. Sie lag zuoberst auf dem Stapel. Ein Gepäckmann schwang sie herunter. Während er sie von dem Haufen nahm, sah ich eine zweite Gabardinetasche auf dem Transportwagen. Der Mann ergriff sie als nächste und warf sie dicht neben meine auf den Boden.

Die Taschen waren identisch. Sie werden millionenfach hergestellt. Aber ich konnte meine an einem Ölfleck an der Seite erkennen. Die Erinnerung an den Austausch, den Halliday in Mexiko durchzuziehen versucht hatte, war plötzlich wieder da. Auf einmal wußte ich, was ich zu tun hatte.

Ich drängte mich durch die Menge, beugte mich über die Schranke und hob die Gabardinetasche auf, die *nicht* mir gehörte.

»Hier.« Ich schob mich an Vera vorbei und händigte die Tasche dem Gepäckträger aus.

Er blickte nicht auf den Gepäckschein. Ich hatte es nicht anders erwartet, denn er hatte auch die ersten nicht angesehen.

Ich hatte schon einmal auf einem Flughafen die falsche

Reisetasche ausgehändigt bekommen und kannte die offizielle Routinebehandlung. Der Mann, dessen Tasche ich genommen hatte, würde vermutlich den Irrtum bemerken und meine Tasche zurückgeben. Während die Fluggesellschaft mich ausfindig zu machen versuchte, würde die Tasche automatisch zum Fundbüro in Atlanta, Georgia, befördert werden.

Während der Träger unser Gepäck zu einem Taxi brachte, spürte ich das prickelnde Gefühl des Triumphs. Es war hart gegenüber dem unschuldigen Reisenden, dessen Tasche ich geklaut hatte, aber das war die geringste meiner Sorgen. Wenn man davon absah, daß er infolge eines fast unvorstellbaren Zwischenfalls die Rückgabe meiner Tasche versäumen könnte, war die Cremedose zunächst vollkommen außer Hallidays Reichweite. Und sobald ich meiner Verbindung mit Deborahs Onkel sicher war, konnte ich mit einem Anruf beim Flughafen veranlassen, daß meine Tasche innerhalb weniger Stunden von Atlanta zurückgeflogen würde.

Vera war in das Taxi gestiegen. Ich gab dem Gepäckträger ein Trinkgeld und wies den Chauffeur an, zum Hotel Montedoro zu fahren. Etwa zehn Minuten später, als wir das Stadtzentrum erreicht hatten und die Baronne Street hinunterrollten, fuhren wir am großen Block des St. Charles vorbei. Vera blickte kurz hinüber und wieder weg.

Ich fragte mich, ob Halliday dort in der Halle auf uns wartete.

Wir überquerten die Canal Street, in der ein Gewimmel wie auf einer Hauptstraße herrschte, tauchten in das alte Französische Viertel ein und landeten vor dem Montedoro.

Ein Bediensteter kam heraus, um das Gepäck zu holen. Ich erkundigte mich nach zwei Zimmern nebeneinander und bekam sie, und während wir im Fahrstuhl mit einem Pagen hochfuhren, ging ich in Gedanken noch einmal den Plan durch, den ich im Flugzeug ausgetüftelt hatte. Ich konnte keinen Grund erkennen, warum er fehlschlagen könnte.

Bei unseren Zimmern angelangt, sagte ich: »Wenn Sie mit Auspacken fertig sind, Vera, kommen Sie doch bitte zu einem Kriegsrat herüber.«

Sie lächelte glücklich. So etwas mochte sie. »Ja, Peter. Ich komme. Schnell.«

Der Page führte sie in ihr Zimmer und trug dann mein Gepäck in mein Zimmer. Ich gab ihm Geld und schloß die Tür. Die Zimmer hatten Telefone. Ich wußte, daß Vera Halliday anrufen würde. Es gab keine Möglichkeit, sie daran zu hindern, aber es war mir auch ziemlich gleichgültig, ob sie ihn anrief oder nicht. Wir hatten keine definitiven Vereinbarungen getroffen. Es gab nichts, was sie ihm verraten konnte, außer der nackten Tatsache unserer Ankunft und unseres Aufenthaltsortes. Ich glaubte nicht, daß Halliday etwas so Gefährliches anstellen würde wie einen Entführungsversuch aus einem Hotel. Natürlich würde sie ihm von der Sonnenbrandcreme berichten. Und er würde ihr sagen, daß es ihre Aufgabe sei, die Dose zu beschaffen.

Wenn ich nicht sehr falsch lag, würde Halliday eine Zeitlang nicht in Erscheinung treten. Vera würde auf sich allein gestellt sein.

Das Schlafzimmer war ein ganz normales Hotelschlafzimmer mit einem Bad in einer Ecke. Ich ging hinüber, um nachzusehen, ob die Badezimmertür einen Schlüssel hatte. Sie hatte. Hier gab es keine mexikanischen Wände. Ich wußte, daß ich keine Chance hatte, Veras Telefongespräche mitzuhören. Ich öffnete meinen Koffer und begann auszupacken.

Wie ich erwartet hatte, klopfte es nach wenigen Minuten an der Tür. Ich öffnete, und Vera trat ein, ohne Hut und Silberfüchse. Sie trug immer noch das rote Kostüm. Sie hatte die Haare gekämmt und ihr Gesicht frisch geschminkt. Sie sah fabelhaft aus – Hollywoods Vorstellung von einer Ballerina in Technicolor. Ich fragte mich, warum sie nicht zur Westküste ging und für eine Sensation in den Kinos sorgte, statt mit Mördern herumzulaufen.

Ich nahm ein Bündel Krawatten über den Arm und startete damit zum Kleiderschrank.

Sie sagte: »Hab' schon ausgepackt. Bin schnell, schnell. Ich helfe Ihnen, ja?«

Auch das hatte ich erwartet. Halliday mußte bereits Anordnungen gegeben haben. Ich deutete mit dem Kopf auf die Gabardinetasche.

»Wie wär's denn damit? Am besten tragen Sie sie ins Badezimmer. Das meiste sind doch Toilettenartikel.«

Sie bückte sich hastig nach der Tasche. Ich kannte sie inzwischen so gut, daß ich ihre Gedanken lesen konnte. ›Dieser Trottel‹, dachte sie in ihrem fintenreichen russischen Verstand, ›zum Schluß händigt er mir die Sonnenbrandcreme noch auf einem silbernen Tablett aus.‹

Sie trug die Reisetasche ins Badezimmer. Ich schlenderte mit den Krawatten über dem Arm hinter ihr her. Als sie sich bückte, um die Tasche zu öffnen, faßte ich ihren Ellbogen und drehte sie sanft herum.

»Wissen Sie was, Vera?«

Die schwarzwollenen Wimpern klimperten verführerisch, doch sie konnte kaum ihre Ungeduld beherrschen.

»Was, Peter?«

»Sie haben etwas an sich, das einen Mann verrückt machen könnte.«

Absurd: Obwohl ich es nicht so meinte, war mir gleichzeitig bewußt, daß es einmal fast hätte wahr sein können.

Sie ließ ihr kehliges Kichern hören. »Wirklich, glauben Sie? Wo Sie doch so gebunden sind an Ihre Frau?«

»Man könnte mich losbinden.«

Ich beugte mich zu ihr. Sie legte den Kopf zurück, hob mir ihr Gesicht entgegen. Ihre Hände kamen hoch, legten sich auf meine Schultern. »Peter...«

Ihre Lippen berührten fast die meinen. Sie sahen grotesk groß, aber perfekt aus wie die roten, geschwungenen Lippen eines Pin-up-Girls auf einem Plakat.

Ich legte schnell meine Hand über ihren Mund. Sie stieß einen unterdrückten Schrei aus und begann sich zu wehren. Ich stopfte ihr mein Taschentuch zwischen die Zähne. Fast hätte sie mich dabei gebissen. Ich klemmte ihren Kopf unter meinen Arm und machte mich daran, mit einer Krawatte ihre Hände auf dem Rücken zu fesseln.

Es ist nicht besonders schwer, eine Frau zu überwältigen, auch wenn sie dabei wie ein Maulesel um sich tritt. In ein paar Minuten hatte ich auch ihre Knöchel zusammengebunden. Ich machte noch einen ordentlichen Knebel für ihren Mund. Sie konnte atmen, aber mehr auch kaum.

»Hoch mit dir, Tausendschönchen!«

Ich hob sie hoch, drehte mich und versenkte sie in der Badewanne. Selbst wenn man gut drauf ist, kann man gefesselt kaum aus einer glatten Badewanne entkommen.

Sie starrte mich mit vor Empörung und Schock funkelnden Augen an. Ich grinste.

»Was ist das, dieses Fesseln und Knebeln?« fragte ich. »Ich weiß, ist das alte Spiel zu zweit.«

Ich winkte ihr freundlich zu und hob die vertauschte Gabardinetasche auf. Ich würde sie vielleicht brauchen. Dann ging ich aus dem Bad und schloß die Tür hinter mir ab.

Operation Vera war erfolgreich gewesen. Jetzt auf zur weit gefährlicheren Operation Brand!

21

Vera hatte ich ausgeschaltet. Doch Halliday hatte ich noch nicht ausgeschaltet, und er war die weitaus größere Bedrohung. Fast mit Sicherheit befand er sich schon seit sechs oder sieben Stunden in New Orleans. Damit hatte er genügend Zeit gehabt, mit Mr. Brand zu tun, was er mit Deborah und Lena getan hatte... und was seine Freunde vermutlich mit Deborahs Vater getan hatten.

Mein kleiner Erfolg hatte mich jedoch optimistisch gestimmt. Und der Colt in meiner Tasche stützte mein Selbstvertrauen. Einmal mußte ich doch den Erfolg auf meiner Seite haben. Vielleicht war jetzt der rechte Moment dafür. Vielleicht würde ich Mr. Brand ja sicher und bequem in seiner Wohnung an der Dauphine Street 1462 finden.

Ich ging aus dem Zimmer, schloß es hinter mir ab und lieferte den Schlüssel unten an der Rezeption ab. Die falsche Gabardinetasche hatte ich mitgenommen, weil ich sie, falls ich erfolgreich mit Mr. Brand Kontakt aufnehmen würde, im Büro der Fluggesellschaft zurückgeben müßte, um meine Tasche wiederzubekommen.

Die Hotelhalle war angefüllt mit heiteren, wie Touristen aussehenden Leuten. Während ich zur Drehtür ging, sah ich eine Reihe Telefonkabinen. In diesem perversen Durcheinander, wo nichts normal verlief, hielt ich es für unwahrscheinlich, daß Mr. Brand im Telefonbuch stehen würde, aber ich ging dennoch hinüber. Ich blätterte das Verzeichnis durch bis zu den B's und las leicht ungläubig den Namen:

Brand, William C. – Dauphine Street 1462 B.

Mein Gefühl des nahen Erfolges stieg raketengleich himmelwärts. Dies war ein Omen. Offensichtlich war es klüger und sicherer, Mr. Brand anzurufen, bevor ich zu einer Wohnung ging, die inzwischen vielleicht eine Falle war. Ich trat in eine Telefonkabine und wählte die Nummer aus dem Verzeichnis. Fast unmittelbar antwortete die Stimme eines Mannes, eine tiefe, rauhe Stimme, die mit Sicherheit nicht Bill Halliday gehörte.

»Mister Brand?« fragte ich.

»Ja«, antwortete die Stimme. »Am Apparat.«

Das war fast zu einfach. »Ich bin Peter Duluth«, erklärte ich. »Sie kennen mich nicht, aber ich bin ein Freund von Deborah.«

»Deborah!« Mr. Brands Stimme klang ruhig, aber ich spürte darin eine unterdrückte Erregung.

»Ich habe etwas sehr Wichtiges für Sie – etwas von Deborah. Kann ich jetzt gleich zu Ihnen kommen?«

»Selbstverständlich, Mister Duluth.«

Es klang melodramatisch, aber ich hielt es für klüger hinzuzufügen: »Sie werden es vielleicht nicht wissen, aber es gibt Leute, die Ihnen Unannehmlichkeiten bereiten können. Ich werde dreimal läuten. Lassen Sie niemand anders hinein, bevor ich komme.«

Ich hatte Überraschung erwartet, aber Mr. Brands Stimme klang gleichmäßig wie zuvor. »Ja, Mister Duluth, ich bin mir der Gefahr voll bewußt. Dreimal?«

»Dreimal.«

Ich hängte ein. Meine Hand bebte vor Aufregung. Hier war endlich meine Chance. Die Sache würde nicht in einem Kugelgefecht mit Schlägereien und Verfolgungsjagden und Raubüberfällen enden. Sie würde still in einer friedlichen Wohnung in einer amerikanischen Stadt zu Ende gehen. Ich würde vielleicht sogar mein Nachtflugzeug nach New York erreichen und meine Verabredung mit Iris einhalten können.

Ich verließ die Kabine und ging zurück zum Telefonbuch, um mir Mr. Brands Nummer für eventuellen künftigen Bedarf aufzuschreiben. Während ich sie auf ein Stück Papier kritzelte, sah ich, daß er noch ein zweites Mal aufgeführt war. Unter seiner Privatadresse stand:

Brand, William C., Bergbauingenieur, und eine Adresse an der Dock Street.

Deborahs Onkel war also Bergbauingenieur. Ich spielte

mit den möglichen Konsequenzen dieser Information, während ich aus dem Hotel in den matten Sonnenschein des Spätnachmittags trat.

Meine Uhr zeigte halb fünf. Ich hielt Ausschau nach beiden Seiten, um mich zu vergewissern, daß Halliday nicht irgendwo in der Nähe lauerte. Es war nichts von ihm zu sehen. Ich machte mich auf den Weg, musterte die Passanten und überzeugte mich, daß ich nicht verfolgt wurde.

Das wäre der Fall gewesen, wenn Vera hätte Halliday warnen können, daß ich ausgehen wollte. Der Gedanke an Vera, gut verschnürt im Badezimmer, verstärkte meine Befriedigung.

Ich war einige Male zuvor in New Orleans gewesen und kannte mich einigermaßen aus. Das Vieux Carré ist recht klein. Ich befand mich jetzt auf der Royal. Die Dauphine Street, erinnerte ich mich, lief parallel dazu ein paar Häuserblocks dahinter.

Nach Mexiko wirkte das vielgepriesene französische Viertel von New Orleans ziemlich unecht. Die alten Häuser mit dem feinen Filigran ihrer schmiedeeisernen Balkongitter besaßen Charme, aber sie waren alle nachgemacht. *Ye Old Antique Shoppe* mit den kleinen Bleiglasscheiben; *Mother Whosit's Chicken Kitchen; The Only Original Absinthe Parlor.* Amerika kann etwas Gutes nicht so lassen, wie es ist.

Als ich an einem verrückten antiken Drugstore vorbeikam, das wie eine Kulisse aus einer Schubert-Brother's-Inszenierung von *Naughty Marietta* aussah, begann ich ernsthaft, über Mr. Brand als Bergbauingenieur nachzudenken. Neue Ideen flatterten durch meinen Kopf wie

Brieftauben um den Taubenschlag. Südamerika ist erstaunlich reich an Mineralien; Deborahs Vater war Archäologe; Archäologen graben allerhand aus.

Hatte die Lösung dieses verzwickten Kriminalrätsels irgend etwas mit einer Mine zu tun?

Ich hatte die Dauphine erreicht, noch so eine pittoreske Straße. Eine Frau in einem Künstlerkittel machte auf Bohemienne und saß vor einer Staffelei auf dem Trottoir und malte das *Gay Old New Orleans*. Meine Gedankentauben flatterten immer noch umher. Was, wenn Mr. Brand bei seiner archäologischen Tätigkeit über ein Mineralvorkommen gestolpert wäre, eine Erzader, die vielleicht einen großen Wert verkörperte, deren Echtheit aber nicht verbürgt war, ehe ein ordentlicher Bergbauingenieur sie geprüft hatte? Er hätte Deborah geschickt haben können, um seinen Bruder aufzusuchen – sie heimlich geschickt, weil auch andere Leute ein Auge auf die Mine geworfen hatten. Und weil diese anderen Leute vielleicht versuchen könnten, Deborah aufzuhalten, ehe sie zu William C. Brand gelangte. Eine Mine, die jedem, der sie in seinen Besitz brachte, ein Vermögen einbrächte, wäre schon ein echter Anreiz für Mord und Entführung en gros.

Bis zu diesem Zeitpunkt hatte ich auch nicht die primitivste Theorie darüber entwickelt, was hinter all den Dingen lag, die mir zugestoßen waren. War es dies? Die Brüder Brand und Deborah gegen Halliday und Vera García?

Die Numerierung der Dauphine Street begann an der Canal Street. Ich befand mich an dem Block mit den Zweihunderternummern. Ich bog in die Dauphine Street ein und wandte mich Richtung Innenstadt.

Der Kriminalroman konnte eine entscheidende, kodierte Information über die Mine enthalten haben. Und die Cremedose? Was könnte sich in der Cremedose befinden? Eine Erzprobe vielleicht?

Endlich wechselten die Gewalt und der Terror der letzten paar Tage aus dem phantastischen Reich von Juwelen und Inkareliquien in die Welt brutaler Wirtschaftskriminalität über. Aber wer waren Mr. Brands Rivalen? Es mußte eine umfangreiche Organisation sein, die es sich leisten konnte, Deborahs Vater in Peru zu entführen, Halliday hinter Deborah her nach Yucatán zu schicken und Vera als Agentin in Mexico City zu beschäftigen.

Agentin. Das Wort öffnete noch weitere Horizonte. Steckte vielleicht eine Regierung hinter alledem? In dieser der Selbstzerstörung geweihten Zeit mußten inoffizielle Kleinkriege zur Beherrschung von Mineralvorkommen überall auf der Welt stattfinden.

War ich die ganze Zeit blind in einem Krieg herumgestolpert?

Ich kam zum Block der vierzehnhunderternummern. Das Vieux Carré begann hier etwas müde auszusehen, aber es wirkte immer noch wacker malerisch. Niemand war mir gefolgt. Ich war mir da ganz sicher. Und niemand lungerte vor dem Haus Nummer 1462 herum. Es war ein altes Haus, das man in ein Mietshaus umgewandelt hatte. Die Eisenbalkone hatte man rot angestrichen und mit rankenden Pflanzen und Geranien in Töpfen geschmückt. Das Erdgeschoß nahm eine Art Buchhandlung ein, in deren Schaufenster Stiche von Klippern und Bücher wie *The Romance of Louisiana* lagen.

Neben der Buchhandlung befand sich ein Eingang, der zu den Wohnungen darüber führte. Ein Schild kennzeichnete ihn mit der Nummer 1462 B. Ich ging hinein. Namen standen auf Kärtchen neben den Klingelknöpfen. Neben dem Klingelknopf für Apartment vier stand:

William C. Brand

Mit einem albernen Gefühl der Erleichterung drückte ich dreimal auf den Knopf. Fast unmittelbar gab ein Summer die Türverriegelung frei. Ich trat in eine kleine, schlüsselblumengelb gestrichene Vorhalle und ging die Treppe hoch. Nach drei Etagen kam ich in das oberste Geschoß. Brand bewohnte es anscheinend allein. Seine Karte war an der einzigen Tür befestigt.

Die Einfachheit der ganzen Sache war beinahe enttäuschend.

Ich klopfte an die Tür. Sie öffnete sich. Ein großer Mann mit roten Haaren und sehr blauen Augen stand verlegen lächelnd vor mir. Er hielt mir seine Hand hin.

»Nun, Mr. Duluth, ich habe einen ziemlichen Schlamassel in dieser Sache angerichtet, aber ich bin froh, Sie endlich wiederzusehen.«

Ich hatte Gefahr und Halliday erwartet. Ich hatte keinerlei Zwischenfälle mehr und Mr. Brand erwartet. Aber ich hatte niemals diese Überraschung erwartet.

Und genau das empfand ich jetzt – pure, ungedämpfte Überraschung!

Denn der Mann vor mir war Mr. Johnson, der Bräutigam aus Yucatán.

Sein Lächeln bat um Verzeihung, hatte aber die altvertraute Liebenswürdigkeit. »Ich bin mächtig erleichtert, Sie zu sehen. Wenn ich nicht so dumm gewesen wäre, hätte das schon vor Tagen geschehen können. Treten Sie ein.«

Ich zögerte auf der Schwelle. In dieser Angelegenheit, wo alles sich früher oder später in das Gegenteil verwandelte, war es zwar verständlich, daß selbst der Bräutigam aus Yucatán in das Bild paßte; aber es schien fast unglaublich, daß ausgerechnet er der Onkel sein sollte, zu dem Deborah unter so großen Gefahren fliehen wollte.

Offenbar konnte er meine Gedanken lesen. »Ich sehe, daß Sie mir nicht trauen. Sie müssen es für verrückt halten, daß ich Deborahs Onkel bin.« Er deutete mit dem Kopf auf die hinter ihm liegende Wohnung. »Wahrscheinlich denken Sie, daß ich hier irgendeine Falle für Sie vorbereitet habe. Warum gehen wir nicht in eine Bar oder ein Café und entwirren dort diese Angelegenheit?«

Seine Offenheit konnte natürlich gespielt sein, aber das glaubte ich nicht. Außerdem hatte ich meinen Colt. »Es ist in Ordnung hier«, sagte ich.

»Gut.« Er macht kehrt und stapfte mit seiner schwerfälligen, athletischen Anmut durch einen kurzen Korridor in einen langen, unordentlichen Raum. Ich folgte ihm. Ein großer Arbeitstisch, übersät mit Papieren und kleinen Flaschen, in denen sich vermutlich Erz- oder Metallproben befanden, stand am Fenster. Eine halboffene Tür erlaubte einen Blick in das Zimmer dahinter.

»Meine Werkstatt«, sagte er. »Der ganze ernsthafte

Kram wird im Büro erledigt. Hier spiele ich so ein bißchen herum. Ich besitze ein Haus in der Vorstadt, wo meine Frau das Zepter führt. Dies ist nur eine Art Schlupfloch – meine alte Junggesellenbude. Setzen Sie sich!«

Er deutete auf einen abgewetzten blauen Ledersessel. Ich setzte mich und stellte die Gabardinetasche auf den Teppich neben meine Füße. Er ging um den Tisch herum und setzte sich auf den Stuhl dahinter.

»Natürlich, Mr. Duluth, wenn ich jetzt zurückschaue, erkenne ich genau, was die arme Deborah getan haben muß. Aber damals hatte ich nicht die geringste Ahnung, daß Sie etwas mehr sein könnten als ein harmloser Tourist.« Er sah mich fast argwöhnisch an. »Sie wissen doch, wovon ich rede?«

»Daß Deborah wegen etwas, das sie aus Peru mitgebracht hatte, ermordet wurde«, sagte ich.

Er blickte erleichtert. »Genau.«

»Etwas, das mit einer Mine zu tun hat, nicht wahr?«

Er legte seine großen Hände auf den Tisch und betrachtete sie. »Wie ich sehe, hat Deborah sich Ihnen anvertraut.«

»Das hat sie nicht. Ich habe es nur so im Vorbeigehen aufgeschnappt – zwischen Anschlägen auf mein Leben. Vielleicht sollten Sie mir die ganze Geschichte erzählen. Es ist merkwürdig, aber inzwischen bin ich doch neugierig geworden.«

Sein schnelles Lächeln war wieder da. »Ich kann's Ihnen nicht verdenken.« Er legte eine Pause ein. »Aber zunächst einmal: Sie sagten am Telefon, Sie würden mir etwas mitbringen. Das tun Sie doch, nicht wahr? Sie haben das Buch und – die Probe.«

Also hatte ich recht gehabt mit der Dose Sonnenbrandcreme. »Nein. Das Buch habe ich nicht. Halliday hat es. Ich habe auch nicht die Probe, falls es eine ist. Aber ich kann sie beschaffen. Sie befindet sich in völliger Sicherheit.«

Er sah mich direkt aus seinen offenen blauen Augen an. Ich konnte nicht sagen, ob die Nachricht, das Buch befinde sich in Hallidays Besitz, ein Schlag für ihn war oder nicht. »Und Sie sind bereit, mir die Probe zu geben, wenn ich Sie von meiner Ehrlichkeit überzeugen kann?«

»Ja«, bestätigte ich.

»Dann erzähle ich Ihnen am besten die ganze Geschichte von Anfang an. Wenn Sie alles gehört haben, werden Sie wohl von meiner Aufrichtigkeit überzeugt sein.« Er machte ein etwas gequältes Gesicht. »Ich bezweifle allerdings, ob Ihnen meine Handhabung der Lage gefallen wird. Ich habe einen schönen Schlamassel angerichtet; aber ich bin schließlich nur ein Amateur, was Verschwörungen betrifft. Es tut mir leid, daß dies zu so tragischen Resultaten führte.«

Er bot mir eine Zigarette aus einer Schachtel auf dem Tisch an. Ich lehnte ab.

»Es beginnt mit meinem Bruder«, sagte er. »Joseph war ursprünglich auch Bergbauingenieur. Dann begann er sich für Archäologie zu interessieren und gab alles andere auf. Die letzten fünfzehn Jahre hat er in Süd- und Mittelamerika gelebt, in Guatemala, Ecuador, Peru. Vor drei oder vier Monaten ging Joseph mit einem anderen Mann...«

»Frank Liddon«, unterbrach ich ihn, da mir der Zeitungsartikel einfiel. »Ich habe übrigens von dem Verschwinden Ihres Bruders gelesen.«

Er schaute ernst hoch. »Haben Sie? Ja, Joseph und Liddon unternahmen diese Expedition ins Innere von Peru. Es ist eine sehr wilde Gegend, meilenweit von jeder Zivilisation entfernt. Joseph besaß einen Hinweis auf eine alte Inkastadt. Sie haben sie nie gefunden. Doch sie haben eine ganze Weile in dieser Gegend herumgegraben. Und dann, ungefähr vor drei Wochen, glaube ich, stieß Joseph beim Graben ganz zufällig auf diese Erzader. Er verstand genug von Mineralogie, um sich darüber aufzuregen, denn er hatte eine Ahnung, daß sie etwas von gewaltigem Wert enthalten könnte.« Er beobachtete mich mit bedeutungsschwangerem Blick über den Tisch hinweg. »Er glaubte, sie könnte einen hohen Prozentsatz Thorium enthalten.«

»Thorium?« wiederholte ich verständnislos.

»Sie wissen nicht, was Thorium ist? Es ist eine Art Vetter zweiten Grades von Uran, aber viel seltener. Sein Wert und seine politische Bedeutung sind gegenwärtig in unserem angehenden Atomzeitalter kaum meßbar. Joseph erkannte sofort die mögliche immense Bedeutung dieses Fundes und traf alle Vorkehrungen, seine Entdeckung geheimzuhalten. Obgleich er schon früher mit Liddon zusammengearbeitet hatte und ihm als einem alten Freund vertraute, machte er selbst ihm gegenüber nur Andeutungen darüber, was er gefunden haben könnte. Natürlich dachte er sofort an mich. Während des Krieges hat meine Firma sehr eng mit der Regierung der Vereinigten Staaten zusammengearbeitet. Wir arbeiten immer noch zusammen. Er wußte, wenn er alle Informationen zu mir durchbringen könnte und wenn seine Vermutung stimmte, daß über mich die endgültige Kontrolle über dieses Gebiet in die richtigen Hände gelangen würde, weil sich durch meine Vermittlung die Regierungen der Vereinigten Staaten und Perus zusammenschließen könnten.«

Er zündete sich eine Zigarette an. »Es hätte natürlich alles sehr einfach sein können, doch das war es nicht. Denn kurz zuvor war eine zweite archäologische Expedition auf dem Schauplatz eingetroffen. Sie war von einer Gruppe organisiert worden, über deren politische Einstellung Joseph zu Recht Zweifel hegte, und nach einigen kleinen Zwischenfällen begann er zu argwöhnen, daß die Nachricht über seinen Fund oder zumindest genügend davon, um Neugier zu erregen, durchgesickert war. Er konnte sich nicht vorstellen, auf welchem Wege, aber nachdem man ihn ein paar Tage später zu entführen versuchte, war er sicher.«

Ich hörte jetzt gespannt zu. »Ein weiterer Entführungsversuch?«

»Ja. Er war laienhaft und gelang nicht. Aber er genügte, um ihm zu versichern, daß die andere Expedition nur eine Fassade für eine intensive Mineraliensuche war. Und dann traf unerwartet Deborah ein, die zu der Zeit ein College in Buenos Aires besuchte. Sie hatte gerade Ferien und wollte ihren Vater wiedersehen. Joseph erkannte, daß der Aufenthalt dort für ein Mädchen, insbesondere für seine Tochter, schrecklich gefährlich würde, und beschloß, zwei Sorgen auf einmal loszuwerden. Ich glaube nicht, daß er Deborah viel erzählt hat – nur so viel, daß ihr die Bedeutung der Sache klarwurde. Er zeichnete eine rohe Skizze der genauen Lage der Erzader auf die Innenseite des hinteren Schutzumschlags eines Taschenbuchs. Er gab es ihr zusammen mit einer Erzprobe und beauftragte sie, direkt zu mir nach New Orleans zu reisen.«

Das war es also, recht unkompliziert und fast so, wie ich es mir auf meinem Gang durch die altmodische Welt des Vieux Carré ausgedacht hatte.

Ich hatte recht damit, daß ich in einen Krieg hineingestolpert war.

»Aber bevor Deborah abreiste«, fuhr Mr. Brand fort, »wurde aus der nächsten Stadt ein Telegramm für Liddon gebracht, in dem stand, daß sein Bruder in Argentinien im Sterben läge. Er mußte auf der Stelle fort. Erst nachdem beide, er und Deborah, abgereist waren, entdeckte Joseph, wieder nur durch Zufall, wie die Information durchgesickert war. Er stieß auf ein Papier – ich weiß nicht, was es war – aber es bewies, daß Liddon, dem er völlig vertraute, sich an die andere Seite verkauft hatte. Liddon wußte natürlich nicht alles. Er kannte nicht die exakte Lage der Ader und wußte nicht genau, was sie enthielt, aber er hatte genug in Erfahrung gebracht. Und was noch schlimmer war, er kannte auch Deborahs Auftrag für mich.«

Er beugte sich über die Tischplatte. »Joseph erkannte, daß sie alles unternehmen würden, um Deborah daran zu hindern, mir diese Informationen zu bringen. Es war zu spät, um sie zu warnen. Deshalb fuhr er in die Stadt zur nächsten Telefonzelle, rief mich an und erzählte mir alles, was ich jetzt Ihnen erzählt habe. Er war halb wahnsinnig vor Sorge um Deborah. Ich schlug das einzige vor, was mir dazu einfiel. Wenn sie hinter ihr her waren, würden sie vermutlich versuchen, sie in New Orleans zu schnappen. Ich sagte ihm, ich würde den nächsten Flug nach Merida nehmen, wo sie das Flugzeug wechseln mußte, und sie von dort an begleiten.«

Er zuckte reumütig die Schultern. »Dort habe ich mich eingemischt. Und dort begann die ganze Sache ernsthaft schiefzugehen.«

Er drückte seine Zigarette aus. »Es gab ein schlimmes Hindernis. Deborah war seit ihrer Kindheit nicht mehr in den Staaten gewesen und wußte nicht, wie ich aussehe. Sie wußte von mir nur, daß ich kürzlich ein junges mexikanisches Mädchen geheiratet hatte. Ich beschloß also – nutzlos, wie sich herausstellte –, Lupe mitzunehmen, einmal als Hilfe für Deborah, mich zu erkennen, zum andern, um die ganze Unternehmung als harmlose Ferienreise aussehen zu lassen. Ich kam rechtzeitig in Merida an. Meine Frau und ich waren auf dem Flughafen, als Deborahs Flugzeug aus Balboa eintreffen sollte. Dort gab es die erste Panne. Wissen Sie, ich hatte Liddon nie gesehen. Hatte keine Vorstellung davon, wie er aussah. Die Geschichte von einem sterbenden Bruder in Argentinien war natürlich ein Schwindel. Er war der Mann, durch den man Deborah verfolgen ließ. Er war dort am Flugplatz von Merida, um sie aufzuhalten.«

Jetzt war mir alles klar. Ich hatte es fast seit Beginn seiner Geschichte vermutet.

»Liddon«, erklärte ich, »ist Halliday.«

William C. Brand nickte. »Von da an kann ich nur vermuten, was sich ereignete, aber es ist ziemlich klar. Liddon muß irgendwie herausgefunden haben, wie ich aussehe.

Auf jeden Fall entdeckte er mich auf dem Flugplatz und erkannte, daß Joseph ihm auf die Schliche gekommen war und sich deshalb mit mir in Verbindung gesetzt hatte. Sobald Deborah das Flugzeug verlassen und noch ehe ich Gelegenheit hatte, sie zu identifizieren, hatte er sie aufgesucht. Da sie ihm als altem Freund ihres Vaters völlig vertraute, war es leicht für ihn, eine Geschichte zu erfinden. Er muß ihr erzählt haben, daß ihr Vater ihn hinter ihr her gesandt hätte, um sie zu warnen, daß ein Betrüger sich am Flughafen als ihr Onkel ausgeben und nur darauf warten würde, sie zu entführen. Wahrscheinlich hat er ihr erzählt, daß es am sichersten für sie sei, sich heimlich nach Chichén-Itzá zu begeben und dort auf ihn zu warten, während er sich um den Betrüger kümmerte. Sein Plan war natürlich, sie dort hinauszulocken, wo er sie in der Falle hatte und sie töten konnte.«

Ich beobachtete seine sorgenvollen, jungenhaft blauen Augen. Alles war jetzt jammervoll klar. Deborah, zur Flucht vor dem Manne verleitet, der zu ihrer Rettung herbeigeeilt war; Deborah, die sich von mir mitnehmen ließ, Angst vor jedem Auto hatte, das uns folgte, die sich schutzsuchend vor einer imaginären Gefahr an mich klammerte, während die wirkliche Gefahr sie erbarmungslos einholte.

»Den Rest können Sie sich vorstellen, Mr. Duluth. Ich habe sie am Flughafen verpaßt, aber ich konnte ihre Spur nach Chichén verfolgen. Inzwischen hatte sie jedoch eine unheilbare Angst vor mir. Sie gab mir oder meiner Frau an jenem ersten Abend nicht die geringste Chance, sie allein zu treffen.« Er warf die Hände hoch. »Fast noch ehe ich erkannte, daß ihr eine Gefahr drohte, hatte Liddon sie in den *cenote* gestoßen.«

Von da an wußte ich mehr darüber als er. Die Gestalt draußen vor Deborahs Fenster war Liddon-Halliday gewesen. Offenbar hatte er sich dort mit ihr am *cenote* verabredet, nachdem er sie vermutlich überzeugt hatte, daß es der Wunsch ihres Vaters sei, ihm das Buch und das Erz zu übergeben, da die Gefahr für ein junges Mädchen zu groß geworden sei. Doch er konnte sie nicht überzeugt haben – nicht völlig. Denn sie hatte die Dose Sonnenbrandcreme bei mir gelassen und, in letzter Minute, mir auch noch das Buch übergeben. So war es gewesen. Deborah war klüger gewesen, als Liddon gedacht hatte, und hatte begonnen, ihn zu verdächtigen. Sie war so schlau gewesen, ihm nicht die Mineninformation auszuhändigen, ehe sie nicht seiner sicher gewesen wäre – aber nicht schlau genug, ihr eigenes Leben retten zu können.

Brands ruhige Stimme fuhr fort: »Sie werden mich für einen gewaltigen Einfaltspinsel halten, aber zunächst hatte ich in Chichén keinen Verdacht auf Mord. Erst später begann ich zu erkennen, daß der Mann, der sich Halliday nannte, wahrscheinlich Liddon war. An Sie dachte ich überhaupt nicht. Ich hätte nie im Traum daran gedacht, daß Deborah Ihnen das Buch und das Erz gegeben haben könnte. Ich war sicher, daß Halliday beides besaß. Ich erkannte, daß die Situation zu gefährlich für meine Frau geworden war. Deshalb schickte ich sie nach Hause. Als Mrs. Snood mich im Reforma entdeckte, erfand ich die Krankenhausgeschichte. Da wir uns als Braut und Bräutigam auf Hochzeitsreise vorgestellt hatten, konnte ich nicht gut die Wahrheit sagen. Von diesem Moment an in Mexiko« – er hob erneut die Achseln – »blieb ich Halliday auf der Spur und hoffte auf eine Gelegenheit, ihm die Sachen wieder abjagen zu können. Ich brauche wohl kaum zu sagen, daß ich von allen Seiten ausgetrickst wurde. Und gestern las ich dann in der Zeitung, daß sie Joseph in Peru schließlich doch erwischt hatten. Ich wußte, daß sie alles tun würden, um die Information mit Gewalt aus ihm herauszuholen. Es hatte keinen Zweck mehr, hinter Halliday herzujagen. Dazu hatten die Dinge sich zu ernst entwickelt. Ich kam hierher zurück und erzählte die ganze Geschichte der zuständigen Behörde.«

»Dann weiß die Regierung also inzwischen alles?«

Brand lächelte sein rasches, entwaffnendes Lächeln. »Ja, Mister Duluth. Endlich befindet sich diese Angelegenheit in kompetenteren Händen als meinen. Sie haben schon mit der peruanischen Botschaft gesprochen. Der ganze Ring sollte bald gesprengt sein.« Das Lächeln verschwand. »Ich hoffe nur, sie kommen rechtzeitig, um Joseph noch zu retten.«

»Aber da ist noch Halliday«, sagte ich. Fast hätte ich auch Vera erwähnt, ließ es jedoch bleiben.

William C. Brand schüttelte den Kopf. »Seinetwegen müssen Sie sich keine Sorgen mehr machen. Er wurde letzte Nacht von den Bundesbehörden aufgegriffen, als er hier landete.«

Das war also das Ende von Halliday. Die Gefahr, die ich seit unserer Ankunft in New Orleans als so drohend empfunden hatte, war imaginär gewesen. Ich dachte an Vera, zusammengeschnürt in meiner Badewanne, und sie tat mir beinahe leid. Falls sie mit Halliday zu telefonieren versucht hatte, war es ihr nicht möglich gewesen, ihn zu erreichen. In diesen letzten Momenten, da sie sich dem Erfolg so nahe gefühlt haben mußte, war sie ganz auf sich allein gestellt gewesen.

Die Geschichte war jetzt zu Ende. Ich empfand so etwas wie ein kleines bißchen Ehrfurcht angesichts der Erkenntnis der enormen Problematik hinter all den Schlägereien und Einbrüchen und Raubüberfällen in Mexiko. Ich begann auch eine schwache und völlig selbstsüchtige Erregung bei dem Gedanken zu spüren, daß man mich hier vielleicht nicht mehr brauchen würde. Vielleicht könnte ich nun doch noch den Zehn-Uhr-Flug heute abend zu Iris erreichen.

»So war es also«, sagte Brand. »Sie müssen ein paar äußerst verwirrende Tage verbracht haben, Mister Duluth. Ich würde gern genau erfahren, was Ihnen passiert ist. Zunächst aber, haben Sie jetzt genügend Vertrauen in mich gefaßt, um mir zu verraten, wo sich die Erzprobe befindet?«

Ich war nur zu froh bei der Aussicht, mich von dieser Last zu befreien. Je schneller sie in die Regierungslaboratorien gelangte, um so froher würde ich sein. Ich erzählte ihm von den vertauschten Taschen und rief den Flughafen an. Zu meiner großen Befriedigung informierte mich der Angestellte, daß meine Tasche noch nicht zum Fundbüro unterwegs war. Der Eigentümer der von mir mitgenommenen Tasche hatte einen schrecklichen Wirbel veranstaltet. Sie hatten meine Tasche geöffnet, meinen Namen darin gefunden und, da ich auf der Passagierliste nach New Orleans gestanden hatte, die Tasche in das Stadtbüro der Fluggesellschaft geschickt, während sie fieberhaft alle Hotels anriefen, um mich aufzufinden. Als ich dem Angestellten erklärte, daß ich die andere Tasche bei mir hätte, sagte er, man würde sofort einen Boten mit meiner Tasche zu mir schicken.

Während wir warteten, gab ich Mr. Brand einen erschöpfenden Bericht von allem, was mir in Mexico City zugestoßen war. Ich ergötzte ihn immer noch mit meiner Geschichte, als die Klingel anschlug. Wir eilten beide zur Tür. Ein uniformierter Botenjunge kam mit meiner Tasche in der Hand die Treppe hoch. Ich gab ihm die andere. Zusammen gingen Brand und ich ins Wohnzimmer zurück. Ich stellte die Tasche auf den Tisch, öffnete sie, fand die Dose Sonnenbrandcreme, bohrte mit dem Finger darin herum und holte einen kleinen, klebrigen Klumpen heraus.

Brands Hand war unsicher vor Aufregung, als er ihn von mir entgegennahm, in seine kleine Werkstatt eilte und ihn unter einem Wasserhahn abwusch. Als er ihn mir zur Besichtigung hinhielt, war er für mich nicht mehr als ein Klumpen schwach glänzendes Erz – etwas all dieses Gemetzels und Kummers, das es verursacht hatte, absolut Unwertes. Doch Mr. Brand befand sich in einer Art Entdeckertrance. Ich konnte mir vorstellen, wie es ihn in den Fingern juckte, es mit dem Hämmerchen zu bearbeiten oder zu zermalmen oder in Reagenzgläser zu stecken oder sonst etwas damit anzustellen, was immer ein Bergbauingenieur damit anstellt.

Auch mich juckte es nach etwas – abzuhauen. Ich hatte

meine unausgesprochene Verpflichtung Deborah gegenüber erfüllt. Es gab nichts mehr, was mich noch in diesem kleinen Privatkrieg halten konnte, der jetzt weit tüchtigere Protagonisten aufzuweisen hatte als mich. Merkwürdigerweise aber, obwohl doch die Aussicht auf meine Wiedervereinigung mit Iris alles andere überlagern sollte, waren es die Gedanken an Vera, die mich am meisten beschäftigten.

Sie hatte mich hinters Licht geführt und auf jede nur mögliche Weise ein falsches Spiel mit mir getrieben. Sie war für mich genauso eine Bedrohung meines Weltbildes wie Halliday. Und sie befand sich völlig in meiner Gewalt. Ich brauchte sie nur Brand gegenüber zu erwähnen, und man würde sich um sie kümmern, wie man sich um Halliday gekümmert hatte. Doch absurderweise mochte ich sie Brand gegenüber nicht erwähnen. Ich wußte nicht, was ich eigentlich wollte. Ich wußte nur, daß ich zurück in das Hotelzimmer wollte.

Mr. Brand war immer noch völlig versunken in die Untersuchung der Erzprobe.

»Also«, sagte ich, »das war's ja wohl. Werden Sie mich noch irgendwie brauchen?«

Er blickte abwesend hoch. »Haben Sie denn noch etwas anderes vor?«

»Ich habe eine Verabredung mit meiner Frau in New York«, antwortete ich. »Und ich muß mein Flugzeug erreichen.«

Er legte das Erz auf eine Platte. »Nun, ich halte es wirklich nicht für notwendig, daß Sie weiter hierbleiben. Später wird es so gut wie sicher noch eine private Anhörung in Washington geben. Dort werden Sie natürlich anwesend sein müssen.«

»Natürlich.«

»Wenn Sie mir also bitte Ihre Adresse aufschreiben würden…«

Ich schrieb sie eilig auf. Er begleitete mich zur Tür. Dort hielt er mir seine große Hand hin und lächelte.

»Wenn die Behörden erfahren, was Sie getan haben, Mister Duluth, werden sie Ihnen sehr dankbar sein.«

Ich schüttelte ihm die Hand. »Oh, nicht der Rede wert. Mir passieren ständig Dinge, die keinem Hund widerfahren sollten.«

Sein liebenswürdiges Lächeln verbreiterte sich zu einem Grinsen. »Wenn Sie das nächste Mal Ferien machen, schlage ich Ihnen etwas weniger Abwechslungsreiches vor. Leben Sie wohl, Mister Duluth.«

»Leben Sie wohl.«

23

Ich lief die Treppen hinunter und hinaus auf die Straße. Der Abend nahte, und mit ihm der dichte Abendverkehr. Die schmalen Trottoirs, hier und da von den Stützen der filigranen, schmiedeeisernen Balkons überwölbt, waren von vielen Menschen belebt. Von einem mit rosa Geranien und weißen Begonien geschmückten Balkon auf der anderen Straßenseite klang Grammophonmusik herüber. Zwei großgewachsene Polizisten führten an der Straßenecke ein tiefschürfendes Gespräch. Das Vieux Carré war fast so pittoresk wie ein Bühnenbild davon in einem Broadway-Musical.

Ich ging an den Polizisten vorbei und am nächsten Häuserblock entlang in Richtung des Montedoro. Eine junge Frau kam mir entgegen. Sie trug ein rotes Kostüm, das mich an Vera erinnerte. Weil ich an Vera dachte, fiel sie mir besonders auf. Sie war Vera überhaupt nicht ähnlich. Sie war kleiner und dunkelhäutig – eine Lateinamerikanerin. Aber etwas an ihren Bewegungen, die ziemlich kräftigen Beine, ihre Zurückhaltung kamen mir vertraut vor. Sie war nicht mehr weit von mir entfernt. Als sie fast auf meiner Höhe war, erkannte ich sie als Mr. Brands Frau, die ›Braut‹ aus Chichén-Itzá.

Ich blieb stehen und lächelte. »Hallo, Frau Brand. Ich habe gerade Ihren Mann besucht.«

Sie zuckte zusammen und warf mir einen scharfen Blick zu, als empfinde sie mich als Bedrohung. Während sie ihre weiße Handtasche fest umklammerte, wollte sie geradeaus weitergehen. Ich machte kehrt und ging mit ihr.

»Erinnern Sie sich nicht an mich? Ich bin Peter Duluth, aus Chichén-Itzá.«

Sie gab immer noch keine Antwort. Mir fiel ein, daß ich sie nie sprechen gehört hatte. Vielleicht verstand sie kein Englisch.

»No me recuerda...?« begann ich.

Wir kamen an einem *Gifte Shoppe* vorbei, dessen Schaufenster vorzeitig für die Nacht beleuchtet war. Das helle Licht fiel auf ihre kleine Gestalt. Meine Blicke umfingen sie, ihre kräftigen Beine, den roten Rock, die ziemlich flache Brust. Ihr schwarzes Haar unter einem kleinen weißen Hut war steif gewellt, ziemlich unattraktiv. Aber das dunkle Indiogesicht darunter mit seinen großen, attraktiven Augen war still und schön wie eine Blume.

›Schön wie eine Blume.‹ Die Worte wiederholten sich in meinem Kopf, und mit verblüffender Schnelligkeit schien sich die ganze Welt auf den Kopf zu stellen. Einen Moment lang ergriff die Bedeutung dessen, was mir da geschah, mich mit lähmender Panik.

Es konnte nicht sein, aber es war so.

Von neuem, und drastischer denn je zuvor in dieser verrückten Geschichte, hatte man mich nach Herzenslust zum Narren gemacht. Die Frau des ›echten Mr. Brand, des Vertrauten der Regierung der Vereinigten Staaten, des Onkels von Deborah‹, dem ich gerade die Erzprobe zu treuen Händen übergeben hatte, war überhaupt keine »Frau«.

Sie war ein kleiner Junge in Jeans, ein Junge mit einem Jutesack, ein Junge mit einem Vogelkäfig, ein Junge mit einer hellblauen Limousine und einem Revolver.

Ich ging nicht neben einer Frau Brand. Ich ging neben Junior, verkleidet als züchtige junge Frau.

Jetzt erkannte ich, warum der Junge mit dem Jutesack mir so bekannt vorgekommen war, als ich ihn das erste Mal vor meiner Wohnung in Mexico City gesehen hatte. Tausend Dinge fielen mir ein. Aber am schlimmsten war die Erkenntnis, daß ich in eine Falle gegangen war. Letzten Endes hatte ich Deborah Brand doch verraten. Ich hatte das Erz einem Betrüger ausgehändigt, Juniors Arbeitgeber, dem Mörder von Deborah und Lena, dem gewieftesten Verbrecher, dem ich je begegnet war – dem Feind.

Junior eilte weiter, bemüht, sein Gesicht von mir abzuwenden. Die Notwendigkeit zu schnellem und gewaltsamem Handeln war zwingend. Sonst wäre alles verloren. Leute gingen in beiden Richtungen an uns vorbei, plaudernd und lachend. Vor uns, an der Ecke des Häuserblocks, standen immer noch die beiden Polizisten in feierlichem Konklave.

Blitzartig wußte ich, was ich zu tun hatte.

Junior rannte jetzt fast. Ich blieb an seiner Seite. Wir überquerten die Straße. Als wir genau auf der Höhe der beiden Polizisten waren, schnappte ich Juniors weiße Handtasche und sandte sie schlitternd über das Trottoir. Ein Revolver würde darin stecken, das wußte ich. Junior hatte stets eine Waffe bei sich.

Beide Polizisten wirbelten ungläubig herum. In derselben Sekunde packte ich Juniors kleinen weißen Hut mitsamt dem steif gewellten Haar und zog. Beide blieben in meiner Hand und enthüllten sein schwarzes Jungenhaar. Ich warf die Perücke und den Hut fort. Junior wand sich um mich herum und machte einen Satz Richtung Nebenstraße.

Ich schrie zu den Polizisten hinüber: »Gesuchter Mann! Als Frau verkleidet! Trägt versteckte Waffe!«

Ich sprintete hinter Junior her und machte einen Hechtsprung nach ihm. Zwei Sekunden später schnauften die beiden Polizisten neben mir. Ich stieß Junior einem von ihnen in die Arme. Die Straße war mit dem Inhalt seiner Handtasche übersät. Passanten starrten, blieben stehen und begannen sich anzusammeln. In wenigen Augenblicken waren wir gänzlich von einer chaotischen, sich den Hals verrenkenden Menge umgeben.

Der Aufruhr war genau das, was ich brauchte. Während einer der Polizisten schrie: »Was geht hier vor sich?« und der andere Junior ergriff und seine Pfeife schrillen ließ, verduftete ich geduckt durch die Menge und lief zurück zur Nummer 1462 B.

Junior war sicher untergebracht. Das stand außer Frage. Kein Polizist in der ganzen Welt würde einen auf der Straße demaskierten, als Frau verkleideten Mann wieder laufen lassen, bevor man ihn auf der Wache verhört hatte. Mit ihm konnte ich mich später befassen.

Jetzt konnte ich nur noch an das Erz und »Mr. Brand« denken.

Die Haustür von Nr. 1462 B stand offen. Ich mußte sie so gelassen haben. Überraschung und das Gefühl der Erniedrigung über meine Leichtgläubigkeit hatten sich inzwischen in Zorn verwandelt. Ich kochte vor Wut, während ich die Treppen hochstieg.

Im obersten Stock angekommen, klopfte ich. Junior war ›nach Hause‹ gekommen. ›Mr. Brand‹ würde ihn erwarten. Darauf setzte ich. Ich vernahm Schritte. Die Tür ging auf. Der große, rothaarige Koloß von ›Mr. Brand‹ stand auf der Schwelle.

»Ach, Mister Dulu …«, begann er.

Weiter kam er nicht. Mit all meiner Kraft schoß ich meine rechte Faust auf sein Kinn ab. Es gab einen dumpfen Aufschlag. Er blinzelte verständnislos, drehte sich halb um seine Achse und sackte rückwärts auf dem Boden des Korridors zusammen.

Ich trat ein und stieß die Tür hinter mir mit dem Fuß zu. Sein schweres, unregelmäßiges Atmen, während er sich mühsam auf dem Teppichläufer bewegte, drang mir ins Ohr. Ich sprang auf ihn und traf ihn noch einmal und noch einmal mit meiner Faust, bis er sich nicht mehr rührte.

Dann schleppte ich ihn ins Wohnzimmer. Er war jetzt bewußtlos. Ich durchsuchte seine Taschen nach einer Schußwaffe, fand eine und steckte sie in die eigene Tasche. Dann nahm ich ihm die Krawatte ab und fesselte damit seine Hände. Ich zog ihm den Gürtel aus der Hose und knotete ihn fest um seine Knöchel.

Ich lief in sein Arbeitszimmer. Eine rauschähnliche Heiterkeit ergriff mich. Die Erzprobe war noch da und schimmerte matt auf einem Tisch beim Fenster.

Alles war so schnell geschehen, daß ich praktisch keine Zeit zum Denken gehabt hatte. Keuchend von der heftigen Anstrengung nahm ich mir eine Zigarette und zündete sie an.

Das Erz war in Sicherheit. Zumindest das hatte ich erreicht. Aber was gab es noch zu erledigen? Mit aufflackernder Besorgnis dachte ich an Junior. Wo war er gewesen? Er würde es nicht riskiert haben, öffentlich gesehen zu werden, wenn es nicht unbedingt notwendig war.

Hatte er das Montedoro aufgesucht? Während ›Mr. Brand‹ sich um mich kümmerte, hatte er sich da um Vera gekümmert?

Ich war nicht in der Stimmung, lange zu überlegen, ehe ich handelte. Ich eilte ins Wohnzimmer, hob den Hörer ab und verlangte das Hotel Montedoro.

Der verblüfft glucksenden Hoteltelefonistin erklärte ich: »Eine Frau liegt gefesselt im Bad von Zimmer 617. Binden Sie sie los und sagen Sie ihr, sie soll sofort zur Dauphine Street 1462 B kommen.« Dann legte ich auf. Nachdem ich telefoniert hatte, schien mir die Gefahr für Vera weniger schrecklich zu sein. Junior war vielleicht in ihrem Zimmer gewesen, hatte sie dort aber nicht gefunden. Niemand außer einem Hellseher hätte erraten können, daß sie zusammengeschnürt in meinem Badezimmer lag.

Mein stümperhafter Überfall hatte ihr wahrscheinlich das Leben gerettet.

Meine Stimmung stieg. Denn obwohl ich immer noch etwas durcheinander war, wußte ich jetzt mit Sicherheit, daß Vera schließlich doch auf der richtigen Seite gestanden hatte, auf der Seite des echten Brand.

Der echte Brand. Ich stand mitten in dem langen, unordentlichen Zimmer mit dem »falschen Brand« bewußtlos zu meinen Füßen. Dies war Brands Wohnung. Und dennoch hatte der »falsche Brand« sie als Falle benutzen können, um mir die Erzprobe abzuluchsen. Was war dem echten Brand zugestoßen? Dafür gab es eine offensichtliche Antwort. Brand, oder Brands Leiche, befand sich vermutlich noch hier in dieser Wohnung.

Ich eilte hinaus in den kleinen Korridor. Er führte zu einem Schlafzimmer. Es war fast dunkel. Ich knipste eine schwache Lampe neben dem Bett an. Es war niemand zu sehen. Eine Tür am Ende führte in ein Badezimmer. Das Bad war ebenfalls leer. Ich wollte schon zurückgehen und das Arbeitszimmer absuchen, als ich den großen Kleiderschrank in einer Ecke bemerkte.

Ich ging hin und versuchte die Tür zu öffnen. Sie war verschlossen, aber der Schlüssel steckte. Ich drehte den Schlüssel, und die Tür ging auf.

Als sie aufging, kippte der Körper eines Mannes zur Hälfte heraus und plumpste mir vor die Füße.

Ich ging in die Knie und zog ihn vorsichtig ganz heraus auf den Teppich. Seine Hände und Beine waren gefesselt, der Mund mit einem Klebestreifen verschlossen.

Ich riß den Klebestreifen ab. Es mußte weh getan haben, aber darauf nahm ich keine Rücksicht. Ich dachte nur, daß der Mann mit zugeklebtem Mund in dem luftlosen Kleiderschrank gelegen hatte, in dem Kleidungsstücke zusätzlich seine Nase halb zudeckten. Er hätte gut tot sein können. Und er wäre mit Sicherheit tot gewesen, wenn ich nicht rechtzeitig gekommen wäre. Aber als ich mich über ihn beugte, konnte ich schwache Atemgeräusche hören.

Und er bewegte sich. Seine Arme zuckten. Er bewegte vorsichtig ein Bein. In dem Schatten über dem Fußboden konnte ich kaum sein Gesicht sehen. Ich zog ihn näher ans Licht. Während ich das tat, öffnete er die Augen.

Er sah mich an. Ich sah ihn an. Ich hätte es mir inzwischen denken können, aber irgendwie war es ein Schock. Der falsche Brand war natürlich der echte Frank Liddon.

Und der echte Mr. Brand schaute jetzt benommen zu mir hoch.

Bill Halliday war der echte Mr. Brand.

24

Es war acht Uhr. William Brand, Vera García und ich saßen zusammen in Brands unaufgeräumtem Wohnzimmer. Die Erzprobe lag auf dem Tisch beim Fenster. William Brand, den ich in Mexiko als Bill Halliday kennengelernt hatte, hatte sich von seiner ungemütlichen Stunde im Kleiderschrank erholt. Vera mit ihren blitzartigen slawischen Stimmungswechseln war nicht mehr von wilder Wut erfüllt. Sie war im Gegenteil wieder begeistert von mir. Wir hatten vom Hotel erfahren, daß Junior im Montedoro gewesen war. Dank meiner Bemühungen waren sie und Brand wahrscheinlich einem unangenehmen Tod entgangen.

Sehr viel hatte sich in kurzer Zeit ereignet. Mr. Brands Verbindung zur Regierung war eindrucksvoll. Ein FBI-Mann war bereits gekommen und hatte Frank Liddon mitgenommen, den ehemaligen Bräutigam aus Yucatán. Das FBI hatte auch Junior von der örtlichen Polizeiwache abgeholt. Sie waren jetzt beide sicher aus dem Verkehr gezogen.

Brand hatte mir auch seine Geschichte erzählt. Wie ich erwartet hatte, entsprach die Version, die Frank Liddon mir vom Anfang der ganzen Sache in Peru gegeben hatte, völlig der Wahrheit. Er hatte lediglich die Rollen von sich und dem echten Brand vertauscht. Es war Brand gewesen, der als Halliday aus New Orleans gekommen war, um seine Nichte zu beschützen zu versuchen, und Liddon als Bräutigam, der sie vor ›Halliday‹ gewarnt hatte, sie nach Chichén-Itzá lockte und dort ermordete. Als er mich an diesem Nachmittag in Brands Wohnung gelockt hatte, war ›der Bräutigam‹ schlau genug, um zu erkennen, daß die wahre Geschichte am überzeugendsten klingen würde, um mich in eine so vertrauensvolle Stimmung zu lullen, daß ich ihm die Erzprobe übergeben würde.

Doch nach Deborahs Tod hatte sich die wahre Geschichte natürlich ganz anders abgespielt als Liddons, die er von diesem Punkt an frei für mich erfunden hatte. Da er Liddon nicht von Angesicht kannte, beging ›Halliday‹, als er Deborah mit mir sah, den logischen Irrtum, mich für die eigentliche Bedrohung zu halten. Er hatte uns bei unserem frühen Morgenspaziergang zum *cenote* beobachtet und verfolgt. Er hatte den Schrei gehört, aber den *cenote* nicht rechtzeitig genug erreicht, um den ›Bräutigam‹ zu überraschen, als er Deborah umbrachte, war aber noch vor dem Manager und mir dort angekommen. Er hatte gerade noch Zeit gehabt, die rote Handtasche aufzulesen und zu entwischen, bevor wir auf der Lichtung auftauchten.

Die Handtasche hatte er natürlich mitgenommen, weil er hoffte, auch nach Deborahs Tod noch die Lagekarte und die Erzprobe retten zu können. Weder er noch Liddon hatten gewußt, daß die Karte sich in einem Kriminalroman befand, bis Lenas Geplauder im Reforma sie darauf stieß, und keiner von beiden hatte natürlich je eine Chance zu erraten, daß Deborah das Erz in ihrer Dose Sonnenbrandcreme versteckt hatte. Dieser glückliche Umstand hatte Liddon davon abgehalten, auch mein Badezimmer zu durchsuchen, als er meine Wohnung in Mexico City auf den Kopf stellte.

Als ›Halliday‹ herausfand, daß sich in der Handtasche nichts von scheinbarer Bedeutung befand, war er dennoch zu vorsichtig, sie wegzuwerfen, ehe er sie auf eine unsichtbare Schrift hatte untersuchen lassen; und er war nicht nur überzeugt, daß ich Deborah ermordet hatte, sondern auch so gut wie sicher, daß ich auch die Karte und die Erzprobe an mich genommen hatte. Den ›Bräutigam‹ hatte er zunächst völlig übersehen – in seiner Konzentration auf mich. Deshalb hatte er am Flugplatz versucht, meine Reisetasche zu stehlen.

Später in Mexico City hatte er Vera auf mich angesetzt. Erst nachdem Junior mich in Los Remedios niedergeschlagen hatte, sah er seinen Irrtum ein und erkannte, daß der ›Bräutigam‹ und seine ›Braut‹ in Wirklichkeit Liddon und sein Komplize waren. Von da an wußte er nie genau, wer ich war – ob vielleicht ein unabhängiger Verbrecher, der auf eigene Rechnung arbeitete, oder tatsächlich nur ein harmloser Tourist, der zufällig in die Sache hineingeraten war. Doch seit Liddon und sein Handlanger mir nachstellten, war es offensichtlich, daß ich derjenige war, der die Karte und das Erz besaß, die er so unbedingt zu bekommen versuchte. Ich war die Schlüsselfigur.

Nach der Episode von Los Remedios war ›Hallidays‹ Einstellung mir gegenüber komplizierter geworden. Er hatte sich zwei Ziele gesetzt: erstens zu versuchen, entweder durch Gewinnung meines Vertrauens oder durch List mir die Karte und die Probe abzuluchsen, und zweitens zu verhindern, daß ich in die Hände von Liddon und Junior fiele. Vera hatte natürlich die Funktion gehabt, mein Vertrauen zu gewinnen. Halliday selbst hatte sich darauf konzentriert, mich zu beschützen. Deshalb hatte er mich vor Junior im Taxi gerettet und deshalb hatte er in seiner Wohnung den Betrunkenen gespielt, damit ich mich sicher genug vor ihm fühlte, um die Nacht an dem einzigen Ort zu verbringen, wo ich seines Wissens vor Junior sicher sein würde.

Mein Argwohn ihm und Vera gegenüber hatte alles für sie noch viel schwieriger gemacht. Gegen Ende war Vera fast davon überzeugt gewesen, daß ich war, was ich zu sein behauptete, und sie meinte, daß ich in ihr Vertrauen gezogen werden sollte. Aber wegen der immensen Bedeutung der auf dem Spiel stehenden Angelegenheit, und weil sie sicher waren, daß ich sie viel zu stark verdächtigte, um irgend etwas zu glauben, was sie sagten, hatten sie beschlossen, daß es klüger sei, mich nicht einzuweihen und zu hoffen, das Erz durch List von mir zu ergattern.

Kein Wunder, dachte ich, daß ich in Mexiko schwer hatte einstecken müssen. Mir fiel der uralte Witz von der Taube ein, die in ein Federballspiel geraten ist; genau das war ich gewesen: Liddon und Junior gegen Vera und Halliday – und Lena und ich dazwischen als Federbälle.

»Wenn Sie nur ein bißchen dümmer gewesen wären, Mister Duluth«, sagte Brand mit einem sarkastischen Lächeln, »wäre alles erheblich einfacher gewesen. Aber Sie hatten mich weit genug durchschaut, um mich so sehr zu verdächtigen, daß ich wußte, es würde hoffnungslos sein, Sie ins Vertrauen ziehen zu wollen. Mit Vera war es dasselbe. Nachdem Sie ihr Telefongespräch mit mir von Ihrer Wohnung aus mitgehört hatten, wußte sie, daß Sie ihr niemals vertrauen würden, wie sehr sie sich auch bemühte. Solange wir alle in Mexiko waren, hatten wir keine Wahl. Glücklicherweise konnten Sie Deborahs Kryptogramm von Johanna von Orléans lösen und beschlossen, nach New Orleans zu kommen. Nachdem Sie erst einmal auf unserem eigenen Territorium waren, fühlten wir uns Ihrer relativ sicher. Wenn Liddon nicht in meine Wohnung eingebrochen wäre, mich niedergeschlagen und meinen Platz eingenommen hätte, hätte ich Ihnen selbst die Wahrheit gesagt.«

Ich sah ihn an. Die Veränderung in seinem Aussehen, seit er seine wahre Identität aufgedeckt hatte, war erstaunlich. Seine Züge, selbst sein Gesichtsausdruck waren gleich geblieben, aber der wichtigtuerische Geschäftsmann war vollkommen verschwunden. Er sah genauso aus, wie er war: ein sehr intelligenter, energischer Mann. Ich bewunderte seine Schauspielkunst.

»Sie haben wirklich eine großartige Vorstellung hingelegt«, sagte ich.

Er zuckte mit den Schultern. »Eben nicht, denn ich konnte Sie nicht täuschen. Liddon war der erfolgreiche Schauspieler. Er hat dreimal versucht, Sie zu kidnappen, und Sie haben ihn nie verdächtigt. Sie haben nicht einmal den Jungen als die ›Braut‹ von Chichén-Itzá wiedererkannt.«

»Das ist etwas, was ich nicht verstehe«, erklärte ich. »Warum dieses Auftreten als Frau in Chichén und hier in New Orleans? Nur um noch mehr Verwirrung zu stiften?«

»O nein. Das war absolut notwendig. Das FBI hat den Jungen schon über die peruanische Botschaft identifiziert. Er ist in Lima eine berüchtigte Unterweltfigur. Zur Zeit wird er wegen Mordes von der Polizei gesucht. Als Liddon beschloß, ihn als seinen Revolvermann anzuheuern, konnte er ihn nur in Verkleidung über die Grenze schmuggeln. Sie müssen wissen, daß die Organisation, der Liddon angehört, sehr mächtig ist. Für die war es ein Kinderspiel, einen Paß für den Jungen als Liddons Frau zu fälschen.«

»Also deshalb hat er sich in Mexiko nie verkleidet. Er brauchte das rote Kostüm und die Perücke nur, um mit dem Paß eine Grenze zu überqueren.«

»Genau.« Brand machte jetzt ein ernsthaftes Gesicht. »Ach ja, das war eine ziemlich böse Sache. Deborah und die arme kleine Mrs. Snood. Ihr Tod geht mir besonders an die Nieren. Und Joseph natürlich.« Er machte eine Pause. »Die Regierung von Peru macht sich schon daran, die ganze Bande auszuräuchern. Ich hoffe nur, daß sie es noch schaffen, Joseph zu retten.« Er seufzte. »Aber wir dürfen jetzt nicht zu trübsinnig werden. Wenn Joseph mit dem Thorium recht gehabt hat – und es sieht ganz so aus –, ist es von unschätzbarer Bedeutung, daß es in die richtigen Hände gefallen ist. Nach all diesen Katastrophen haben wir wenigstens bekommen, was wir brauchen – die Erzprobe und die Karte.«

»Die Karte?« echote ich. »Dann haben Sie den Kriminalroman wiederbekommen?«

»O ja.«

»Der FBI-Mann hat ihn bei Liddon gefunden?«

Er blickte erstaunt. »Nein, Mister Duluth. Ich besitze das Buch schon seit einigen Tagen.«

Er faßte in seine Tasche und brachte den kleinen, bunten Band *Der falsche Mord* zum Vorschein. Er schlug ihn auf der letzten Seite auf, beugte sich über den Tisch und hielt ihn mir zur Ansicht hin. An den Rändern der Seiten konnte man sehen, wo sie zusammengeklebt gewesen waren. Quer über ihre Mitte war sauber und mit feinen Bleistiftlinien eine detaillierte Karte gezeichnet.

»Das Gebiet der Erzader«, sagte er. »Wir kennen bereits die Gegend ganz allgemein. Hiermit wird es nicht schwerfallen, die Lage ganz genau zu bestimmen.«

Ich sah ihn verdutzt an. »Aber wie konnten Sie das Buch

schon seit einigen Tagen besitzen? Lena hatte es gestern noch. Liddon hat sie deswegen gekidnappt und ermordet.«

»Es tut mir leid, aber das Exemplar, das Lena Snood hatte, war nicht das richtige.« Brands Lippen umspielte ein schwaches Lächeln. »Erinnern Sie sich an ihre Party bei Ciro's, als ich schon leicht angesäuselt dazukam? Auf dem Flug von Merida hatte Lena bereits gesagt, das Buch, das sie lese, habe Deborah gehört, und ich erriet seine Bedeutung. Ich kam zu der Party mit einem anderen Exemplar, das ich in der Stadt gekauft hatte. Als ich ins Bad ging, nahm ich dies von Lenas Nachttisch und ersetzte es durch das andere Exemplar.«

Meine Bewunderung für William C. Brand als Schauspieler stieg noch mehr. Selbst als er absolut nicht mehr im Besitz seiner geistigen Kräfte gewesen zu sein schien, war er am Ball geblieben. Arme Lena! Nach ihrer Entführung hatte Liddon gemerkt, daß ihr Buch nicht das richtige war. Kein Wunder, daß er so erpicht darauf gewesen war, mich nach Cuicuilco zu locken und lebend zu fangen.

»Ja, Mister Duluth«, sagte Brand, »ich hatte das Buch. Wir brauchten nur noch die Erzprobe. Dank Ihrer Findigkeit und – sagen wir – Hartnäckigkeit haben wir sie jetzt.«

Nun war mir alles klar – fast alles.

»Da ist noch etwas«, sagte ich. »Wie, um alles in der Welt, haben Sie das mit der Wohnung in der Calle Dinamarca angestellt?«

Brand lächelte Vera an. »Das war einfach. Vera besitzt eine Menge Immobilien in Mexiko. Das war eine ihrer möblierten Wohnungen, die sie vermietet. Sie stand zufällig leer, und die neuen Mieter sollten am nächsten Tag einziehen. Sie gab mir den Schlüssel.«

Er warf einen Blick auf seine Uhr, stand auf und steckte die Erzprobe in seine Tasche. »Ich muß mich jetzt auf den Weg machen. Ich bin mit einem Mineralogen des FBI in meinem Laboratorium verabredet. Wir wollen dieses Ding sofort gemeinsam untersuchen.«

Er streckte die Hand aus. »Sie wollten doch den Zehn-Uhr-Flug nach New York erreichen, nicht wahr?«

»Ja«, antwortete ich.

»Wenn Sie nicht wollen, brauchen Sie wirklich nicht länger hier herumzuhängen. Später werden wir Sie noch brauchen. Klar, daß Sie nicht weiter über diese Sache reden. Sie kennen ihre Bedeutung für Amerika – und für die Welt, genauer gesagt.« Er grinste. »Grüßen Sie Ihre Frau von mir.«

Er winkte Vera zu und ging.

Vera stand auf. Ich ebenfalls. Sie trug immer noch das tomatenrote Kostüm. Mir war es ein Rätsel, wie jemand, der so lange zusammengeschnürt in einer Badewanne gelegen hatte, so blühend aussehen konnte.

Sie lächelte ihr warmes, überströmendes Lächeln. Ich trat näher und faßte ihre Arme.

»Frauen in Badezimmern zu überwältigen gehört nicht zu meinen Gewohnheiten«, erklärte ich. »Ich hoffe, Sie können mir verzeihen.«

Sie warf ihr schwarzes Haar in den Nacken. »Verzeihen? Sie reden von Verzeihen, wo ich die ganze Zeit lüge und betrüge und Tricks anwende? Ich sollte sagen, es tut mir leid.«

»Auch Ihnen muß ich einen Kranz winden. Sie haben eine Schau geboten, die alle Vorstellungen übertrifft.«

»Schau?« Sie blickte empört. »Was ist das, eine Schau? Sie glauben, ich bin anders, als ich bin?«

»Der Akzent, die...«

»Immer noch reden Sie von Akzent?« Ihre Augen blitzten vor Temperament. »Immer noch denken Sie, ich bin unecht? Das ist die Art, wie ich spreche. Immer nur so. Wenn ich anders sprechen könnte, glauben Sie nicht, ich würde?«

»Und wie ich annehme, sind Sie dann auch eine Ballerina?«

»Selbstverständlich bin ich Ballerina! Die Ballettkünstlerin! Und die Kritiker sagen, wenn ich weiter arbeite und arbeite...«

»Und Sie haben den alten Mexikaner geheiratet?«

»Was denken Sie? Er ist mein Traumgeliebter? Natürlich habe ich den alten Mann geheiratet – wegen seines Geldes. Und er ist gestorben. Warum, glauben Sie, ich bringe ihm all die Tuberosen und die Lilien?«

»Das sind alles Sie?« fragte ich. »Und nebenbei arbeiten Sie noch für die Regierung der Vereinigten Staaten. Was für eine Frau!«

»Wer behauptet, ich arbeite für die Regierung der USA?« Ihre Augen blitzten immer noch, aber sie konnte ihr herzliches, ungestümes Lachen nicht zurückhalten. »Sie glauben, die heuern ein Mädchen an wie mich mit einem Spatzengehirn? Puh! Das ist lächerlich!«

»Und was für eine Rolle spielen Sie dann in dieser Geschichte? Ich habe immer noch keine Ahnung.«

»Meine Rolle?« Sie zuckte mit den Schultern. »Weil Mister Brand, er hat mich angerufen in Mexiko und gesagt: ›Vera, ich brauche deine Hilfe.‹ Das ist meine Rolle.«

»Ein Freund von Ihnen?«

»Mister Brand?« Sie machte ein spitzbübisches Gesicht. »Ah, Sie sind eifersüchtig! Sie denken an den Fuß unter dem Tisch. Pah! Verrückt! Hab' ich geschwindelt. Gibt keinen Fuß unter dem Tisch von Mister Brand und mir. Meine Mutter, Sie wissen, ich habe von ihr gesprochen? Auch sie ist Tänzerin. Die große...«

»Ja, ich weiß.«

»Deswegen ist es so gekommen. Diese Mutter von mir, sie hat vor einem Jahr geheiratet, diesen Mister Brand.«

Ich blickte verblüfft. »Dann sind Sie also Hallidays Stieftochter?«

»Stieftochter? Mehr können Sie nicht sagen? Stieftochter?« Sie trat noch ein bißchen näher. Ihr Gesicht schaute zu mir auf. »Ist aber wohl Unsinn, weiter darüber zu reden. Sie denken an New York, ich weiß. Sie denken an diese... diese attraktive Frau, die auf Sie wartet.«

Sie war nahe und sehr reizvoll. Ich dachte an viele Dinge, die nie wirklich werden würden. »Ja«, sagte ich. »Ja, so ist es wohl.«

»Dann telefonieren Sie mit ihr«, meinte sie lächelnd. »Immer seid ihr attraktiven Männer so abscheulich zu den Frauen. Wie soll sie wissen, wann Sie ankommen in New York? Haben Sie ihr gesagt? Haben Sie Telegramm geschickt? Nein. O nein, sie soll dasitzen und warten, bis dem großen Mann gefällt, anzukommen.« Sie schwenkte den Arm zum Tisch. »Telefonieren!«

Vera als Vorkämpferin der Frauen war eine neue Erfahrung für mich. Doch die Idee mit dem Telefonieren war gut. Ich ging zum Apparat und gab unsere Nummer in New York an. Es war ein eigenartiges Gefühl, auf die Verbindung zu warten – wie der Übergang von einer Welt in eine andere.

Und dann hörte ich Iris' Stimme: »Hallo?«

»Hallo«, antwortete ich.

»Peter!« Ihre Stimme klang spitz vor Erregung, und diese Erregung sprang auf mich über und rauschte prickelnd durch meine Adern. »Wo bist du? In Mexiko?«

»Nein«, antwortete ich. »In New Orleans. Ich komme mit dem Zehn-Uhr-Flug.«

»New Orleans? Was ist passiert? Bist du abgestürzt?«

Ich sah Vera an. »Nein, ich bin nicht abgestürzt. Es ist eine lange Geschichte.«

»Eine Geschichte? Du meinst, es ist etwas passiert? Etwas Aufregendes?«

»Das war es. Sehr aufregend.«

»Mit netten Leuten?«

Ich sah wieder Vera an. »Mit wunderbaren Leuten. Aus einer anderen Welt.«

»Ich kann's kaum erwarten zu hören. Und ich kann's kaum erwarten, daß du wieder da bist.«

Ich stellte sie mir am anderen Ende des Drahtes vor. Schon der Gedanke an sie genügte, um alles andere verblassen zu lassen.

»Ich kann's auch kaum erwarten, Iris.«

»Dann spute dich! Du hast nicht mehr viel Zeit. Leg schnell den Hörer hin! Auf Wiedersehen, Liebster.«

»Auf Wiedersehen.«

Ich legte den Hörer zurück auf die Gabel. Vera war an meine Seite getreten. Ihre Augen unter den schwarzen, dichten Wimpern schauten fast wehmütig.

»›Wunderbare Leute‹«, wiederholte sie. »Bin ich das?«

Ich lächelte sie an. »Sind Sie.«

Ein Schatten des Argwohns zog über ihr Gesicht. »Aber was ist das, dieses ›aus einer anderen Welt‹?«

Ich legte die Arme um sie und küßte sie. Es war eher ein trauriger Kuß, der an Dinge erinnerte, die nie stattgefunden hatten.

»Aus einer anderen Welt«, sagte ich, »bedeutet phantastisch, wunderschön, bezaubernd, gescheit – die größte Ballettkünstlerin in vier Hemisphären...«

Zwei Wochen danach lagen Iris und ich zusammen im Bett, frühstückten und blätterten in der Sonntagszeitung. Als Iris sich gerade zu mir herüberbeugte, um nach den Theaterseiten mit der Ankündigung der Rollenbesetzung meines Stückes zu langen, fiel mir eine kleine Meldung am Ende der Seite, die ich gerade las, ins Auge.

AMERIKANISCHER ARCHÄOLOGE AUS DEM DSCHUNGEL ZURÜCK, stand da. Und weiter wurde gemeldet, daß Joseph Brand, der bekannte finnisch-amerikanische Archäologe, auf geheimnisvolle Weise wieder im Lager seiner Expedition aufgetaucht war. Mehr stand da nicht, aber ich konnte viel mehr zwischen den Zeilen lesen. Die Regierung von Peru hatte ganze Arbeit geleistet. Liddons Komplizen waren so gut wie sicher zur Strecke gebracht.

»Schatz«, sagte Iris und streckte mir die Theaterseiten

entgegen, »hier ist ein wundervolles Foto von mir. Schau! Es ist eins von den neuen. Ist es nicht gut herausgekommen?«

Ich legte meinen Arm um sie und schaute. *»Lindísima«*, sagte ich.

Sie sah mich argwöhnisch an. »Was ist das? *Lindísima*?«

»Wunderschön«, antwortete ich.

Bitte beachten Sie auch die folgenden Seiten

Patrick Quentin im Diogenes Verlag

»Quentin zeigt anschaulich, worauf Ernst Bloch einmal in einer Verteidigung des Kriminalromans aufmerksam gemacht hat: Der Kriminalroman auf einer gewissen Ebene kann, ohne die Spannung vernachlässigen zu müssen, private und gesellschaftliche Syndrome sichtbar machen, und zwar in einem Verfahren, das mit der Psychoanalyse auffallend parallel läuft ... was Patrick Quentin eindrucksvoll bestätigt.«
Hessischer Rundfunk, Frankfurt

»Patrick Quentins Geschichten sind unübertrefflich.«
The New York Times

»Für mich ist Patrick Quentin die Nummer Eins der amerikanischen Kriminalautoren.« *Francis Iles*

Bächleins Rauschen tönt so bang...
Kriminalgeschichten. Aus dem Amerikanischen von Günter Eichel

Familienschande
Roman. Deutsch von Helmut Degner

Puzzle für Spinner
Roman. Deutsch von Alfred Dunkel

Puzzle für Spieler
Roman. Deutsch von Matthias Fienbork

Puzzle für Söhnchen
Roman. Deutsch von Uwe Anton

Puzzle für Sünder
Roman. Deutsch von Ulrike Wasel und Klaus Timmermann

Puzzle für Puppen
Roman. Deutsch von Ulrike Wasel und Klaus Timmermann

Puzzle für Schwindler
Roman. Deutsch von Ulrike Wasel und Klaus Timmermann

Das Mädchenopfer
Roman. Deutsch von Peter Naujack

Fatal Woman
Roman. Deutsch von Jobst-Christian Rojahn

Raymond Chandler im Diogenes Verlag

»Mit Philip Marlowe schuf Chandler eine Gestalt, die noch heute weltweit als der Prototyp des Privatdetektivs gilt. Humphrey Bogart in der Rolle des Philip Marlowe hat diesen Typus auch optisch bis heute unverdrängbar festgeschrieben.«
Kindlers Literatur Lexikon

»Ich halte es für möglich, daß der Ruhm des Autors Raymond Chandler den des Autors Ernest Hemingway überdauert.« *Helmut Heißenbüttel*

Gefahr ist mein Geschäft
und andere Detektivstories
Aus dem Amerikanischen von Hans Wollschläger

Der große Schlaf
Roman. Deutsch von Gunar Ortlepp

Die kleine Schwester
Roman. Deutsch von Walter E. Richartz

Der lange Abschied
Roman. Deutsch von Hans Wollschläger

Das hohe Fenster
Roman. Deutsch von Urs Widmer

Die simple Kunst des Mordes
Briefe, Essays, Notizen, eine Geschichte und ein Romanfragment. Herausgegeben von Dorothy Gardiner und Kathrine Sorley Walker. Deutsch von Hans Wollschläger

Die Tote im See
Roman. Deutsch von Hellmuth Karasek

Lebwohl, mein Liebling
Roman. Deutsch von Wulf Teichmann

Playback
Roman. Deutsch von Wulf Teichmann

Mord im Regen
Frühe Stories. Deutsch von Hans Wollschläger. Vorwort von Philip Durham

Erpresser schießen nicht
und andere Detektivstories. Deutsch von Hans Wollschläger. Mit einem Vorwort des Verfassers

Der König in Gelb
und andere Detektivstories. Deutsch von Hans Wollschläger

Englischer Sommer
Drei Geschichten und Parodien, Aufsätze, Skizzen und Notizen aus dem Nachlaß. Mit Zeichnungen von Edward Gorey, einer Erinnerung von John Houseman und einem Vorwort von Patricia Highsmith. Deutsch von Wulf Teichmann, Hans Wollschläger u.a.

Meistererzählungen
Deutsch von Hans Wollschläger

Frank MacShane
Raymond Chandler
Eine Biographie. Deutsch von Christa Hotz, Alfred Probst und Wulf Teichmann. Zweite, ergänzte Auflage 1988

Jack Ritchie im Diogenes Verlag

»Eine Lektüre für Leser, die auch an sehr schwarzem Humor und überraschenden Effekten Genuß finden – beispielsweise Freunde der ARD-Krimistunde.«
Das Neue Buch, München

»An seinen Erzählungen fasziniert die Raffinesse des Vorgehens. Das Blut fließt relativ sparsam, die Fäuste fliegen nicht, es gibt keine Auto-Verfolgungsjagden. Ritchies Täter arbeiten mit dem Kopf, sie denken leise, ihnen ist kein Winkelzug unbekannt; aber auch jene, die sie zu Fall bringen, sind mit allen Wassern gewaschen. So entsteht eine Spannung, die der beim Schach ähnlich ist. Schwarzer Humor, Ironie und Intellekt sind die Substanzen, aus denen der Autor seine süffigen Geschichten braut.«
Walter Gallasch/Nürnberger Nachrichten

Der Mitternachtswürger
Geschichten. Aus dem Amerikanischen von Alfred Probst

Für alle ungezogenen Leute
Geschichten. Deutsch von Dorothee Asendorf

Gedächtnis ade
Geschichten. Deutsch von Elfriede Riegler und Dorothee Asendorf

Bei Anruf Alibi
Geschichten. Deutsch von Jobst-Christian Rojahn

Vor Redaktionsschluß Mord
Geschichten. Deutsch von Monika Elwenspoek

Einzelhaft
Geschichten. Deutsch von Bernhard Robben

Der Sparschwein-Killer
Geschichten. Deutsch von Jobst-Christian Rojahn

Der mordende Philosoph
Geschichten. Deutsch von Monika Elwenspoek

Jim Thompson im Diogenes Verlag

»Thompsons Romane sind so rabenschwarz wie die Seelen seiner Helden. Die Sprache ist dem Inhalt angepaßt: kurz, hart, lakonisch. Pflichtlektüre für Anhänger des Hard-boiled-Krimis.« *Kölner Stadtanzeiger*

»Thompson macht kein Hehl daraus, daß er mit der Weltsicht seiner Helden zutiefst übereinstimmt. Das Land der unendlichen Möglichkeiten: In seinen Romanen ist es ein einziges Nest von beschränkten, gefräßigen, geilen Provinzlern, die Zeit der Depression zur Ewigkeit geworden.« *Der Spiegel, Hamburg*

Der Mörder in mir
Roman. Aus dem Amerikanischen von Ute Tanner und Ulrike Wasel

Getaway
Roman. Deutsch von Günther Panske und Klaus Timmermann

Gefährliche Stadt
Roman. Deutsch von Ute Tanner und Werner Rehbein

After Dark, My Sweet
Roman. Deutsch von Andre Simonoviescz

Eine klasse Frau
Roman. Deutsch von Andre Simonoviescz

Zwölfhundertachtzig schwarze Seelen
Roman. Deutsch von E. R. von Schwarze und Andre Simonoviescz Mit einem Nachwort von Wolfram Knorr

Revanche
Roman. Deutsch von Andre Simonoviescz

Muttersöhnchen
Roman. Deutsch von Andre Simonoviescz

Kill-off
Roman. Deutsch von Andre Simonoviescz

Es war bloß Mord
Roman. Deutsch von Thomas Stegers

Kein ganzer Mann
Roman. Deutsch von Thomas Stegers

Der King-Clan
Roman. Deutsch von Michael Georgi

Ein Satansweib
Roman. Deutsch von Andre Simonoviescz

Patricia Highsmith im Diogenes Verlag

Der talentierte Mr. Ripley
Roman

Ripley Under Ground
Roman

Ripley's Game
oder Der amerikanische Freund
Roman

Der Junge, der Ripley folgte
Roman

Ripley Under Water
Roman

Venedig kann sehr kalt sein
Roman

Das Zittern des Fälschers
Roman

Lösegeld für einen Hund
Roman

Der Stümper
Roman

Zwei Fremde im Zug
Roman

Der Geschichtenerzähler
Roman

Der süße Wahn
Roman

Die zwei Gesichter des Januars
Roman

Kleine Geschichten für Weiberfeinde

Kleine Mordgeschichten für Tierfreunde

Der Schrei der Eule
Roman

Tiefe Wasser
Roman

Die gläserne Zelle
Roman

Ediths Tagebuch
Roman

Der Schneckenforscher
Elf Geschichten

Leise, leise im Wind
Zwölf Geschichten

Ein Spiel für die Lebenden
Roman

Keiner von uns
Elf Geschichten

Leute, die an die Tür klopfen
Roman

Nixen auf dem Golfplatz
Erzählungen

Suspense
oder Wie man einen Thriller schreibt

Elsie's Lebenslust
Roman

Geschichten von natürlichen und unnatürlichen Katastrophen

Meistererzählungen

Carol
Roman einer ungewöhnlichen Liebe

›Small g‹ – eine Sommeridylle
Roman

Zeichnungen

Über Patricia Highsmith

Bernhard Schlink
im Diogenes Verlag

»Es gibt wenige deutsche Autoren, die so raffinierte und sarkastische Plots schreiben wie Schlink und ein so präzises, unangestrengt pointenreiches Deutsch.«
Wilhelm Roth/Frankfurter Rundschau

»Schwungvoll geschriebene, häufig witzige Romane; raffiniert gebaute Geschichten, in denen die politische Aktualität und die deutsche Vergangenheit präsent sind.« *Dorothee Nolte/Der Tagesspiegel, Berlin*

»Die deutsche Kriminalliteratur lebt. Nach jahrzehntelangem Dornröschenschlaf ist sie wieder aufgewacht und hat sich zu einer veritablen Konkurrenz der englischsprachigen Romane gemausert. Wachgeküßt wurde sie von Autorinnen und Autoren wie etwa Jakob Arjouni, der mit seinem deutsch-türkischen Privatdetektiv Kemal Kayankaya vergangene Größen wie Chandler und Ambler wieder aufleben läßt. Wenn man die sogenannten Shooting-Stars des neuen deutschen Kriminalromans aufzählt, kommt man an Bernhard Schlink nicht vorbei, der mit Gerhard Selb einen faszinierenden Detektiv von großer Unauffälligkeit geschaffen hat.«
Michael Solomicky/Luzerner Neueste Nachrichten

Die gordische Schleife
Roman

Selbs Betrug
Roman

Der Vorleser
Roman

Bernhard Schlink & Walter Popp
Selbs Justiz
Roman

Jakob Arjouni im Diogenes Verlag

»Ein großer, phantastischer Schriftsteller, der genau und planvoll und lesbar schreibt.«
Maxim Biller / Tempo, Hamburg

»Seine Virtuosität, sein Humor, sein Gespür für Spannung sind ein Lichtblick in der Literatur jenseits des Rheins, die seit langem in den eisigen Sphären von Peter Handke gefangen ist.« *Actuel, Paris*

»Seine Texte haben Qualität. Sie sind ambitioniert, unaufdringlich-provokativ, höchst politisch.«
Barbara Müller-Vahl / Bonner General Anzeiger

»Arjouni weiß als Dramatiker genauso wie als Krimiautor, wie er Spannung erzielt, ohne platt zu wirken.«
Christian Peiseler / Rheinische Post, Düsseldorf

Magic Hoffmann
Ein Roman

Edelmanns Tochter
Theaterstück

Die Kayankaya-Romane:

Happy birthday, Türke!
Ein Kayankaya-Roman

Mehr Bier
Ein Kayankaya-Roman

Ein Mann, ein Mord
Ein Kayankaya-Roman

Meistererzählungen der Weltliteratur im Diogenes Verlag

- **Alfred Andersch**
Mit einem Nachwort von Lothar Baier

- **Honoré de Balzac**
Ausgewählt von Auguste Amédée de Saint-Gall. Mit einem Nachwort versehen von Georges Simenon

- **Ambrose Bierce**
Auswahl und Vorwort von Mary Hottinger. Aus dem Amerikanischen von Joachim Uhlmann. Mit Zeichnungen von Tomi Ungerer

- **Giovanni Boccaccio**
Meistererzählungen aus dem Decamerone. Ausgewählt von Silvia Sager. Aus dem Italienischen von Heinrich Conrad

- **Anton Čechov**
Ausgewählt von Franz Sutter. Aus dem Russischen von Ada Knipper, Herta von Schulz und Gerhard Dick

- **Miguel de Cervantes Saavedra**
Aus dem Spanischen von Gerda von Uslar. Mit einem Nachwort von Fritz R. Fries

- **Raymond Chandler**
Aus dem Amerikanischen von Hans Wollschläger

- **Agatha Christie**
Aus dem Englischen von Maria Meinert, Maria Berger und Ingrid Jacob

- **Stephen Crane**
Herausgegeben, aus dem Amerikanischen und mit einem Nachwort von Walter E. Richartz

- **Fjodor Dostojewskij**
Herausgegeben, aus dem Russischen und mit einem Nachwort von Johannes von Guenther

- **Friedrich Dürrenmatt**
Mit einem Nachwort von Reinhardt Stumm

- **Joseph von Eichendorff**
Mit einem Nachwort von Hermann Hesse

- **William Faulkner**
Ausgewählt, aus dem Amerikanischen und mit einem Nachwort von Elisabeth Schnack

- **F. Scott Fitzgerald**
Ausgewählt und mit einem Nachwort von Elisabeth Schnack. Aus dem Amerikanischen von Walter Schürenberg, Anna von Cramer-Klett, Elga Abramowitz und Walter E. Richartz

- **Nikolai Gogol**
Ausgewählt, aus dem Russischen und mit einem Vorwort von Sigismund von Radecki

- **Jeremias Gotthelf**
Mit einem Essay von Gottfried Keller

- **Dashiell Hammett**
Ausgewählt von William Matheson. Aus dem Amerikanischen von Wulf Teichmann, Walter E. Richartz, Hellmuth Karasek und Elizabeth Gilbert

- **O. Henry**
Aus dem Amerikanischen von Christine Hoeppner, Wolfgang Kreiter, Rudolf Löwe und Charlotte Schulze. Nachwort von Heinrich Böll

- **Hermann Hesse**
Zusammengestellt, mit bio-bibliographischen Daten und Nachwort von Volker Michels

- **Patricia Highsmith**
Ausgewählt von Patricia Highsmith. Aus dem Amerikanischen von Anne Uhde, Walter E. Richartz und Wulf Teichmann

- **E.T.A. Hoffmann**
Herausgegeben von Christian Strich. Mit einem Nachwort von Stefan Zweig

- **Washington Irving**
Aus dem Amerikanischen von Gunther Martin. Mit Illustrationen von Henry Ritter und Wilhelm Camphausen

- **Franz Kafka**
Mit einem Essay von Walter Muschg sowie einer Erinnerung an Franz Kafka von Kurt Wolff

• Gottfried Keller
Mit einem Nachwort von Walter Muschg

• D.H. Lawrence
Ausgewählt, aus dem Englischen und mit einem Nachwort von Elisabeth Schnack

• Nikolai Lesskow
Ausgewählt von Anna von Guenther. Aus dem Russischen von Johannes von Guenther

• Jack London
Aus dem Amerikanischen von Erwin Magnus. Mit einem Vorwort von Herbert Eisenreich

• Carson McCullers
Ausgewählt von Anton Friedrich. Aus dem Amerikanischen von Elisabeth Schnack

• Heinrich Mann
Mit einem Vorwort von Hugo Loetscher und 24 Zeichnungen von George Grosz

• Katherine Mansfield
Ausgewählt, aus dem Englischen und mit einem Nachwort von Elisabeth Schnack

• W. Somerset Maugham
Ausgewählt von Gerd Haffmans. Aus dem Englischen von Kurt Wagenseil, Tina Haffmans und Mimi Zoff

• Guy de Maupassant
Ausgewählt, aus dem Französischen und mit einem Nachwort von Walter Widmer

• Meistererzählungen aus Amerika
Geschichten von Edgar Allan Poe bis John Irving. Herausgegeben von Gerd Haffmans. Mit einleitenden Essays von Edgar Allan Poe und Ring Lardner, Zeittafel, bio-bibliographischen Notizen und Literaturhinweisen. Erweiterte Neuausgabe 1995

• Meistererzählungen aus Frankreich
Geschichten von Stendhal bis Georges Simenon. Herausgegeben von Anne Schmucke und Gerda Lheureux. Mit Zeittafel, bio-bibliographischen Notizen und Literaturhinweisen.

• Meistererzählungen aus Irland
Geschichten von Frank O'Connor bis Bernard Mac Laverty. Herausgegeben von Gerd Haffmans. Mit einem Essay von Frank O'Connor, bio-bibliographischen Notizen und Literaturhinweisen. Erweiterte Neuausgabe 1995

• Herman Melville
Aus dem Amerikanischen von Günther Steinig. Nachwort von Hans-Rüdiger Schwab

• Prosper Mérimée
Aus dem Französischen von Arthur Schurig und Adolf V. Bystram. Mit einem Nachwort von V.S. Pritchett

• Conrad Ferdinand Meyer
Mit einem Nachwort von Albert Schirnding

• Frank O'Connor
Aus dem Englischen und mit einem Nachwort von Elisabeth Schnack

• Liam O'Flaherty
Aus dem Englischen und mit einem Nachwort von Elisabeth Schnack

• George Orwell
Ausgewählt von Christian Strich. Aus dem Englischen von Felix Gasbarra, Peter Naujack, Alexander Schmitz, Nikolaus Stingl u.a.

• Konstantin Paustowski
Aus dem Russischen von Rebecca Candreia und Hans Luchsinger

• Luigi Pirandello
Ausgewählt und mit einem Nachwort von Lisa Rüdiger. Aus dem Italienischen von Percy Eckstein, Hans Hinterhäuser und Lisa Rüdiger

• Edgar Allan Poe
Ausgewählt und mit einem Vorwort von Mary Hottinger. Aus dem Amerikanischen von Gisela Etzel.

• Alexander Puschkin
Aus dem Russischen von André Villard. Mit einem Fragment ›Über Puschkin‹ von Maxim Gorki

• Joseph Roth
Ausgewählt von Daniel Keel. Mit einem Nachwort von Stefan Zweig

• Saki
Aus dem Englischen von Günter Eichel. Mit einem Nachwort von Thomas Bodmer und Zeichnungen von Edward Gorey

• Alan Sillitoe
Aus dem Englischen von Hedwig Jolenberg und Wulf Teichmann

• Georges Simenon
Aus dem Französischen von Wolfram Schäfer, Angelika Hildebrandt-Essig, Gisela Stadelmann, Linde Birk und Lislott Pfaff

• Henry Slesar
Aus dem Amerikanischen von Thomas Schlück und Günter Eichel

• Stendhal
Aus dem Französischen von Franz Hessel, M. von Musil und Arthur Schurig. Mit einem Nachwort von Maurice Bardèche

• Muriel Spark
Aus dem Englischen von Peter Naujack und Elisabeth Schnack

• Robert Louis Stevenson
Aus dem Englischen von Marguerite und Curt Thesing. Mit einem Nachwort von Lucien Deprijck

• Adalbert Stifter
Mit einem Nachwort von Julius Stöcker

• Leo Tolstoi
Ausgewählt von Christian Strich. Aus dem Russischen von Arthur Luther, Erich Müller und August Scholz

• B. Traven
Ausgewählt von William Matheson

• Iwan Turgenjew
Herausgegeben, aus dem Russischen übersetzt und mit einem Nachwort versehen von Johannes von Guenther

• Mark Twain
Mit einem Vorwort von N.O. Scarpi

• Jules Verne
Aus dem Französischen von Erich Fivian